講談社文庫

朝日殺人事件

内田康夫

講談社

「朝日殺人事件」目次

朝日殺人事件

プロローグ

イヴだからって、何もあまで無茶な飲み方をしなくてもよかったのに——と、宮崎さとみは自分に腹を立てていた。けど、これが飲まずにいられますか——という気持ちも、そのときはあったのだ。

三十代最後のクリスマスの夜を、殺風景な出張校正室の中で、たった一人、眼を血走らせ、ペンダコの痛みに耐えながら、校了のタイムリミットをとっくに過ぎたゲラに赤を入れて、印刷会社の門を出たのは午後十一時五十二分。タクシーは拾えないし、終電の時間は気になるしで、駅まで走った走った。

電車の中は酔客とアベックばかりで、野菜の腐ったような臭いがした。西荻窪駅を出ると、さとみは躊躇《ちゅうちょ》なく駅前の中華料理店に入った。中華料理といったって、とりあえず、出来ますものがラーメンだけじゃないという程度の、大した店ではない。カウンターに坐《すわ》って「メンマに焼酎《しょうちゅう》」と言ったら、マスターが「ことしも独りかい」

と、余計なことを言った。大きなお世話だ。

それやこれやで、腹立ちまぎれに、焼酎のお湯割りを何杯飲んだか。アパートに帰り着くまでは、しっかりしていたつもりだが、玄関のドアを入り、階段を上がったとたんに酔いが回ったのか、いっぺんに足元がふらついた。隣の部屋のドアの前を通るとき、「うるさいわよ!」と怒鳴る声が聞こえて、「ごめんなさい」とあやまって、何で私が怒鳴られなきゃならないのか——とチラッと思ったところまでは憶えているけれど、それが最後だった。

翌朝、頭がガンガンしていた。立つと死にそうなので、トイレまで這《は》って行った。時計の針は十時を回っていた。会社に電話すると、藤田編集長が、いきなり「酒くせえな」と言った。いまさら「風邪ひいちゃって」などと言えなくなった。

「校了で朝までかかっちゃったんです。いま一杯ひっかけて、これから寝るところ」

「ふーん、そいつはお疲れさんだったね。そうそう、印刷屋から電話で、ゆんべは十二時近くまでご苦労さまでしたって、宮崎さんに伝えてくれってさ」

言うだけ言うと、藤田はさとみが何も言わないうちに電話を切った。まったく部下想いの上司である。

氷水をガブ飲みして、一時間ばかりひっくり返っていたら、どうにか頭の痛みは消えた。アパートの住人はほとんどがT女子大の学生で、すでに冬休みに入り、その大半が帰省してしまった。そのせいか、やけに静かなのもありがたかった。

寝ていてもしようがないので、テレビのニュースを見ながら起き出した。株価がどんどん下がって、世の中は不景気風が吹きつのるばかりらしい。来年度は景気浮揚対策として、政府は公共投資の増額を検討中だとか言っている。そんなものは、どうせ庶民には回ってこないで、企業のエサになるだけだ。

「ま、いいか……」

さとみはハンサムなアナウンサーに背を向けて、スッピンの顔に化粧水をパタパタ叩《たた》きつけた。小皺《こじわ》は確実に増えているけれど、手入れが悪いわりには、まあまあの女が鏡の中にいる。

ニュースが終わったのでテレビを消したとき、廊下で何やら物音と話し声がした。トラックがどうしたとか、タンスがどうしたとか言っているから、どうやら隣が引っ越しでもする気配である。

（やれやれ、出ていってくれるか――）

隣はいやな女だ。三年ばかり前に越してきたが、言葉を交わしたのはたったの二度。それもこっちから一方通行の挨拶《あいさつ》で、先方はジロリと一瞥《いちべつ》をくれただけである。

さとみは「どれどれ」と、ドアから顔を覗《のぞ》かせた。

階段を運送屋らしい男が二人、ピッカピカの洋服ダンスを運び上げてくるところだった。してみると、出て行くわけではなさそうだ。カーキ色の制服に中国の人民帽みたいなのを被《かぶ》って、頼りない腰つきだ。年寄りと若いのと、バランスもよくない。年配のほうが上司かと思ったが、若いほうに「大丈夫ですか?」などと気を遣《つか》っているところをみると、立場は逆らしい。

隣の女は運送屋のためにドアを開けてやっている。さとみに気づいて、「見ないでよ」という目つきでこっちを睨《にら》んだ。さとみはバツが悪いので、土間の生ゴミの袋を持って外に出た。

階段の上あたりで洋服ダンスと擦《す》れ違った。後ろ向きに上がってくる年寄りのほうが、よろけて、さとみの肩に触れた。

「あっ、失礼……」

振り向いた顔は意外に上品で、インテリっぽい。大会社の課長ぐらいをリタイヤして、再就職したクチかもしれない。そんなふうに見透かされるのがいやなのか、慌ててそっぽを向いた。

そういえば、下のほうでタンスを懸命になって支えている若いほうも、メガネをかけた秀才顔だった。帽子の被り方のぎごちなさといい、折り目のついた制服といい、昨日今日、就職したばかり——といった印象だ。

ゴミを捨てて戻ってくる途中、玄関先で管理人に出会ったので、挨拶がわりに言った。

「お隣、景気いいみたいね」

「ああ、上等の洋服ダンスだね。正月が来るから新しいのに買い換えるんじゃないのかな」

正月が来るからって洋服ダンスを買い換えなきゃならない道理はない——とケチをつけようと思ったが、やめた。

「宮崎さんとこは、会社はいつまでかね？」

「二十七日——あさってまでよ」

「今年も郷里には帰んないの？」

「帰りませんよ。帰ると、いろいろうるさいしね」

「そうだろうねえ。だいたい、宮崎さんみたいないい女がさ、女性専用アパートにいつまでもいちゃ、いけないよね」

「何言ってんのよ。それだけ、ここが居心地がいいってことじゃないの」

「へへへ、そう言ってくれるのはありがたいけどさ」

階段を上がったところで、今度は古いタンスを運び出すところに出会った。古いほうが重いのか、隣の女性も一緒になって、苦労して運んでいる。三人とも不機嫌そうに黙りこくって、ソロリソロリと階段を下りていった。

第一章　ホテル『四季』713号室

1

ＪＲ信越線横川駅《よこかわ》は、軽井沢から碓氷峠《うすいとうげ》を下ってきた、山裾《やますそ》の駅である。軽井沢はまだ冬の佇《たたず》まいだが、この辺《あた》りはもうすでに桜が満開だ。しかし、午後四時を過ぎるころから、陽は妙義《みょうぎ》連峰に隠れ、淡い夕景の気配が漂いはじめるとともに、山の冷気がスーッと下りてくる。

車内には生ぬるい空気とけだるい気分が充満していた。列車はもう、三十分も停まったきり、動こうとしない。先行する列車が、安中《あんなか》付近の踏切でトラックと接触事故を起こしたのだそうだ。「間もなく復旧する見込みですが、しばらくお待ちください」とか、「列車はおよそ一時間近く遅れて上野駅に到着する見込みです」などという、頼りなげなアナウンスが、すでに何度となく繰り返されている。

横川名物の「峠の釜飯《かまめし》」の売り声が、ものうく聞こえていた。駅に着いた当座は、ひとしきり釜飯を買いにホームを走る乗客たちで賑《にぎ》わったが、いまは客の姿もなく、ホームを行き来する販売員は、暇そうな顔つきで、そのうちに売り声もやんでしまった。

日本一の急勾配《こうばい》で知られる碓氷峠を往来する列車は、峠を越えた軽井沢駅と麓《ふもと》の横川駅で、機関車の増結・解放（切りはなし）を行う。そのための停車にしては、少し長すぎるなと思っていた乗客に、事故の情報が流されたのは、停車して十分も経過してからのことであった。

時季はずれなのに加えて、土曜日の上り列車ということもあって、乗客は少なく、グリーン車は五十パーセント程度の乗車率で、通路側の席はかなり空席が目立った。

車掌が、運行に遅れの出たことを詫《わ》びる挨拶をしながら、グリーン車を通り過ぎようとするのを、雪江は手を上げて「ちょっと、あなた」と呼び止めた。

車掌は「は？」と、身をかがめるようにして、近づいた。また列車の遅れで小言《こごと》を食らうのか――という、迷惑げな顔である。

「すみませんけど、後ろの方の電話、なんとかしていただけませんかしら」

雪江は人差指を背後に向けて、言った。

雪江の席からは、中ひとつ飛ばした斜め後ろで、車輛の最後部に近い、11番C席の客が移動電話をかけていた。五十歳前後だろうか、顔つきや喋《しゃべ》り方が粗野《そや》な感じがするせいもあるのか、お世辞にもセンスがいいとは言えないが、舶来の上等な生地を使った仕立てのいいスーツを着て、見るからに金回りのよさそうな男である。

男は雪江と同様に、始発の長野駅から乗っている。列車が動きだして間もなく、電話をかけはじめた。はじめのうち、雪江は電話だとは気づかず、隣の仲間と喋っているのかと思った。それにしては話の様子がおかしい。相槌《あいづち》の打ち方も妙な具合なので、ちょっと伸び上がって見て、ようやく、携帯電話であることが分かった。

(便利なものが出来たわねえ──)

感心しているうちはよかったが、いつまでも話しやまず、終わったと思うと、また話しはじめるしつこさに腹が立ってきた。

男はやけに耳障りなダミ声で、ときどき下《げ》びた笑いを混ぜて喋る。不動産屋か金融業者らしい、金銭にまつわる話ばかりだ。会話の内容すべてを聞き取っているわけではないけれど、何とかいう会社から振り込みはあったか──といったような、たぶん、部下に対して指示を与えるらしい言葉が、断片的に耳に入る。金額は何百万、何千万といった単位ばかりである。大きな金を動かしていることを、得意げに吹聴《ふいちょう》したくて、ことさらに大声で喋っているような、卑《いや》しい底意もほの見えて、不愉快であった。

それからしばらく中断していたのだが、横川駅で列車が停まったままになってから、今度は取引先らしい相手に、列車の遅延の報告や、遅くなることの言い訳を次から次へと始めた。部下に命令するときのように威勢はよくないが、時折、思わず振り返ってしまうほどの大声で笑う。

雪江の指摘を待つまでもなく、車掌もその男の電話については、すでに苦々しく思っていたらしい。しかし、こういう不測の事態でもあり、強い文句は言いにくいのだろう。雪江に言われて、当惑しきった顔で、男のほうに視線を送った。

「困りましたね」

車掌は呟《つぶや》いた。男の印象が少しヤクザがかって見えるのも、車掌を尻込《しりご》みさせる一因なのかもしれない。

「何なら、わたくしから注意いたしましょうか？」

雪江は毅然《きぜん》とした態度を見せた。

「いえ、それはちょっと……」

車掌が辟易《へきえき》して、手を左右に振ったとき、男の声がひときわ高くなった。どうやら電話の用件が終わりそうな様子だ。

「……そういうことですので、少し遅れますが、アサヒのことはよろしく頼みますよ。え？　ああ、この調子だと……ちょっと待ってくださいよ」

男は電話を中断して、「おい、車掌さん」と呼び掛けた。車掌は不意を衝《つ》かれて、

「はい、はい」と二つ返事をして、男のそばに行った。

「この列車は、いつごろ動くんだ？」

「はあ、いまの時点でははっきりしませんが、一時間程度の遅れになると思います」

「一時間、冗談じゃねえな……」

男は口汚く言って、舌打ちした。

「申し訳ありません」

「あんたに謝ってもらったってしようがねえだろ」

男はそう言うと、電話に向かって「遅くとも九時にはホテルに着くと思います。アサヒのことはくれぐれもよろしくお願いします」と言って、ようやく話し終えた。

何はともあれ、男が電話をやめてくれたので、車掌はこれ幸いとばかりに行ってしまった。男のほうも、その後は静かになった。ことによると、電話のバッテリーが切れたせいかもしれない。

列車は車掌が予測したとおり、ほぼ一時間近い遅延で上野駅に到着した。

雪江がホームに降り立つと、さっきの車掌がグリーン車の客を見送っていた。「列車が遅延いたしまして、ご迷惑をおかけしました。ありがとうございました」と、一人一人に頭を下げる。

大抵のお客は、会釈を返す。雪江も「ご苦労さん」と声をかけた。なかなかいい気分である。国鉄からJRになって、乗客と乗務員の関係はきわめて良好になった。むかしは、妙にギスギスして、お客はまるで、乗せていただいているような引け目を感じた時代さえあった。

長いプラットホームの人込みを歩くと、荷物が急に邪魔に感じられた。出るときは大した荷物はなかったつもりなのに、善光寺土産に、少しお饅頭《まんじゅう》を仕入れすぎた。嫁が貸してくれたグッチのしゃれたバッグが、フグを飲み込んだブタのように膨らんで、重くてしようがない。

（こんなことなら、須美ちゃんに迎えに出てもらえばよかった――）

お手伝いの須美子が「お迎えに参ります」と言うのを、「大丈夫よ、女のひとり歩きを心配されるほど、若くはないわ。それに、お迎えだなんて、縁起でもありませんよ」と、強がりを言って断った。善光寺詣《もう》でをするからって、なにも極楽往生を願ってのことではない。善光寺の裏手に、東山魁夷館《ひがしやまかいいかん》があるのを知って、ぜひ観ておきたかっただけである。

善光寺さんをついでのようにお参りしたので、罰が当たったのか、今度の旅行は列車の遅延といい、ろくなことがなかった。そして、そのダメ押しをするように、背後から来た男が、雪江の脇《わき》を通り抜けざま、グッチのバッグを突き飛ばした。フグを飲み込んだブタは、男の足元をゴロゴロと転がった。

「あなた、お待ちなさい！」

雪江が叫び、男は振り返った。あの電話の男だ。革製のバッグを大事そうに抱えている。雪江の顔を険しい目で見たが、転がっているバッグを一瞥したきり、返事もせずに行ってしまった。

（あんなヤツ、死ねばいい――）

雪江は、善光寺詣での帰りであることも忘れ、腹の中で過激に罵《ののし》った。もっとも、それは言葉のアヤのようなものであって、その男が生物学的に生命を失うことを想定して言ったわけではない。まして、よもやその日のうちに、その男が殺されてしまうとは、思ってもみなかったのである。

2

東京都豊島区目白《としまめじろ》――は、麹町《こうじまち》や本郷《ほんごう》などと並んで、東京都心部としては、残り少なくなった閑静な街である。

「目白」の地名の由来にはいくつもの説がある。昔、この地で白い名馬を産したという説。将軍家光が鷹狩《たかがり》の際、西の目黒に対して、この地を目白と呼べと命じたという説。また、この地にあったお不動さんが霊験《れいげん》あらたかで、参詣者が押し合いへし合い、目白押しだったからという説。江戸開府の際、天海僧正が江戸市街の四方に鎮護の不動像を建立《こんりゅう》し、その像の目を白、赤、黒、青にしたことによるという説——等々である。

目白には学習院大学や川村学園があり、早稲田大学や日本女子大学などのキャンパスも近い。とりわけ、「目白の闇《やみ》将軍」と異名を取った、かつての首相の私邸があることでも知られている。

広壮な庭の池に、一匹何百万円もする鯉《こい》が泳ぐという、その邸《やしき》を見下ろすように、目白台の一角にホテル『四季』が建ったのは、この一月のことであった。

敷地は元侯爵家の邸跡二万数千坪。目白台の南縁の起伏をたくみに利用した庭園は、東京随一の景観といわれる。巨木に囲まれた園内には、滝の落ちるせせらぎが流れ、その周辺を散歩道が巡る。岡の上には、どこかの名刹《めいさつ》から移築したといわれる、古色蒼然《こしょくそうぜん》とした三重の塔がひっそりと佇む。

ホテルの部屋の窓から、この名園を眺めていると、ここが東京の喧騒《けんそう》の真只中《まっただなか》であることを忘れてしまいそうだ。ホテル『四季』そのものが、従来の、ビジネス中心の都市型ホテルの概念をうち破るような、アメニティ思想に裏打ちされた、リゾート感覚と高級感あふれたたたずまいだが、それも、この名園という条件が背景にあればこそ——の感がいなめない。事実、同じフロアの同じ広さの部屋でも、庭園側の部屋は料金が異なるのだそうだ。

その日、ホテル『四季』のフロントに、中年の男の声で、713号室の客が在室しているかどうか、調べてくれ——という電話がかかったのは、午後十一時過ぎのことである。

「何度電話しても繫《つな》がらないのだ。連絡して会う約束があるので、いつまでも留守にしているはずはないと思う。何かあったのか、ひょっとすると、体の具合でも悪くなっているのかもしれない」

電話は外線からのもので、男の声は、いかにも不安に満ちていた。

たしかに、その男はそれまで四度も電話してきている。そのつど交換が713号室に繫いでも、ベルは鳴るのだが、応答がなかったのだ。

ふだんなら、ロビーやラウンジ、レストランなど、お客がいそうな場所で呼び出しをするのだが、この夜は建設省関係の大きなパーティがあって、ホテル中がごった返しているような状態であった。パーティそのものは九時にお開きになったのだが、参会者に政財会のお歴々が多く、ロビーでの立ち話やら密談やらで、なかなか潮が引くようなわけにはいかず、お車のお呼び出しにもけっこう時間がかかった。

それやこれやで、外線からの問い合わせに対して、十分な対応ができなかったうらみはあったかもしれない。

宿泊カードによると、客の名は「島田清二」、住所は名古屋市中区栄――になっている。前々日に電話で予約があって、ホテル側から折り返し確認の電話をしているから、住所も電話番号も本物である。

フロントは念のために、もう一度、客室に電話を入れ、応答のないことを確かめてから、万一を想定し、二人のスタッフが連れ立って、７１３号室を訪れた。

チャイムを鳴らし、型通りに「フロントの係でございますが」と二度声をかけ、「失礼いたします」と、マスターキーを使ってドアを開けた。

７１３号室はツインの部屋である。客は申込みの際、「ツインの部屋をシングルユースで」と言っていた。シングルの部屋もいくつかあるのだが、一人客の中には、狭い部屋を嫌って、あえてツインの部屋を――と頼むケースが少なくないから、そのこと自体には、べつに問題はなかった。

ドアを入って、すぐに、フロント係の二人は「異変」を目撃した。

ノーネクタイのワイシャツ姿の男が、床に仰向《あおむ》けに倒れていた。

フロント係の一人が男の顔に見憶えがあった。つい二時間ほど前にチェックインした客である。宿泊カードに「島田」と走り書きしたサインの、ひどく癖のある右上がりの文字も思い出した。

「お客様！」

声をかけて、しゃがみ込み、おそるおそる胸に手を当てて体を揺すったが、客はまったく反応せず、頭部が体の動きと逆方向にゴロゴロ動いた。

「死んでる……」

二人は顔を見合わせ、弾《はじ》かれたように立ち上がった。

フロントマネージャーは部下の報告を受けて、まず近所に住む鈴木という医師に電話した。救急車を呼ぶべきか、それとも警察に連絡すべきか、判断がつかなかったせいである。ホテルにはクリニックがなく、急病人が出た場合には、いつも鈴木医師に往診を頼んでいる。

鈴木医師は「死亡しているのでは、私が行ってもしようがないが」と言いながら、それでもすぐに駆けつけてくれることになった。それと同時に、警察にも連絡しておくよう、指示している。

目白警察署にホテル『四季』からの一報が入ったときは、病死と思われる——ということであった。実際、ホテル側はそう考えており、フロントマネージャーの口振りにも、あまり慌てた様子はなかったから、警察も当初はのんびり構えていた。

中野日出男部長刑事以下、四名の刑事がホテルに到着したときには、ほんの少し前に鈴木医師が来ていて、死体を確認しているところだった。

鈴木医師は、以前、目白署近くの道路で急病人が出た際、たまたま近くにいあわせて、診療にあたったことがある。そのとき以来、警察の連中とも顔見知りであった。まだ三十五、六歳のハンサムな男だ。大学病院の内科に勤務するかたわら、自宅でも診療を行っていて、ホテル『四季』には何度か往診している。

鈴木医師はしばらく、眼底を調べたり、口の中を覗いたりしていたが、頭を持ち上げると、驚いて刑事を振り仰いだ。

「後頭部に打撲を受けていますね」

「殺し、ですか？」

中野部長刑事は、勢い込んで訊《き》いた。まるで殺人事件を待ち望んでいるような口調に聞こえないこともなかった。

「いや、そんなことは分かりませんが、とにかく、打撲痕があります」

鈴木医師は苦笑しながら答えた。

「倒れたときに机の角かどこかで打ったものかもしれませんけどね」

「なるほど……つまり、致命傷というほどのものではないわけですな」

中野はつまらなそうに室内を見回した。室内はきちんと片づいていて、揉《も》め事があった様子は見られない。

「いや、そうとも言いきれませんよ」

鈴木医師はじらすような言い方をする。

「軽い打撲でも、ショック死するケースがありますからね」

「だったら、やっぱり殺しですか？」

「何とも言えません。一応、解剖してみたほうがいいでしょう」

中野はデスクやフロアスタンドの脚に、頭部をぶつけたような痕跡がないか、調べてみたが、見たかぎりでは、それらしい痕は見当たらなかった。

「誰か、この部屋を訪ねて来た人はいませんでしたか？」

中野はマネージャーに訊いた。

「いえ、私どものほうでは、お客さまがお見えになったことは存じておりません。しかし、フロントを通さずに、直接お部屋に来られた方があったかどうかまでは、分かりかねますが」

「どうでしょうかな、不審な人物を見たとか、そういった話は聞きませんでしたか？」

「はあ、念のために、従業員たちにそういったことを訊いてみましたが、誰もそれらしい方は見ていないということでありました。本日は午後七時から大きな宴会がございまして、ロビーとエントランスは十時ごろまでお客さまの送迎などで混雑しておりました。そんな関係で、客室付近にどんな方がおいでであったかまでは、ちょっと気にかけている余裕はなかったというのが実情です」

マネージャーは申し訳なさそうに頭を下げたが、かりにこれが殺人事件だとして、たとえ従業員か客の誰かが不審者を目撃していたとしても、記憶にとどめることができたかどうかは保証のかぎりではない。

いずれにしても、不審死である以上、検視を行い解剖に付す必要がある。中野の報告を受けて、目白署からは当直の高瀬警部が鑑識を伴って駆けつけた。もっとも、この時点では、まだ事件性を確信しているわけではないので、どことなく対応にも余裕があった。

ホテル側は深夜のことでもあり、ほかの客に迷惑があっては——と、そのことばかりが気がかりだ。捜査員は社員通用口から入り、業務用エレベーターを使って、こっそりと現場に入り込んだ。

遅れてやってきた警察の嘱託医の診断も、鈴木医師とほぼ同じで、病死なのか、それとも何らかの事故死なのかは、解剖結果を待つしかないという。ただちに死体は監察医務院へと送致された。

事件性のある無しにかかわらず、型どおりに鑑識作業が行われた。ドア付近を中心に指紋が採取され、床のゴミや埃《ほこり》にいたるまで、遺留品などをチェックする。刑事たちはフロント係を中心に、ホテルのスタッフに対する事情聴取を始めた。

客——島田清二の所持品は革製のやや大振りなバッグが一個あるほかには、テーブルの上に財布、手帳、スーツのポケットに免許証やカード類、名刺を入れたカードケース、それに善光寺のお守りがあった。バッグの書類入れには、大型の封筒があり、中には契約書などの書類が入っていた。契約書は金銭の貸借に関わるものと、不動産取引に関するものが、それぞれ数葉ずつ。そのほか、一泊分の下着の着替え、靴下、ハンカチ、電気カミソリなどを入れたビニールの袋状のケース、携帯電話——といったところだ。

財布の中身もバッグの中身も、何か盗まれたものがあるのかどうか、この時点では判断がつかない。

そのうちに、鑑識課員の一人が、床の上から、何か陶器の破片のようなものをつまみ上げた。

「何ですかね、これは？」

鑑識課員の白い手袋の上に載せられたものは、長さ五、六センチ、幅が三センチ、厚さ二センチほどある。陶器だとしても、たぶん、あまり焼きのよくない、粗末なものにちがいない。表面の色は白と、黒っぽい斑《ふ》のような点々である。元はどういう陶器なのか、見当もつかない。

「このお部屋は、本日、午前中に清掃をしておるのですが、このようなものが転がっているとは……」

フロントマネージャーは、客室係の怠慢を嘆くように、グジグジと言った。

「いや、ただのゴミじゃないかもしれないですよ」

中野部長刑事は鑑識課員の手元を覗き込んで、鑑識係長の宮田警部補に言った。

「どうでしょうかね、これが凶器の破片ということはないですかね」

「どうかなあ、元の形状がどんなものか分からないが、凶器にしては、いかにも脆《もろ》そうな感じだけどねえ……」

宮田警部補は首をかしげたが、ともかく重要証拠の可能性がある品だ。後頭部の打撲痕と一致するか、毛髪や皮膚細胞が付着していないか、確認するだけの価値はあった。

3

警察がやってきてから約一時間後、何度も島田清二に電話をかけていた男が、ホテルから事件の連絡を受けて駆けつけ、警察の事情聴取に応じた。

男の名前は吉川恭三。東京の西新宿にオフィスのある不動産会社の社員で、死んだ島田清二とは、商売上の付き合いで親しくしていたそうだ。

「島田さんが亡くなったって、いったいどういうことですか？……」

吉川は茫然《ぼうぜん》として、まるで警察に責任があるとでもいうような口振りで、中野部長刑事に訊いた。

「どういうことかは、目下調べ中ですがね、それよりまず、おたくさんと島田さんの関係から聞かせてもらいましょうか」

吉川に対する事情聴取は、フロント裏にあるオフィスの片隅で行われた。

もう零時を過ぎて、レストラン、バーはクローズした。ロビーも閑散としていたが、それでも、ときどき外出から戻る宿泊客が通過する。ロビーや廊下には、どう見ても、このホテルには相応《ふさわ》しくない人相風体の男どもがウロついていて、無意識に、職業的な鋭い視線を客たちに走らせるから、客の中には、713号室の「異変」について、うすうす勘づいた者もいるに違いなかった。

吉川の話によると、島田清二は、名古屋で不動産と金融のブローカーを営んでいる人間であった。

「ご本人が一匹狼《いっぴきおおかみ》と言っていたくらいですからね、完全な個人経営でしたよ」

島田の事務所は名古屋市中区栄の目抜きに近い高級マンションにあるそうだ。吉川は行ったことはないが、島田に聞いたところによると、そこに寝泊まりもするということ。しかし、その番号に警察が電話をかけてみても応答はなかった。本格的な住まいではないのかもしれない。

「家族があるとか、そういう話はいっさい、しない人でしたなあ」

吉川は、ちょっと悲しそうな顔になった。

「島田さんのオフィスには、事務員がただ一人だけいるそうです。電話では何度も話したことがあります。たしか山下さんとかいいましたか。いや、住所なんかは知りませんけどね」

明日——すでに今日だが——は日曜日である。事務員の所在は月曜日にならなければ摑《つか》めないかもしれない。被害者の身元確認は、一応吉川がやってくれたかたちになっているからいいとして、この分だと、夜が明けたら捜査員が名古屋へ向かうことになりそうだ。ともかく、いまは吉川が知っていることを、洗いざらい聞き出すしかない。

吉川も不動産関係の仕事をしている関係で、島田とは時折、情報交換と称して飲んだりする間柄であった。

「島田さんの本拠地はもちろん名古屋、中京地区ですが、むこうのお客さんで、東京近辺の地所を探している人がいると、私のほうに紹介してくれるのです。もちろん私のほうから紹介するケースもありましたが。そうやってうまく話がまとまると、たがいに多少のリベートを出すといった業務提携を結んでいました。なかなか真面目で仕事熱心で、堅い商売をする人でしたよ。しかし、島田さんもある程度見通しがついたのか、何か大きな事業を始めるような気配はありましたね。いや、はっきりしたことは言いませんでしたが、そういうのは、何となく分かるものです。何ていうか、乗ってるっていうのか、浮き浮きした感じが伝わってくるものですよ。今夜もね、島田さんのほうから、会いたいと言ってきたのです。何かいい話があるということだったので、ずっと待っていたのですが、こんなことになってしまって……」

吉川はそう言って肩を落とした。島田が死んだことより、「いい話」が消えてしまったことのほうがショックだったらしい。バブル経済がパンクして、このところ不動産業界の不況は惨憺《さんたん》たるものがある。「いい話」がどんなものであるにせよ、少しでも仕事になる話には飛びつきたい状況なのだろう。

警察は、もちろん吉川に対しても疑惑をもって臨んでいる。

この時点では、すでに監察医務院のほうから、「他殺の疑い濃厚」という報告が届いていた。直接の死因はショックによる急性心不全らしいのだが、その原因となった後頭部の打撲は、明らかに、何か鈍器状のもので強打されたと断定した。当初、倒れたときに何かにぶつかったとも考えられたのだが、713号室内に、それに該当する器物は存在していない。

吉川は午後二時から午後十一時半——事件の連絡を受けるまで、ずっと西新宿にあるオフィスにいたという。その間オフィスの外に出たのは、軽食をとるために、オフイスの入っているビルの地階にある喫茶店に、午後六時から一時間ほどいたときだけだそうだ。

「島田さんから最初の連絡をもらったときには、午後八時ごろホテル『四季』にチェックインするということだったのです。ところが、夕方五時半ごろ、何か列車事故があって、一時間ほど遅れるという連絡がありました。横川駅に停車中の列車から電話している、なんて話していました。それで、ホテルに到着したら、島田さんのほうから電話をくれることになっていたのです」

ところが、待てど暮らせど連絡がない。そこで、午後十時ごろから四度、吉川は島田に電話してみた。ホテルのフロントに聞いて、すでにチェックインしていることは分かっていたのだが、ついに連絡が取れないままになったというわけである。

もし吉川の言うとおりだとすると、島田清二は、ホテルにチェックインした午後九時から、吉川が最初に電話した午後十時までの間に死亡した可能性がつよい。

島田を部屋まで案内した係の者の印象では、島田の様子に、とりたてて変わったところはなかったそうだ。「どこかお体の具合が悪いとか、そういう感じはありませんでした」と言っている。

犯人は事件当時、ホテル『四季』にいた人物であることはもちろんだが、しかし、その人物を特定することは、事実上、到底不可能だというのが、フロントの見解であった。

「午後九時過ぎごろは、大きなパーティが散会したばかりのときでして、宴会場から次々にお客様がロビーにお出になり、その方々のご案内に全員がかかりきりでした。たとえホテル内に犯人がいたとしても、その中に紛れ込んでしまえば、とても見分けることなど、できようがありません」

そう言われれば、どうしようもない。

ただし、宴会の客が客室のフロアに流れることはほとんどないので、ホテル従業員に対する事情聴取では、713号室付近で怪しい人物を見掛けたかどうか——が質問の中心になった。しかし、それに対して、従業員は判でおしたように「いいえ」と首を横に振った。考えてみると、ホテル内で見掛ける人物は、ほとんどがお客である。その中には、正直言って、あまり歓迎したくない客だっているかもしれないが、一応、すべて大切な客として接するのが、ホテル側の取るべき態度である。その「お客様」を「怪しい」などと、口が裂けても言えるはずがない。

金太郎飴《あめ》のように、誰に訊いても、同じ表情、同じ口調、同じ答えが返ってくるので、しまいには、事情聴取に当たった捜査員たちも、うんざりした。

「まったく、よく教育が行き届いているものですねえ」

ひとまず、今夜の捜査を打ち切ることになって、署へ引き上げるパトカーの中で、若い軒口刑事が賞賛ともぼやきとも取れる嘆声を発した。

「ほんとだな、うちの新人たちも、このくらい教育してあると、扱い易《やす》くていいんだけどねえ」

中野部長刑事は、すかさず、いやみを言った。冗談めかしているけれど、これはなかば本音だ。中野に言わせれば、自分たちのころと較《くら》べると、最近の新人は基礎的な社会常識に欠けるところが多い。ことに礼儀作法がなっちゃいない。口先だけは丁寧語を使うけれど、じきに馴れ馴れしく、友達みたいな言葉で話しかけたりする。

それに妙に理屈っぽいのも気に入らない。何かというと「中野さん、それは違うのじゃありませんか」と異議を唱えたがる。ばかやろう、こっちはおまえが生まれる前から刑事をやってるんだ——と言いたいところだが、長くやっていれば偉いってもんじゃないでしょう——などと反駁《はんばく》されそうである。

しかし、そうは言っても、警察官になる若者たちは、世の中一般の連中と較べればはるかにしっかりしている——と中野は思っている。おれたちの若いころは——などというのは年寄りじみたボヤキなのであって、いまの若手にもそれなりに期待していいのかもしれない。

「事件発生初日としては、こんなところですか？」

軒口は生意気そうに言った。

「ああ、そうだな。あとは解剖結果しだいで、名古屋に飛んで、島田の関係者に事情聴取することになるか」

「やっぱり殺しでしょうね」

「たぶんな」

殺人事件を歓迎するのは不謹慎だが、心の片隅では、二人ともそうあって欲しいような気がしないでもなかった。

4

島田清二の「死」がマスコミで報じられたのは、翌日の正午のニュースが最初である。その三時間ほど前に、警察はようやく「殺人事件」と断定し、目白警察署内に捜査本部を設置している。

浅見家では、まもなく昼食が始まろうとする時間であった。

テーブルには大奥様の雪江未亡人と、若奥様の和子と、居候《いそうろう》次男坊の光彦が顔を揃《そろ》え、お手伝いの須美子はキッチンでスープを温めていた。

テレビのニュースが、内外の政局を伝え、おしまい近くで目白のホテルで起きた殺人事件を報じた。殺人事件など、あまり珍しくないご時世で、ニュースバリューもなさそうだが、出来てまもない高級ホテルで起きた事件——ということが、ニュースに取り上げられやすい条件だったのかもしれない。

「いやな話題だわねえ、光彦、テレビ消しなさい」

雪江が顔をしかめながら、次男坊にそう命令した。

浅見としては、何はともあれ殺人事件とあって、興味を惹《ひ》かれていただけに、ちょっと残念な気がしないでもなかったのだが、母親の命令は朕《ちん》の命令に等しい。「はい」と素直に応じ、それでもなるべくゆっくりした動作で、ニュースに未練を残しつつリモコンを操作しようとした。

そのとき、画面を見やっていた雪江が「あら?」と言った。浅見が電源ボタンを押すのと同時であった。

「あっ、どうして消しちゃうの?」

雪江は叱《しか》った。

「どうしてって……」

「いま見ていたところですよ。さあ、早く点《つ》けなさい」

だが、画面が戻ったときには、ニュースは次の話題に移っていた。

「ほら、終わっちゃったじゃありませんか」

「はあ、すみません」

浅見は一応、謝っておいてから、訊いた。

「お母さんは、島田という人物、ご存じなんですか？」

「島田？　どなたなの、その方？」

「えっ？　いや、いまのニュースの被害者の名前ですが」

「あら、そうなの、知らなかったわ」

「しかし、お母さんはいま、見ていたっておっしゃった……」

「ええ、見ていましたよ。それなのに消してしまうんだから」

「というと、何を見ていたんですか？」

「写真ですよ、男の人の顔が映っていたでしょう」

「ですから、その写真の男が被害者の島田清二という人です」

「えーっ？　いやだわ、そうだったの、殺された人なの？　ほんとに死んじゃったの、あの人……」

雪江は寒そうに肩を震わせ、テレビの画面にチラッと視線を走らせた。テレビはすでに東京ローカルのニュースに移って、神代《じんだい》植物公園の風景を紹介していた。いまはハナミズキ、ヤマブキ、レンギョウなどが花盛りだという。ふだんなら、「まあ、きれい」と嘆声を発するはずの雪江が、何の反応も見せない。よほど動転しているのだろう。

「つまり、あの被害者の顔に見憶えでもあるのですか？」

浅見は、なるべく母親の神経を刺激しないように、のんびりした口調で言った。

「ええ、そうなのよ。ちょっと似ていたもんだから……でも、違うわね、きっと」

自分に言い聞かせるように、念を押した。

「似ていたって、誰に、ですか？」

「誰ってことはないけど、昨日ね、ちょっと汽車の中で見た人よ」

雪江が「汽車」というと、煙を吐いて走る汽車が思い浮かぶ。ことによると、雪江の頭の中には、碓氷峠をアプト式で上り下りしたころの、蒸気機関車に牽《ひ》かれた列車のイメージが息づいているのかもしれない。

「なるほど、列車の乗客ですか。隣の席だったのですか？」

「隣？　違いますよ。冗談じゃない、あんな男となんか。ほんとにいやなヤツ……だけど、そうなの、殺されちゃったのねえ……」

死者にムチ打つことを遠慮するのか、雪江は「いやなヤツ」のために両手を合わせ、かすかに頭を下げた。

「そうだったのですか、お母さん、一緒だったのですか」

浅見はつい嬉《うれ》しそうな声になって、景気の悪い証券マンのように、揉み手をした。

「一緒っていったって、ほんとにその人かどうか分かりませんよ」

雪江は、この好奇心旺盛な次男坊の前で、うっかり余計なことを口走った軽率を悔やんでいる。

「いえ、お母さんの記憶力のよさには定評がありますからね。若いころ、お父さんと食べた神田川の鰻《うなぎ》の味が忘れられないって言ってたじゃないですか」

「ああ、そうねえ、そういうことも……」

懐かしそうな顔になって、それから慌てて威厳を取り繕《つくろ》った。

「ばかなことおっしゃい、それじゃまるで、わたくしが意地汚いみたいに聞こえるじゃないの。ねえ、和子さん」

「は？　いいえお母様……」

気立てのいい長男の嫁は、目をパチパチさせて、首を横に振った。

「お母様はほんとうに記憶力がおよろしいし、それに、とても頭がよくていらっしゃいますわ。このあいだも、雅人の参観日のこと、すっかり忘れてましたの、お母様に教えていただきましたでしょう。あれ、ほんとに助かりましたの」

「それは和子さん、あれですよ。可愛い孫のことことなれば、べつですもの。光彦のことなんて、この家に住んでいるのさえ、ついうっかりしちゃうくらいだわ」

居候の尻をムズムズさせるような妙な風向きになってきたが、頃合よく、須美子があつあつのスープを運んできて、雪江の口を塞《ふさ》いでくれた。

食事のあいだ、浅見もさすがに殺人事件の話は遠慮した。しかし、雪江のほうがかえってさっきの被害者の顔写真が気になってならないらしい。食事の合間に、ふっと物思いに取りつかれたような表情を見せ、それから思い直したようにパンをちぎった。

そして、まだ食事がすまないというのに、とうとう我慢しきれなくなったとみえて、言い出した。

「光彦、さっきのあの人、どうして亡くなったの?」

「ですから、昨日の夜、殺されたのですよ。目白のホテル『四季』の一室で、です。

死因は頭を殴られたときのショックじゃないかって言ってました」

「それで、犯人は捕まったの？」

「いや、目下のところ、手掛かりがないみたいですよ」

「そうなの、警察は何をしているのかしらねえ……」

「あはは、そんなこと言っちゃ、兄さんに気の毒ですよ。まだ捜査が始まったばかりですからね」

「何を言っているの。わたくしは陽一郎さんのことを思えばこそ、歯痒《はがゆ》いのじゃありませんか。犯人が捕まらなかったりすれば、刑事さんたちの頂点にある陽一郎さんの責任ということになるのよ」

「はあ、それはそうですけど、何しろ、昨日の今日ですから」

「一日経《た》てば、それだけ捜査が難しくなることぐらい、光彦には分からないの？　門前の小僧さんじゃないけど、刑事局長の弟なら、少しは勉強なさい」

どうしてこうなるのか、最後はいつもこれだ。出来の悪い次男坊は、ひたすら恐懼《きょうく》するばかりだし、優しい兄嫁は、要領の悪い義弟を慰めようがなくて、困りきっていた。

「それはともかく、もし、お母さんの見た男が被害者だとしたら、お母さんの目撃談が何か捜査の参考になるかもしれませんよ。警察に連絡してみましょうか？」

「いやですよ、警察だなんて。刑事局長の母親が刑事さんに調べられたりするのが、もし新聞沙汰《ざた》にでもなってごらんなさい。陽一郎さんの名誉にかかわりますよ」

「いや、それはちょっと意味が違うと思いますが」

「とにかくいやなのよ、わたくしは」

正しかろうが間違っていようが、いったん言い出したらきかない性格だ。徳川家康ばりに「鳴くまで待とう」と、気が変わるのを待つしかない。

その時はそれで終わったが、事件から二日経ち三日経ちするうちに、雪江の心配が的中しそうな雰囲気になってきた。

新聞やテレビのニュースのたびに気をつけているのだが、それ以後、犯人のメドがつくどころか、事件捜査に進展があった様子はまったく見られない。

雪江は次男坊の顔を見るたびに、「どうなったのかしらねえ」と不安そうに呟く。そのくせ、長男のほうには何も言わない。

「兄さんに相談したらどうですか？」

浅見が言うと、とんでもない——と眉《まゆ》を吊《つ》り上げた。

「陽一郎さんに心配かけるようなことが言えますか」

次男坊には虚勢を張ってみせるけれど、事件直後、警察に「目撃談」を伝えなかった負い目は、日いちにちと雪江の両肩に重くのしかかってくる。こんなことなら、強情を張らず、次男坊の言うとおり、警察に出頭していればよかった——と、後悔することしきりである。

浅見も外出していることが多いし、家にいても、しょっちゅう母親の様子に気を配っているわけではないが、時折、人知れず「ホーッ」と吐息をついている雪江を見ることがあった。よほど良心の呵責《かしゃく》にさいなまれているにちがいない。いくら強情なホトトギスでも、そろそろこちらから声をかけて、鳴き方を教えてやったほうがいいかな——と思わないわけにいかなかった。

5

「どうやら、捜査は行き詰まってますね」

事件から十日経った日の朝、一人だけ遅い朝食をすませたあと、浅見は雪江に新聞の記事を示しながら、言った。

「あら、何の話？」

雪江はギクリとしながら、下手《へた》な演技でとぼけて見せた。

「お忘れですか、ほら、ホテル『四季』で男が殺された事件ですよ」

「ああ、そういえばそんなことがあったわね。すっかり忘れてましたよ。で、どうなったのかしら、その後？」

「ですからね、捜査は行き詰まっているらしいですよ。ここに、『事件捜査に結びつくような手掛かりはまったくない』と書いてあります」

「おや、それは大変」

「そう、大変ですよ、これは。下手をすると迷宮入りになりますね」

「まあ……」

雪江の眉根のあたりに、憂色《ゆうしょく》が漂った。

「警察は、被害者が長野のほうから来たことぐらいは、分かっているのでしょうねえ」

浅見は、欠伸《あくび》を嚙《か》み殺すふりをしながら言った。

「当たり前でしょう。世界的に優秀な日本の警察が、そんなことぐらい分からないでどうしますか」

雪江は自分が侮辱されたように、憤然として言った。

「そうですよねえ。それじゃ、列車内で電話をかけていたなんてことも、当然、分かっているのでしょう」

「それは……」

「車輛のどの席に坐って、隣にどういう人物がいて、電話でどんな話をして……などといったことだって、すべて調べがついているのでしょうねえ」

「…………」

雪江は黙ってしまった。息子のひと言ひと言ごとに、自信を喪失、不安が拡大してゆくのである。

「その人物は独り旅だったのですか?」

「知りませんよ、そんなこと」

「しかし、お母さんは彼を見ているんでしょう?」

「そりゃ、見てはいるけど……」

「どの辺に坐っていたのですか? つまり、お母さんの前ですか、後ろですか?」

「後ろよ、後ろのドア近く。わたくしが9番の席だったから、11番だわね……そうだわ、独りですよ、独り。C席は一人掛けですものね」

「電話では、何を話していたんですか?」

「分かるはずがないでしょう。わたくしは他人様《ひとさま》の電話を窃《ぬす》み聞きするほど、悪趣味じゃありませんからね。それに第一、ああいうおカネずくめの下品な話は、聞くに耐えない……」

雪江は慌てて口を塞いだ。

「なるほど、おカネの話だったのですか。それで、どんな内容でした?」

「それは、少しぐらいは、いやでも耳に入りますからね。でも内容までは……光彦、そういう、おねだりするような目つきをするのはお止《や》めなさい。だいたいあなたは、子供のころから、そんなふうにジーッとひとの顔を見つめる癖があって、静岡のおばあさまが、この子は気味が悪いって、いつもこぼしてばかり……分かりましたよ、いま思い出してみるから、あっちをお向きなさい」

雪江は辟易して、大袈裟《おおげさ》に顔をしかめ、しばらく考えてから言った。

「そうだわ、銀行に入金があったかとか……あれはきっと、会社の部下か誰かに指示していたのですよ。何百万円だとか何千万円だとか、金額まで大きな声で言って。それがいかにもわざとらしく、聞こえよがしで、下品だったらありはしない。それから、どこか得意先か何かに、ホテルに着くのが遅れるっていう電話をしてたわね。九時ごろに着くからアサヒのことをよろしくとかどうとか……」

「アサヒ、ですか？」

「そう言ってたわね。アサヒっていうのが、一瞬、『浅見』とダブッて、それで際立って聞こえたのかもしれない」

「アサヒって、朝日新聞の朝日ですか？　それとも、旭日《きょくじつ》の旭でしょうか？」

「さあ？」

「アサヒがどうしたというのですか？」

「分かりませんよ、そんなこと」

雪江は、うるさくまつわりつくハエでも追い払うように、はげしく首を振った。

「それから何て言いましたか？」

浅見はベテラン刑事のように、鉄面皮に訊いた。

「それだけですよ。あとは車掌さんに、どのくらいの遅れになるか訊いて、それっきり静かになって、それでおしまい」

むかし、寝物語のつづきをせがんで、いつまでも眠りに落ちない次男坊に、「これでおしまい」と宣言したときと、そっくり同じ口調であった。

浅見は眠りに落ちる代わりに、天井を睨んで、ジッと考え込んだ。

「光彦……」

雪江は心配そうに息子の横顔を覗き込んで、声をかけた。

「はあ？」

「これ、重要なことなのかしらねえ？」

「は？　何がですか？」

「だから、あれですよ。つまり、わたくしが小耳に挟《はさ》んだことは、捜査に関係するのかどうかということですよ」

「はあ、たぶん」

息子は気の毒そうに頷《うなず》いた。

「困ったわねえ」

「はあ、困りました」

「どうしたらいいかしらね？」

「どうしたものでしょうか」

「光彦、あなた、そういう他人事《ひとごと》みたいな言い方をしないで、もっと真面目に考えなさい」

「いや、お言葉ですが、僕は真面目に考えていますよ」

「だったら、どうするつもりなの？」

「どうするって……」

浅見は内心呆《あき》れた。他人事と思っているのは、ご当人では？――と言いたい。

「そうですね、いちばんいいのは、お母さんが警察に出頭して、列車内で見聞きしたことを説明してやることでしょう」

「そんなことはできませんよ」

「そうでしょうか。警察は大いに感謝すると思いますがねえ」

「それはそうかもしれないけれど、刑事局長の母親ともあろう者が、いまさらノコノコと出掛けられますか。先日、陽一郎さんが『民間の人びとの捜査協力を』って、テレビのインタビューでお話ししてたばかりなのに」

「そうですよ。だからこそ、お母さんが世間に範を示すべきです」

「あなたって子は……」

雪江は溜《た》め息をついた。

「ほんとうに冷たいひとだわねえ。どうして、ご心配なく、僕に任せなさいって、そういう発想が湧《わ》かないの？」

浅見は（おやおや――）と、胸のうちで苦笑した。何のことはない、雪江は次男坊に事件解決に乗り出してもらいたいのだ。日頃、「警察のお仕事にチョッカイを出して、陽一郎さんの立場にキズをつけるようなことのないように」と、口をすっぱくして言っているだけに、素直に「捜査依頼」を持ち出せないことは分かるが、それにしても、ずいぶん屈折した言い方をするものである。

「しかし、僕は門前の小僧以下ですから、警察が手を焼いているところに出ていっても、何もできないと……」

浅見のほうも負けずに屈折している。

「そんなことは分かっていますよ」

雪江はじれったそうに、テーブルの上をトントンと叩いた。

「それでも、何かのお役には立つかもしれないじゃありませんか。男の子はウジウジと引っ込み思案ばかりしているものではないの。だめでもぶつかってみて、それで進歩してゆくものなのですよ。だいたい、光彦、あなたは三十にもなって……」

「いえ、三十三です」

「そんなことを自慢げに言うものでは……」

雪江は（情けない――）とばかりに、首を横に振って、席を立った。

第二章　怪しい部屋

いまにも破裂しそうなほどトイレに行きたいというのに、管理人はクドクドと「住人の心得」について語っている。

「……男性のお客さんが部屋に入ることは、原則としてお断りしていただかなければならんです。たとえ親御さんでも、一応、私のほうに諒解《りようかい》を求めてもらいますよ」

「分かってますよ。それは最初に不動産屋さんのほうから聞いています」

夏美はじれったいのと、込み上げてくる尿意とで、体を震わせながら言った。

管理人の饒舌《じようぜつ》から逃れて、ようやく部屋に入るとすぐ、夏美はトイレに駆け込んだ。

このトイレを使うのは、もちろんこれがはじめてのことである。他人の使った便座に坐るときには、必ずといっていいくらい、トイレットペーパーできれいに拭《ふ》き取ってからでないと気持ちが悪いのだけれど、そんな余裕もなく、いきなりお尻を出すと、一気に放出作業に取り掛かった。

全身を支配していた緊張と恐怖からいっぺんに解放され、下半身はもちろんのこと、背筋から頭のてっぺんに向かって、安らいだ幸福感が広がってゆく。

世の中にこれほど気分爽快《そうかい》な瞬間は、そうざらにはない――と、つくづく思うのだが、その感謝の気持ちは、じきに薄れてしまう。人間とは、よほど身勝手で、恩知らずな生き物にちがいない。

そんな感慨に耽《ふけ》りながら立ち上がり、身繕いをしかけて、夏美はふとかすかに聞こえてくる、奇妙な音に気がついた。「シャーシャー」というような、金属的な音で、はじめは何かのノイズかと思ったが、よく聴いてみると、メロディがある音だった。電車の中で、隣の客が聴いているウォークマンのイヤホーンから洩《も》れる音楽――という感じである。

マンションとは名ばかりの、安普請《やすぶしん》の建物だから、壁だってどうせ薄っぺらなものだろう。音源は隣家かどこかの家でかけているレコードかもしれない。夏美が水洗の水を流したので、音はたちまち聞こえなくなったが、たしか『愛の讃歌』のメロディだった。夏美の父親が越路吹雪のファンで、彼女が亡くなった夜、『愛の讃歌』のレコードを何度もかけていたのが、こども心に耳に残っている。

夏美は念のために水洗のタンクが満杯になって騒音が消えるまで待ってみたが、もはや音楽らしいものは聞こえなかった。

あの程度の音なら仕方がないけれど、これから先、生活音公害なんかで、近所と揉め事があったりしたら、いやだな――と、夏美は不安であった。つい最近、雨戸の開け閉めがうるさいと言って、隣人を殺すという事件があったばかりだ。

そういえば、ここの家賃が意外なくらい安かったのも、何かわけありな気がする。はじめ、不動産屋で家賃の金額を聞いたとき、「えっ、ほんとですか？」と問い返したほどである。これまで、あちこちの不動産屋を歩いた経験からいうと、どう考えたって、相場の一割から二割は安い。

「どうです、借り得でしょう」

不動産屋は得意げに言ったが、「ええ、たしかに安いことは安いですけど、なぜなんですか？」と問い返すと、何やら後ろめたそうに、こっちの視線を避けた様子が腑《ふ》に落ちなかった。

「まあ、女性専用マンションという規定があるのでね、余所《よそ》よりは割安になっているわけでして。それと、駅から少し遠いってことですかな」

何となく言い訳がましい口調で言うのも、おかしな感じだった。何かいわくがあるのだろうか――と引っ掛かるものを感じた。

しかしまあ、下見をしたかぎりでは、とりたてて問題になるような欠陥があるとは思えない。鉄筋コンクリート建てではないが、アーリーアメリカンふうの、小ざっぱりした白い建物だ。いわゆる1DKというタイプで、ユニットバスとトイレがべつべつになっているのも気に入った。

ただし、トイレの壁と天井に貼《は》られた壁紙の派手なのには驚かされた。絵柄は一面、夏の海と空と雲である。

不動産屋で契約をすませ、管理人に挨拶がてら、もう一度、部屋を案内してもらったときにも、あらためてそう思った。

「これ、ずいぶん変わってますね」

夏美が言うと、管理人のおじさんは、「前のね、女のひとが貼ったもんで」と困ったような顔をした。

「まあ、ちょっと変わってるってば変わってるけど、貼り替えるとなると、結構、費用もかかるし、その分、あんたに負担してもらえるならいいのだが」

「いやですよ、そんなの」

夏美は言下に断った。何かと出費が多くて、懐も、今月はかなりきびしいことになっていた。

「それに、慣れてしまえば、そう悪くないかもしれないし」

「そうだね、悪くないね、いっそ明るくていいんじゃないの」

管理人は急に上機嫌になった。

「でも、こういう壁紙を貼るのって、どういう性格のひとなのかしら？」

夏美は興味を惹かれた。

「ねえ、そのひとって、何をしてたひとなんですか？」

「さあねえ、知らないねえ。他人のプライバシーに関しては、あまり詳しいことは訊かない主義なもんで」

(ほんとにそうかな？——)と、夏美は首をひねった。

夏美が契約するときは、管理人は、出身地のことや仕事のこと、家族のことから付き合っている男性がいるかどうか、プライバシーに関することを、かなり突っ込んで、根掘り葉掘り聞きたがったくせに。

結局、トイレのやたら派手な、海と空と雲の壁紙はそのままに、部屋を借りることになったのである。

＊

ほっとした気分でトイレを出て、あらためて周囲を見回してみると、なかなか住み心地のよさそうな部屋であった。東向きの窓は、陽射しのある時間が短くて、少し暗い感じがするけれど、西日がしつこく当たるよりはましだ。

夏美よりひと足先に届いて、部屋の片隅に積まれてある、わずかばかりの荷物をほどきながら、これからはじまる独りぽっちの生活に、あれこれ想いを馳《は》せた。

美容学校時代から、ずっと寮生活だったから、規則規則でうるさい反面、他人の決めたルールに従っていればいいという、気楽さがあった。もちろん女ばかりの寮で、門限もやかましかったが、それは覚悟の上のことだ。寮生は地方出身の人間が多く、それぞれ真剣に美容師への道を歩むつもりでできている。

人間、目的をいだき、その気になれば、規則で縛られることにも、それほど痛痒《つうよう》を感じないものであるらしい。夏美もその一人だったわけだが、同じ年頃の女性や女子大生が、派手な遊びをするのとは対照的に、地味で真面目な暮らしぶりに甘んじていた。

学校を出て、資格を取るまでの、いわゆるインターン期間中は、青山に本店のある、全国的にも有名な「Y美容室」の新宿店に勤め、そこの初台寮に住んでいた。ほんの小遣い程度の収入だったせいもあって、夏美はやはり派手な遊びとは無縁で過ごした。

昨年の六月に、晴れて美容師の資格を獲得した。Y美容室の本店に配属され、人並みより少し低いながら、給料ももらえる身分になった。それから一年近く、しだいにお客を担当する機会も増え、それにつれて給料もアップした。切り詰めれば、独立しても何とかやっていけるめども自信もついた。

もっとも、彦根の両親は、美容師の資格を取れば、娘は帰って来ると思っていたらしい。そんな約束をしたおぼえはないのだが、父親は電話で「約束が違うだろう」と怒鳴っていた。母親は仕方がないと諦《あきら》めたし、弟も理解を示してくれたが、父親だけは難関であった。首に縄をつけてでも――と意気込んで上京してきたときには、どうなることかと思ったが、夏美の生活の実態をその目で見たり、Y先生に直接会って話を聞いた結果、ようやく納得して引き上げた。

「岡田さんは、単なる美容師としてだけではなく、美容デザイナーとしてのセンスも将来性も持っておいでですのよ」

Y先生が、いくぶん過剰とも思えるような褒《ほ》め言葉を言ってくれたのが効果的だったのかもしれない。

「親はわが子を、いつまでも子供だと思いたいものですけれど、子はどんどん脱皮して、大きく、時には親を凌駕《りようが》する勢いで羽ばたいてゆくものですわ」

Y先生はそうも言った。

東京駅で別れ際に、何とも情けない表情で、しみじみと「おまえももう、立派なおとなだな」と言った父親の姿が、夏美の目には、やけに小さく見えた。

2

トイレで聞こえる音楽の正体が分かったのは、引っ越した夜のことである。

二度めのときも音は聞こえたのだが、あまり気にしなかった。夜までかけて部屋の片付けを終え、夏美は近くのそば屋に出掛けた。夕食を摂《と》るついでに、管理人と両隣に配るそば券を買った。

昼間は気がつかなかったが、アパートの前の道は薄暗く、少し気味が悪い。そのせいもあったのか、三度めのトイレに入ったとき、またあのメロディを聞いて、夏美は背筋がゾーッとした。

擦過音《さっかおん》といってもいいような、金属的な、掠《かす》れた、かすかな音である。その音が『愛の讃歌』を奏でているのだ。

夏美は水を流すのをやめて、聞き耳を立てた。派手に夏空を描いた壁に耳を押し当ててもみた。しかし、そうやっても、聞こえてくる音量に変化はなく、むしろ、耳を塞いでいる分、聞き取りにくくなる。四方の壁で試してみたが同様であった。そうこうしているうちにスッと、メロディは途絶えた。

どうやら、この怪音は、隣家などから聞こえてくるといった性質のものではないらしいことに、夏美はようやく気がついた。

とりあえず水を流してトイレを出たが、いまさらのように、派手な青空の壁紙が気になってきた。その奇怪なメロディは、青空のかなたから聞こえてくるように思えた。もしかすると、前に住んでいた女性の怨念《おんねん》のようなものが、青空の壁紙に貼り込められているのではないか――などと、ばかげた想像さえいだいた。

夏美は部屋を出て、隣の部屋のドアをノックした。

「はーい」と応じる声があって、すぐに女性が顔を覗かせた。三十歳代なかばぐらいの、少し骨太な感じがする、目の大きな女性であった。その目をいっそう大きく開いて、初対面の客を見つめた。

「今度、隣に引っ越してきた岡田です。岡田夏美といいます。よろしくお願いします」

「ああ、そうなの、こちらこそよろしく。私は宮崎さとみ――平仮名で『さとみ』って書きます」

「あの、これはご挨拶代わりに、おそばの券です」

夏美が熨斗《のし》袋を差し出すと、宮崎さとみは不思議そうに「へえーっ」と言った。

「若いのに、古風なことするのねえ」

「あ、おかしいですか？　東京ではこうするもんだって、聞いたのですけど」

「ううん、おかしくはないけど、でも、ここではじめて。ありがたくいただくわ。おそば大好きだから」

さとみは、熨斗袋を押し戴《いただ》いて、「ねえ、ちょっと入りません？」と誘った。

「いまね、コーヒー入れたところ、二人分あるから、飲んでいって」

夏美がためらう間も与えず、ドアをいっぱいに開けたまま、さっさと奥のほうへ行ってしまった。

広さも造りも同じだが、夏美の部屋の殺風景とは対照的に、家具やガラクタといってもよさそうなものが充満している。ことに、壁際に積み上げられた書籍雑誌のたぐいがものすごい量だ。こんなに溜まるまで、いったいどのくらいの年月がかかるものだろう——。

「ここ、もうずいぶん長いんですか？」

夏美は訊いてみた。

「ええ、八年かな。建って間もないころからだから、主みたいなものね。そのころからずっといるのは私だけよ。みんな結婚するか、大学を卒業して田舎へ引き上げちゃった」

さとみは屈託なく言いながら、赤いバラの絵柄のカップにコーヒーを注《つ》いだ。

「おいしいっ」

ブラックのままひと口啜《すす》って、夏美は感嘆の声を発した。

「でしょう」

さとみは満足そうに、大きく頷いた。

「これ、ブルーマウンテン。コーヒーはやっぱりブルマンね。私って、ほかのことはさっぱりだめだけど、コーヒーの入れ方だけは自信があるの」

「あの、お仕事、何をしていらっしゃるのですか？」

「編集者、雑誌のね」

「そうなんですかァ、すてきですねえ、憧《あこが》れちゃいます」

「ははは、そんな結構な職業じゃないわ。それで、あなたは？」

「美容師です。なったばっかりの、新米ですけど」

「だったら、そっちのほうがいいわよ。絶対に食いっぱぐれないもの。そこへゆくと、うちなんか、常に廃刊の危機に晒《さら》されているんだから」

「どういう雑誌ですか」

「たぶん知らないと思うな。『旅と歴史』っていう、およそ地味な雑誌」

さとみは本箱から新刊の『旅と歴史』を持ってきた。彼女が言ったとおり、夏美は見たことも聞いたこともない雑誌だ。

「編集長以下、たった五人で作ってる雑誌でね、書店でも、置いてないところがあるくらいだから、知らなくて当たり前。でもね、定期購読者が多いので、なんとかやっていけてるわけ」

パラパラとめくってみると、本の題名どおり、日本国内の旅と歴史をからめた話題ばかりの内容であった。

「旅と歴史——ですか。私にはぜんぜん縁のない世界です」

夏美が溜め息まじりに言うのを、さとみは怪訝《けげん》そうに見つめた。

「ふーん、どうして？」

「だって、高校を出てからずっと、美容師の世界にしかいませんでしたもの」

「あ、そうか。だけど、これからじゃないの。いま、いくつ？」

「もうじき二十二になります」

「いいなあ、私の半分近いわけかァ」

「えっ、宮崎さんて、そんな……」

「あははは、そんなは言い過ぎよ。まだそこまで行ってないけど……でも似たようなものか。ま、歳《とし》の話はやめましょ。とにかく、これからよろしくね」

「こちらこそ」

夏美は頭を下げて、ふと思いついたように訊いてみた。

「私の前に、隣に住んでいたひとって、どういうひとだったのですか？」

「ああ、高島さんね。あまりよく知らないけど、変わったひとだったみたい」

「変わったっていうと、どういうふうにですか？」

「たとえば、そう、あなたみたいに愛想よくなかったわね。廊下で会って、こっちが挨拶しても、知らん顔——って言うより、顔を背《そむ》けていたわ。いつだったか、大雪が降って、階段の下のところに屋根の雪がドサッと落ちてきて積もったのを、私ともう一人、富沢さんていう人がせっせとどかしてたら、高島さん、外から帰って来て、そのまま知らん顔して、階段上って行っちゃったの。ご苦労さんも言わないのよ。信じられる？」

「ひどいですねえ。いくつぐらいで、何をしてるひとだったんですか？」

「歳は三十ちょっとかしら。話もしないから、何をしてるのかは分からなかったわね。最初は水商売関係のひとかなって思ったんだけど、夜もいることが多かったし、そういうわけじゃなかったみたい」

「どうして引っ越したんですか？」

「どうしてって……ふーん、あなた、ずいぶん関心があるのね」

夏美の質問攻めに、宮崎さとみは呆れたように、少し怪しむ目をして背を反らせた。

「ええ、ちょっと……トイレの壁紙がとても派手で、変わったひとだなって思ったものですから。それと……」

夏美は言い淀《よど》んだ。

さとみは「ん？」と、言葉のつづきを待っている。

「これは別のことなんですけど、変な音楽が聞こえるんです」

「変な音楽？」

「ええ、トイレに入るとですね……」

夏美はトイレで聞こえる『愛の讃歌』のことを話した。

「はじめは、どこかのお宅でレコードでもかけているのかと思ったんですけど」

「ああ、それだったら、うちじゃないわ。『愛の讃歌』、嫌いじゃないけど、うちには
レコードもCDもないし。だったら、あれじゃないかしら、下の部屋」
「いえ、それがですね、そうじゃないみたいなんです。三度聞いたんですけど、三度
とも同じフレーズのところばかり聞こえて、それで、じきに止《や》んでしまうんです」
「ふーん」
さとみは夏美が何を言いたいのか、当惑げに首をかしげた。
「つまり、それでですね。私は何か、前に住んでたひとの怨念みたいなものが、あの
部屋に残っているんじゃないかって、気持ち悪くて……」
「あははは、本気なの？……」
さとみは笑ったが、夏美にしてみれば笑いごとではない。
「本気です。だって、部屋の家賃だって、異常に安いし、何かいわくがあるんじゃな
いかって思うんです」
「安いって、いくらなの？」
夏美が家賃を言うと、さとみは真顔になって憤慨した。
「それはたしかに安いわ。うちと間取り、同じでしょう？　それ、本当だとしたら、
怪《け》しからんなあ。第一、変ねえ、よほど借り手がなかったのかしら？　でなきゃ、安

くするわけがないわ。この時期に、何の理由もなしに家賃を下げるはずはないもの」

「でしょう? やっぱり……だから、おかしいって思ったんです。何かあるって」

「ふーん、じゃあ、ほんとに出るのかしらねえ?」

「出るって、何がですか?」

「だから、幽霊……」

「やめてくださいよ!」

夏美は心臓が凍りそうな気がした。

「ははは、ごめんなさい。だって、あなた、あんまり真剣そうなんだもの」

「真剣ですよ。ああ、どうしよう。今夜からあの部屋で寝るっていうのに……」

「困ったひとねえ。いいわ、それじゃ私が行って、見てあげる。一緒に行きましょう」

宮崎さとみは席を立った。

ガランとした夏美の部屋を、さとみは物珍しそうに眺め回してから、問題のトイレを覗いた。

「べつに何の音も聞こえないじゃないの」

「ええ、入ったときは何もないんです。それで、用を足して出ようとすると、聞こえてくるんです。三度ともそうでした」

「というと、用を足さないと聞こえないっていうわけ？　じゃあ、試しにそうやってみましょうか」

さとみは夏美を外に出して、実際、用を足している。いい度胸だなあ——と、夏美は、ドアの外でかすかなおしっこの音を聞きながら、感心した。

やがてトイレットペーパーを引っ張る音が聞こえて、「あっ、分かった」とさとみが叫んだ。

「分かったわよ」

ドアを開けて、さとみは夏美を手招いた。まだ水を流していないので、夏美は遠慮がちに中の様子を窺《うかが》った。

「ほら、聞こえてる」

「あ、ほんと……」

たしかに、かすかな『愛の讃歌』が聞こえていた。

「ね、私が言ったとおり、やっぱり聞こえるでしょう」

夏美は肩をすくめた。

「ははは、だけど、音の正体は分かったから、もう怖がることはないわ」

「えっ、正体って、何なんですか？」

「これよ」

さとみがトイレットペーパーを指差したとき、音は止んだ。さとみはペーパーホルダーから威勢よくペーパーを引き出した。ホルダーの巻き芯がカラカラと回って、直後、『愛の讃歌』が聞こえてきた。

「この巻き芯が、オルゴールになっているっていうわけ」

「なあんだ……」

夏美は拍子抜けがした。

「幽霊の正体見ればばって、こういうことを言うんだわね」

さとみは愉快そうに笑った。

『愛の讃歌』の「怪音」の謎《なぞ》は解けたけれど、前住者にまつわる不審——というより、夏美の部屋の家賃とさとみの部屋のそれとの格差がなぜあるのかについては、まだクリアになったわけではなかった。そのことでは、宮崎さとみも、直接、自分の家計に関わることだけに、大いに納得いかない。

「やっぱり変ね、何かあるわよ。いまにして思うと、前の高島さんの消え方だって、すっごく唐突で、いつの間にか姿が見えなくなってたみたいな感じだった。引っ越しも運送屋さんだけがやって来て、荷物を運んで行ったらしいし……そのときはもう、彼女、どこかへ行っちゃってたのじゃないかな」

さとみは腕組みをして、考え込んだ。

そんなことを言われると、夏美はますます気味が悪くなってくる。高島という女性が消えた理由について、あれこれオカルトじみた空想が広がってゆくのだ。

「あら、もうこんな時間だわ」

宮崎さとみは腕時計を見て腰を浮かせた。

「もう行っちゃうんですか？　まだいいじゃないですか」

夏美は心細い声を発した。

「ははは、大丈夫よ、何も出やしないって」

「あ、お願いだから、そういう言い方しないでください」

「ごめん、ごめん」

さとみは、まだ笑いを残した声で謝った。

「だけど、妙なものね。いままで、隣の部屋の住人なんか、ぜんぜん関心がなかったのに、いなくなってから関心が湧いてくるなんて」

そう言いながらドアのところまで行ってから、振り返った。

「折りをみて、管理人に訊いてみるわ。どうして家賃に格差があるのか。それから、高島さんはどこへ行っちゃったのか」

「それ、分かったら教えてください」

「はいはい。じゃあ、お休みなさい」

さとみは手を振って出て行ったが、翌日の晩、夏美が帰るのを待ちかねたようにやってきて、唇を尖《とが》らせた仏頂面《ぶっちょうづら》をしながら、「だめだった」と言った。

「さっき訊きに行ったんだけど、あの管理人、絶対に教えないって、頑張るのよ」

「どうしてですか?」

「だから、分からない。要するに理由を言わないってこと」

「変ですね、それ」

「うん、変だわね、やっぱりわけありよ」

「じゃあ、結局、調べようがないってことですか?」

「ううん、調べますよ、こうなったらトコトン調べてやるわ。ああまで頑固に隠すところが怪しいもの。ますますつのる黒い疑惑——っていうところね」

「でも、どうやって? 危険なことはしないでくださいよ」

「大丈夫、任しといて。私に心当たりがあるんだから」

宮崎さとみは、それほど豊かでもない胸を、自信たっぷりの仕種で叩いてみせた。

3

母親の「事件」の影響で、浅見の仕事のスケジュールはすっかり狂ってしまった。ワープロを叩いていると、液晶の白っぽい画面の上に、ふっと「事件」の影が射し込む。信越線の車内で、声高《こわだか》に電話をかけている男の姿が、まるで浅見自身がその場にいたように、ありありと思い浮かぶ。

他人が体験したことでも、何度となく自分の頭の中で反芻《はんすう》しているうちに、あたかも自分の体験であるかのように錯覚し、記憶してしまう癖が、浅見には子供のころからあった。おまけに、具合の悪いことに、そういう「記憶」は未完成であり不定形であるだけに、その欠落した部分を補填《ほてん》すべく、勝手に増殖し、膨張してゆく。

浅見の脳裏では、いつのまにか、男が電話をしている車内の風景が、ジグソーパズルを埋め込んでゆくかのように、かなり細かい部分まで完成されつつあった。

傍若無人な男と、口やかましそうな雪江の狭間《はざま》にあって、当惑顔に佇む車掌。成り行きがどうなるか——と、冷笑を浮かべながら眺めている中年紳士。

電話のことなど、まったく気づかないで眠り惚《ほう》けているアベック……。

そういった情景が、煙草《たばこ》の煙と、アルコールや食べ物の臭いが淀んだ空気の中に、おぼろに霞《かす》んで見えてくる。

そうして、ホテル『四季』の713号室では……。

襲いかかる妄想を振り払うようにして、ワープロに向かい直したとき、須美子が「電話ですよ」と呼びにきた。『旅と歴史』の藤田編集長からである。

「原稿ならまだですよ。締切りは三日先のはずですが」

苛立《いらだ》たしい気持ちを、つい抑えきれずに、浅見は受話器を握り、藤田の声を聞くなり、そっけない口調でそう言ってやった。

「いや、今日は仕事の話じゃないんだ。きみに会いたいという女性がいるんだけどね」

「女性？　なんだ、見合いの話ですか？　だったら彼女に教えてあげてくれませんか。原稿料が、せめていまの二倍に上がるまでは、あの男は赤貧洗うがごとしだから、やめておいたほうがいいって」

「ふん、その必要はないのだ。そんなことぐらい、教えるまでもなく、彼女はよく知っているよ」

「知っている？」

「ああ、きみの稼ぎが悪くて、ソアラのローンを払うのに汲々《きゅうきゅう》として、いまだに親の家に居候をしていることだとか、それに、原稿料が二倍に上がるなんて奇蹟は、絶対に望めないってこともね」

「なるほど、つまり、彼女は藤田さんとは共犯関係にある人間というわけですか」

「あははは、そういうこと」

「しかし、僕はまだ、宮崎さんとは仕事をしたことがありませんよ。仕事の発注者が、藤田さんから彼女に代わるというのは、大いに歓迎しますけどね」

「ふん、それは気の毒だが、あり得ないことだね。第一、仕事の話じゃないって言ったじゃないの。何だか知らないけど、浅見ちゃんに相談したいことがあるんだってさ」

「ふーん、何ですかね？……」

さすがの浅見にも、宮崎さとみの「相談」の内容については、まったく思い当たるものがなかった。

宮崎さとみは、たしかこの春、四十歳になったはずだ。浅見が原稿を届けに『旅と歴史』の編集部に入って行ったとき、「私今日から不惑よ、ふ・わ・く」と、はしゃぐように言っていた。美人で、才女で、気取りがなくて、適当にお洒落で、仕事がよく出来て……と誰に聞いても評判がいい。

藤田は「いま、彼女に代わるから」と、電話を宮崎さとみに譲った。

「そういうわけで、浅見さんの都合のいいときでいいんです」

さとみはいきなり用件を言った。

「日時と場所を決めてください」

「それじゃ、明日の午後二時、場所は……そうだ、目白のホテル『四季』のラウンジはどうですか？」

とっさの思いつきであった。

「あ、いいわね、ロマンティックじゃない」

浅見の魂胆を知らないさとみは、陽気な声で言った。

「さあ、それにスリルがあります」

「へえー、浅見さんにしては、けっこう言うじゃないですか」

スリルの意味が違うのだが、浅見は黙っていることにした。

翌日、浅見は約束より少し早めに行って、ホテルの中を見学して回った。地上十四階地下三階、規模としては中クラスだが、設備調度類は超豪華といっていい。ことに、ロビーや廊下にさり気なく置かれた骨董《こっとう》美術品のたぐいが、このホテルのポリシーである、安らぎやゆとりを感じさせる。

もっとも、浅見にとっては、せいぜいお茶を飲みに来る以外、およそ無縁の場所であることはたしかだ。

ほかのシティホテルとの差は、外部からの入口がかなり限定されることであった。道路とは植え込みで隔てられていて、開放部は二カ所。ただし、大型バスが出入りするほどだから、かなり広い。玄関は正面側に二カ所あるだけ。ほかは、隣接する系列資本の宴会場ビルを繋《つな》ぐ通路、庭園や庭園内の茶室などに行く出入口など——といったところだ。

事件からすでに半月が経過している。見た目には何事もなかったような、のどかで、楽しげなホテルである。外国人客も多く、ロビーをそぞろ歩きするお客は、いくぶんくだけた服装でありながら、そこはかとなく上品で、一張羅《いっちょうら》のブルゾン姿の浅見は、かなり気後れがする。

宮崎さとみは花柄の、ちょっとトロピカルムードを感じさせるブラウスを着てきた。ロビーで落ち合って、クロークにコートを預けるとき、コートの下から現れた派手な色彩に、浅見は目が眩《くら》んだ。

「このホテルの雰囲気に合わせたつもりだけど、どうかしら？」

歩きながら、ちょっとポーズをつけてみせた。

「いいんじゃないでしょうか」

「あら、それ、褒めてくださったの？」

「もちろんですよ」

「あはは、なんだか浅見さんの褒め方って、気がないみたいなんですもの」

浅見も（それは言えてる——）とひそかに思った。

ラウンジは解放感のある設計で、フロアから一段下がった窓際のスペースはほとんどリゾート感覚で寛《くつろ》げる。

宮崎さとみは、メニューを仔細《しさい》に検討した結果、何やら横文字の飲物を注文したが、浅見は何とかのひとつ覚えのようにコーヒーを頼んだ。

「ご相談て、何ですか？」

浅見はすぐに用件を切り出した。ずっと年長とはいえ、女性は女性である。ことに派手な花柄のブラウスを目の前にしていると、妙に緊張して、むやみに喉《のど》が渇いた。

「じつはね、私が住んでるアパートのことなんですけど」

宮崎さとみは、隣室の若い女性が持ち込んだ「怪しい部屋」の話をした。

「それで、家賃がうちより安いのが頭にきて、不動産屋まで行って、聞いてきたんです。そしたら、ほんとに幽霊が出るっていう噂話《うわさばなし》があったんですよ。もっとも、その彼女には、怖がるとかわいそうだから、まだ話していませんけどね」

「幽霊というと、誰かその部屋で死んだのですか？」

「そうじゃないんですけど、前に住んでいた高島っていう女性が、正月のはじめごろから姿を見せないなって思っていたのだけれど、それがいつの間にか、行方不明になったらしいとか、どこかで自殺したとか、じつは殺されたのじゃないかとか、そういう噂になってしまったっていうの」

「ほうっ、それは穏やかじゃないですね。ほんとはどうなんですか？」

「殺されたっていうのはオーバーだけど、でも、ちょっと気になることがあるにはあったわ」

「どんなことですか？」

「はっきりしないんだけど、去年のクリスマスイヴの夜、酔っぱらって帰ったときに、隣の部屋で『うるさいっ』て怒鳴る声がしたの」

「怒鳴ったって、男がですか？」

「ううん、女の声よ。うちのアパートは女性専用ですもの。男性はオフリミット。前にいちど、男の客が入ったところがあって、すぐに追い出されたわ。こっそり入ったつもりなんでしょうけど、管理人だけじゃなくて、どこかで誰かが見てるんだわね。若いくせに、小姑《こじゅうと》みたいなのが多いの。ま、そんなことはどうでもいいけど……それでね、そのときはてっきり私の足音がうるさくて怒鳴ったのかと思ったけど、あとで思い返してみると、どうもそうじゃなかったみたいなの。部屋の中の誰かに怒鳴ったみたいな感じ」

「そこは一人住まいだったのですか？」

「もちろんそうですよ」

「電話に怒鳴ったのでしょうかね？」

「かもしれない。でも、いずれにしても、何か揉め事があったことはたしかだわ。時期としては、それから間もなくいなくなってるでしょう。だから、もしかすると、そのとき怒鳴ったことが、何か関係しているのじゃないかって、そう思ったんだけど」

「家賃が払えなくて、夜逃げしたっていうことはありませんか？」

「それはなかったみたい。第一、その次の日、新しい洋服ダンスなんか買っちゃったりしているんだもの、夜逃げなんかするはずありませんよ」

「なるほど……だとすると、急に引っ越ししたわけでもなさそうですね」

「それがね、管理人に訊くと、一月十八日だかに引っ越していったと言うんだけど、誰も信じてないみたい。とにかく、少なくとも行方不明っていうのはほんとらしいわ。私は付き合いの悪いほうだから知らなかったんだけど、念のためにアパートの住人に訊いたら、幽霊話のことはちゃんと知ってました。そのアパートは近くの女子大のコが、口コミで先輩から後輩へリレー式に入るパターンが多いんです。話を聞かせてくれた彼女にも、地方の同じ高校からこの春入学したばかりの後輩がいて、入居を希望したのだけど、問題の部屋しか空いてなかったので、よしたほうがいいって、アドバイスしたそうです。隣の彼女は大学に関係ないひとだから、そんなこと何も知らずに借りたっていうわけ」

「なるほど、面白そうな話ですね」

「でしょう? 浅見さんなら、きっとそう言うと思ってましたよ」

「はあ……それで、宮崎さんは僕に何をしろと言うんですか?」

「やだ、浅見さんにお願いしたいことは、決まってるじゃないですか。隣に住んでいた女の、行方不明事件の謎を解明してもらいたいのですよ」

「えっ、僕がですか? 驚いたなあ……」

「あら、だって、うちのボスが言ってましたよ。浅見さんは、ルポライターよりも、探偵ごっこのほうが向いているって」

「ははは、それはあれですよ、ルポの原稿料を安くしておこうっていう魂胆があるから、そんなことを言うんですよ」

「ほんと？　そうなんですか？　うーん、あのボスなら考えそうなことだわねえ」

宮崎さとみが真顔で考え込むところをみると、どうやら、藤田編集長は部下にも評判が悪いらしい。

「僕なんかより、警察はどうしているんですか？　警察には捜索願を出したのでしょうね？」

「それがね、よく分からないの。管理人に訊いても、不動産屋に訊いても知らないって言うんですよ」

「知らない？……ということは、出してないってことですね。出していれば、どっちにしても、警察が事情聴取にやって来るはずですから。しかし、呑気《のんき》な話だなあ。家族は何をしてるんだろう？」

「家族はいないんじゃないかって言ってましたよ」

「ほう、天涯孤独っていうやつですか。ほんとうに行方不明だとすると、引っ越しは誰が頼んだのかな？　荷物はどこへ行ったんですかねえ？」

「それなの。そのこともね、管理人は何も知らないって言い張ってるんですよ。運送屋に住所を聞いていたのだけど、メモした紙を失《な》くしちゃったんですって」

「ほう……」

浅見は少しばかり気持ちが動いた。

しかし、いまの浅見には、それ以上、この問題に対して疑惑も興味も広がる余地はなかった。いまはとにかく、ホテル『四季』の殺人事件にとりかからなければならない。何しろ、依頼人は恐怖の母親なのだから。

浅見が、予期したほど積極的な関心を示さないことに気づいて、宮崎さとみは拍子抜けがした様子だった。

「そうか、浅見さん、やっぱり忙しいんだ。ボスが無理じゃないかって言ってたの、当たっていたんですね」

「えっ？　いや、そんなに忙しいわけじゃないですよ。こんなふうに宮崎さんの話を聞くぐらいの時間はいくらでもあります」

「そうじゃなくて、もしかしたら、失踪《しっそう》事件を調べてもらえるんじゃないかしらって、そう思ったんですけど……ちょっと虫がよすぎたわね」

「すみません、お役に立てなくて」

浅見はペコリと頭を下げた。

「しかし、ほんとうに失踪の可能性が強いのだとしたら、この件は宮崎さんのような善意の隣人ではなく、警察が奔走すべきですよ。僕のような素人の手に負える性質のものではありません」

「それはそうなのだけれど……」

宮崎さとみの表情に、ふっと、つまらなそうな色が浮かんだ。アテがはずれたのと、浅見に対して抱いていたイメージを裏切られた気持ちがするのだろう。あのお調子者の藤田のことだ、「浅見ちゃんは女に甘いからね、ミヤちゃんの頼みなら、ホイホイ聞いてくれるよ」ぐらいのことは言ったにちがいない。それほどではないにしても、宮崎さとみに、浅見に対して抱いている親しみからくる気やすさがあったことは否めない。それが見えてしまうだけに、浅見としても辛いところだ。

「宮崎さんは、人がいいんだなあ」

彼女の想いを断ち切らせるように、浅見は陽気に言ったが、それは茶化したように受け取られたらしい。

「そうですよ。私って、人がいいだけの女なんですよ」

こわばった笑顔で言うなり、宮崎さとみは伝票をひっ掴んで、席を立った。

（やれやれ——）

浅見は、自分の女性の扱いの下手さかげんを、しみじみと実感しながら、花柄のブラウスの背中を茫然と見送った。

4

ラウンジを出ると、浅見はフロントに寄ってみた。午後三時近くのフロントは、チェックインをする客の姿もまだ疎《まば》らである。浅見が近づくのを、「いらっしゃいませ」と愛想のいい笑顔で迎えてくれた。

しかし、浅見が「殺人事件」の話を持ち出すと、とたんに、笑顔はそのまま凍りついて、迷惑そうな表情が浮かんだ。

「あの、失礼ですが、マスコミ関係の方でいらっしゃいますか？」

「いや、そうじゃありませんが、ちょっと新聞で読んで、その後どうなったのかな——と思ったものですから」

「あ、それでしたら、事件は警察のほうで捜査中でして、私どもは一切、関知しておりませんので、申し訳ありません」

当然のことだが、ホテルマンの口は固そうだ。となると、直接、警察に接触しなければならない。毎度のこと、警察の応対の冷たさが身にしみているだけに、浅見は気が重かった。母親の目撃談を持ち出すのがいちばんいいのだが、それだと、雪江が警察の事情聴取の矢面《やおもて》に立たされることになる。

「そうならないようにしてちょうだい」と、息子に「捜査」を命じるに際して、雪江は釘《くぎ》を刺している。刑事局長の母親として、日夜、警察のことを想っているにしては、たいへんな矛盾だが、刑事局長の母であるだけに、刑事の前で失態を演じることをおそれる気持ちがあるのかもしれない。まあ、そうでなくても、繊細にして誇り高い、まことに困った女性なのだ。

たとえ警察に行き、捜査本部を訪ねたところで、警察側が親切に情報を教えてくれることなど考えられない。むしろ怪しまれて、チクリチクリと痛くもない腹を探られるのがオチだ。

浅見は駐車場のソアラにもぐり込んで、ふと、戸塚警察署で刑事課長をやっている橋本警部のことを思い出した。橋本とは、このホテル『四季』と、つい目と鼻の先といってもいい、新宿区下落合で起きたマンション密室殺人事件で捜査協力をしたとき以来の付き合いである（『平家伝説殺人事件』参照）。また、『日蓮伝説殺人事件』のときに、誤認逮捕されそうになった浅見を窮地から救ってくれた恩人でもある。戸塚署と目白署とは管轄区域が隣あっているから、今度の事件でも、何か接点があるかもしれない。

橋本警部は浅見の顔を見て、一瞬、何か不都合なことがあるかな——と、模索するような目を宙に彷徨《さまよ》わせたが、目下のところ、素人探偵に荒らされるような事件を抱えていないことを確認したらしく、「やあ、しばらくですなあ」と、何の屈託もない明るい笑顔を見せて迎えた。

挨拶がすむと、浅見はすぐに事件のことを切り出した。

「ああ、ホテル『四季』の事件なら、うちも捜査に協力しましたよ。初動捜査の十日間ぐらいは、連日うちの署から三十人ぐらい、聞き込みに駆り出されていました。あのホテルの南側一帯は、うちの管轄区域ですからな、むしろ、土地鑑てことからいうと、うちに関係が深い事件といっていいのです」

「それなら話が早いのですが、あの事件の捜査は、いま、どうなっているのですか？」

「ふーん、というと、浅見名探偵としては、いよいよ事件解決に乗り出そうってわけですか？」

「え？　ははは、名探偵だなんて、そんなふうにからかわないでください。ただまあ、どんな事件かなと、ちょっと興味を惹かれたものですから」

「いや、からかったりしませんよ。浅見さんの才能には、心底、敬服しています。それに……」

橋本警部は周囲を気づかって、声をひそめた。

「ここだけの話ですが、目白署のほうでは、かなり手こずっているみたいでしてね。いまだに、何の手掛かりも摑んでいないらしいのですな。昨日もあそこの刑事課長と会ったのだが、本庁のほうから来ている捜査主任が不機嫌で、捜査本部ばかりか、署内の空気はピリピリしているそうです」

「じゃあ、なるべく近寄らないほうがよさそうですね」

「まあ、そういうことでしょうなあ。しかし、もし行かれるなら、捜査主任はともかく、目白署の刑事課長を紹介しますよ」

「そうですか、お願いできますか」

浅見は待ってましたとばかりに、腰を上げた。

「ははは、やっぱり浅見さんの目的はそれでしたか。どうもね、わざわざこんな所に来てくれるはずもないとは思ったのだが」

「すみません」

浅見は頭を掻《か》いて、謝った。

「なに、いいのです。いや、それどころか、警察に協力してもらうのだから、むしろ歓迎しなければならないところです」

橋本は気のいい男だが、警察官がすべてこうだとはかぎらない。ことに、警視庁捜査一課の警部ともなると、殺人事件捜査のオーソリティとしての責任も自負もあるから、素人が小賢《こざか》しくしゃしゃり出るのを毛嫌いするのがふつうだ。

目白署の刑事課長は「藪中《やぶなか》」という珍しい名前の警部だった。橋本と警察学校時代が同期で、同じ刑事畑で同じような経歴を歩んできたという。

「名前どおり、藪の中をつつく商売が合っているのですかな」

藪中は、会う人ごとに言い古してきたらしいジョークで挨拶した。

所轄署の刑事課長も、もちろん捜査本部に関与しているのだが、どちらかというと、捜査の主体は警視庁捜査一課から派遣される主任警部が指揮をとることになっている。所轄の課長は日常の管理業務などがあり、現在進行中の他の事件にも対処しなければならないからである。

「橋本君から聞きましたが、浅見さんはなかなかの名探偵なのだそうですなあ」

「いや、とんでもありません。そんなふうにおっしゃられると困ってしまいます。橋本さんにも、僕が探偵の真似ごとをしているなどというのは、内緒にしてくれるようお願いしてあったのですが……」

浅見は嘘《うそ》でなく、当惑した。

「あ、そうでしたか、内緒のことでしたか。それでは、聞かなかったことにしておかなければなりませんな」

「ええ、ぜひそうしてください」

浅見は身を縮めるようにして、深々と頭を下げた。

「とはいっても、ホテル『四季』の事件のことは手がけてみたいわけですな？」

「はあ、じつはそうなのです」

「何か、特別な理由でもあるのですか？」

さすがに鋭い質問だ。

「いえ、ただの野次馬根性というやつです。失礼ですが、警察が手こずっていると知ると、いても立ってもいられなくなる、悪い性格なのです」

「ははは、そうですか……まあ、よろしいでしょう」

橋本から話を聞いた時点で、深くは詮索しないことに決めていた様子だった。

「それでは、早速ですが、事件のことを詳しく説明できる者を紹介しましょう」

薮中は電話で署内のどこかに連絡してから、浅見に向けて言った。

「うちの刑事で、ホテル『四季』の事件捜査に専任で参加しているのは七人です。ご承知でしょうが、本庁の刑事とペアで行動するケースが多いので、なるべく若手を起用しておりますが、事件発生時に現場に行った関係で、中野という年輩の部長刑事が入っています。刑事歴三十年のベテランであり、年齢的にも一応、若い連中の幹事役みたいな立場を務めております。事件については、彼がもっとも詳しい人間といっていいでしょう」

課長の話が終わると同時に、中野部長刑事が現れた。浅見が想像していたとおりの人物だった。面長《おもなが》でよく日焼けした顔には、広く後退した額のあたり、皺《しわ》が刻まれている。メタルフレームの遠近両用メガネの奥の目は、一見すると優しそうだが、取り調べの際には、被疑者にとってもっとも警戒すべき相手であることを感じさせる。

薮中課長が浅見を紹介し、捜査協力をしてもらうようにと伝えると、中野はあからさまに顔をしかめた。

「課長、それはまずいんじゃないでしょうか。つまり、民間人を警察の捜査に介入させることはです」

迷惑至極――という口振りだ。

藪中はニヤリと笑った。そう言うだろうと思った――という顔だ。

「いや、中野君、そういう、警察の捜査に参加してもらうわけではないのだ。浅見さんは事件捜査について、かなりの才能をお持ちなので、本件に関しても何か参考になるご意見を聞かせてもらえるかもしれないということなのだよ。それに、一般市民が警察に協力してくれるように、日頃から呼びかけているのは、むしろ警察のほうだからね」

「はあ……」

中野は不承不承、頷いた。

「で、具体的に何をしろと言われるのでしょうか？」

浅見のほうを見向きもせずに、刑事課長に訊いた。

「差し当たり、浅見さんにこれまでの捜査の経緯を話してもらいたい」

「分かりました。それじゃ……そうですな、取調室にでも入りますか」

ブスッとした顔のまま立って、さっさと刑事課の部屋を出て行った。

「ああいう男ですが、根は気のいい人間ですので、気にしないでください」

藪中はなかば気の毒そうに、なかば面白そうに言った。

中野が取調室を選んだのは、まずこの若造に先制パンチを食らわせてやろうという狙いがあったにちがいない。大抵の市民は、取調室の雰囲気には馴染みがないし、そんなところに入って、刑事と面と向かって話をするような状況にだけはなりたくないと思っているはずだ。

窓に鉄格子が嵌《は》まり、テーブルと椅子《いす》だけの殺風景は、テレビや映画で知っていても、いざ自分がその場面に登場するとなると、緊張を通り越して、妙に卑屈な気分に陥るものである。

だが、中野にそういった思惑があったとしても、浅見光彦には通じない。効果満点であるはずの舞台や道具立ても、浅見には揺り籠《かご》のような居心地のよさなのだ。

それに、中野部長刑事のレクチャーそのものも、迫力を欠いた。警察のこれまでの捜査には、ほとんど、これといって見るべきものがなかった。

中野が羅列《られつ》した事実関係は、概《おおむ》ね次のようなものである。

被害者の氏名　島田清二

住所　愛知県名古屋市中区栄

年齢　五十三歳

　　家族　なし
　　職業　有限会社　島田商会社長（従業員一名）
　年収　前年度・約二千万円（年度ごとに変動多し）
事件の概要
○発生の日時（死亡推定時刻）
　平成×年四月十一日午後九時三十分頃。
○発生の場所
　東京都豊島区目白×丁目、ホテル『四季』713号室。
○死因
　後頭部打撲が原因と見られる急性心不全（外因性ショック死）。
○現場の状況
　激しく争った形跡は認められない。
　犯人のものと思われる足跡・指紋等は採取されていない。
　犯人の手掛かりに結びつくような遺留品なし。
○被害者の所持品
　革製のバッグ、財布、手帳、免許証などカード類、名刺を入れたカードケース、善光寺のお守り、書類（契約書など）、下着の着替え一泊分、靴下、ハンカチ、電気カミソリなどを入れたビニールケース、携帯電話

○凶器

殴打に使用されたと思われる陶器様のものの破片が床に落ちていたが、凶器であると特定はできていない。

○犯行の動機

不明。盗まれた物があるかどうかは不明。現金その他、金品に手をつけた形跡なし。

○事件に到るまでの被害者の足取り

被害者島田清二は四月十日に自宅事務所を出たあと、翌四月十一日、長野駅から信越線に乗車、東京へ向かった。その間の詳しい足取りは不明である。

そのほかに、中野は事件当日のホテル『四季』内でのフロントや従業員に対する聞き込みの状況や、島田の友人の吉川、島田の会社の従業員に対する事情聴取について、おおまかながら、必要なところを要領よく話してくれた。

「だいたいこんなところですかな。どうです？　何か参考になりましたか？」

中野は試すような、からかうような目で浅見を見た。

「ええ、じつによく分かりました」

浅見は真面目くさって言った。

「ふーん、分かったって、何が分かったのです？」

「警察の捜査がきわめて難航しているということが、です。要するに、警察は事件解明に繋がるようなものを、まだ何も摑んでいないのですね」

「………」

中野は（この野郎――）と言いたそうに、浅見を睨んで、それから大口を開けて笑いだした。

「あははは、あんた、おっそろしく遠慮のないことを言いますなあ。捜査本部の主任さんに聞かせてやりたいもんだね」

「ええ、ぜひそうしてください。何なら、僕が直接お会いして、言いましょうか？」

「ん？　あんた、それマジで言ってるの？　そんなことしたら、主任は……」

一瞬、言葉を止めて、あらぬ方向に視線を走らせた。そうしても面白いかな――と、誘惑にかられた様子がほの見えた。

「……主任は、さぞかし機嫌が悪くなるでしょうな。まあ、やめておいたほうがいいと思いますよ」

「しかし、いまお聞きしたかぎりでは、正直言って、何ひとつ捜査が進展しているようには思えませんが」

「そんなことはないです。警察はそれなりに着々と成果をあげております」

「なるほど……すると、これ以外に、核心に触れるような事実があるのを、中野さんは隠しておいでなのですね？」

「ん？　とんでもない。自分は何も隠したりしませんよ。ありのままを浅見さんにお話ししたまでです」

「そうでしょうか？」

浅見はもういちど、メモの内容に目を通した。

「いったい、このどこに警察の捜査の成果があるのですか？　どう見ても、誰でも発見できそうな事実を拾い集めただけのことにしか見えませんけどねえ」

「あんたねえ……」

中野は反論の根拠を見失ったように、口をパクッと開けたままになった。

「僕は素人ですが、警察の組織力とスタッフを駆使したら、この程度のデータが収集できるのは、ごく当たり前の作業だと思います。この足取り調査にしたって、被害者の島田さんが名古屋から東京に来るのに、なぜ東海道新幹線を利用しないで、わざわざ長野方面を回ったのかは、まださっぱり分かってないのでしょう？　それから、四月十日の夜はどこに宿泊したのかとか、その道中、誰と一緒だったのかも分かっていないし……」

「ちょっと待った」

中野は両手を前に出して、浅見の話を制した。

「一緒だったって、被害者――島田さんは独りで旅行していたのですがね」

「本当にそうなのですか？」

「事実でしょうなあ。当該列車の車掌に島田さんの写真を見せたところ、たしかに独りだったと言っておりましたからな」

「なるほど……」

さすがに警察はやるべきことはやっているものだ――と、浅見は感心した。

「車掌はどうして、島田さんが独りだったと分かったのですか？」

「それはあんた、一人掛けの席に坐っていたからですよ」

「それだけの理由で独り旅と決めつけるのは、早計すぎますね。その列車はかなり空席があったのではありませんか？　だとすると、二人掛けをしないで、一人ずつべつべつのシートに坐った可能性だってあり得ますよ」

「そんなことは……いや、仮にそうだったとしても、それを証明する根拠はないでしょう」

「いえ、証明なんか必要ありません。可能性があることだけを認識すればいいのです。それなのに、警察のように、既成事実のように、独り旅だったと決めつけたら、あたら可能性の芽を摘み取ってしまうことになるじゃありませんか」

「うーん……」

中野部長刑事は唸《うな》り声を発した。何か言い返したくて、言葉が見つからないでいるうちに、浅見は追撃するように言った。

「それと、島田さんは、吉川さんと島田さんの会社の従業員に、列車内から、移動電話で電話していたのでしたね？　それ以外の人には電話をしていないのですか？」

「それはまだ分かりませんな。いまのところ、その二人以外からは、島田さんから電話をもらったという届け出は、どこからも入っておりません」

「おかしいですね」

「おかしいって、何がです？」

「いや、おかしいと言うより、怪しいと言ったほうがいいかもしれません」

「だから、何がです？」

「だってそうでしょう、島田さんから電話をもらったことを、警察に連絡してこないというのは、何か、警察に知られては都合の悪い理由があるためにちがいありませんよ。そうは思いませんか？」

「それはまあ、実際に島田さんがどこか、吉川さん以外のところに電話していれば——の話ですな」

「しているに決まってますよ！」

浅見は思わず叫んでしまった。何を呑気なことを言っているのだ——と怒鳴りつけたい心境ですらあった。

浅見には、母親から聞いた事実の裏付けがあるにはある。しかし、仮にそんなことは知らなくても、車掌を問い詰めれば、島田が電話をかけまくり、付近の乗客の顰蹙《ひんしゅく》をかっていたことぐらい、分かりそうなものではないか。それをしないのは、警察の怠慢としか言いようがない。

中野は苦い顔をして黙った。素人ごときにやり込められて、不愉快にちがいない。しかし、メガネの奥の目玉を忙しく動かしている様子から、不愉快は不愉快として、何かを模索している気配が感じ取れた。

「たしかに」と、しばらく経って、中野は言った。

「浅見さんの言うとおりですな。いや、じつを言うと、車掌に事情聴取を行ったのはべつの刑事なのだが、捜査会議でその報告があったとき、自分はあまり疑問を抱かなかったのです。実際には、刑事はちゃんと車掌を尋問し、その結果、車掌が何も聞いていないことを確認したのかもしれないが、それを鵜呑《うの》みにしたのは軽率でした」

中野は「ちょっと待っていてくださいよ」と取調室を出て、しばらくすると、若い刑事を連れて来た。二十五、六歳の、少しつり上がった眉に神経質そうな感じのする男だ。

「軒口です」

腰の両脇《わき》に掌を当て、上体をポキッと十五度ばかり前倒しする警察式の礼をされ、浅見も慌てて立ち上がり、返礼した。

「JRの車掌等に事情聴取に出向いたのは、自分と、本庁の田中部長さんです。そのときの印象では、車掌が何か知っているようには思えなかったです」

ゴツゴツした口調に、捜査に遺漏《いろう》があったと思われては心外だ——という反発が込められている。言葉にわずかな訛《なま》りがあるのは、栃木か茨城県の出身かもしれない。

「そうですか、そうでしょうねえ」

浅見はやや大袈裟に頷いてみせた。

「それで、車掌さんはどんなことを話していましたか？」

「だから、中野部長さんが言われたとおりです。被害者の島田さんが移動電話でどこかに電話していて、列車が一時間ばかり遅延するということを喋っていたのを聞いたそうです」

「正確に言うとどうなのでしょうか？」

「正確……というと？」

「つまり、島田さんは『列車が一時間ばかり遅延する』という言い方で喋ったわけではないと思うのですが。たとえば、敬語を使うとか……」

「ああ、それはまあ当然でありますが、しかし、話の内容はそういうことだったというわけです」

「話の内容や趣旨はともかくとして、話し方が問題なのです。それによって、相手が誰なのかを推測できますからね」

「相手は……」

軒口刑事は、（いまさら何を？——）という不審な目を中野に向けてから、言った。

「中野部長さんから話されたと思っていたのですが、島田さんは吉川さんという知人に電話をしたのです。二人の間ではあらかじめ約束があって……」

「あ、そのことならお聞きしました。しかし、車掌が聞いた電話が、はたして吉川さん宛てのものだったかどうか、確認は取れているのですか？」

「それはもちろん、吉川さんも同様のことを言っておりましたからね。つまり、列車が一時間程度、遅れるといったことです」

「話の内容が一致したからといって、車掌さんが聞いたときの電話が、はたして吉川さん宛てのものだったかどうかは、断定できないのじゃありませんか？」

「は？」

「島田さんは、同じような電話をほかにも、かけたかもしれないし、それも何本もかけていた可能性だってあるでしょう。車掌さんは、たまたまその中の一本を聞いたのかもしれませんよ」

「それはまあ、そうですが……」

軒口刑事は、不満そうに唇を尖らせた。そういう顔をすると、まだどことなく少年っぽさが感じられた。

軒口の脇で、中野はニヤニヤ笑っている。自分が被害にあったように、若い軒口が素人の浅見に、すっかりやり込められているのが面白いらしい。

「どうでしょうか」と、浅見は少し頭を低くして言った。

「いちど、その車掌さんと吉川さんに話を聞きたいのですが」

「だめだめ、だめですよ」

軒口は呆れたように言った。

「マスコミ関係者だって断っているくらいなのに、そういう、あんたみたいな人をどんどん紹介しちまったら、大変な騒ぎになるじゃないですか。とんでもない話です」

「そうでしょうねえ……」

浅見はオーバーに溜め息をついてみせた。

「それじゃ、会って話を聞くことは諦めますが、その代わり、ひとつだけお願いできませんか」

「お願い？……何です？」

露骨な警戒の視線が、浅見を睨んだ。

「車掌さんに、しつこく訊いていただきたいのです」

「いや、あんたに言われなくても、われわれは十分しつこく訊いているつもりですよ」

「もちろんそうだと思います。しかし、さらに執拗《しつよう》に、容疑者に対するのと同じ程度に執拗に問いただしていただきたいのです」

「うーん……」

軒口はうんざりしたようにそっくり返って言った。

「だけど、聞くって、いったい何を聞けって言うんです?」

「島田さんが電話で喋っていたことです」

「だから、それは吉川……いや、たしかにあんたが言うように、そのときの相手は吉川さんじゃないかもしれないが、とにかく列車が遅れるという……」

「それは分かりました。僕がお願いしたいのは、それ以外に、何を喋っていたか、車掌さんが島田さんの近くに行って、島田さんの声に接触した最初から最後までを、しつこく思い出させてもらいたいのです」

「そんなこと言ったたって、何もないんじゃないかなあ」

「いえ、絶対にあります」

浅見はきっぱりと断言した。

「ふーん、浅見さん、ずいぶん自信たっぷりですなあ」

中野が驚いて、怪訝そうに浅見の顔を覗き込んだ。

「そこまではっきり言われるのは、何か、そう思う根拠でもあるのですか？　まるで現場にいあわせたみたいだが」

さすが、千軍万馬のベテラン刑事だ——と浅見は心の中で苦笑した。

「いや、根拠があるというより、これは常識の問題です。どこかに電話していて、到着時刻の遅れだけしか話さなかったはずはないでしょう。たとえば、『お元気ですか』とか、『申し訳ありません』とか、『何々の件についてはよろしく』とか、必ずほかのことも喋っているはずですよ。むしろ、軒口さんのように、何もないと決めつけて、平気でいられるほうが、よほどおかしいのじゃありませんか？」

浅見は怯《ひる》む様子も見せずに言った。本当は「アサヒの件はよろしくと言ったはず」と言ってしまえば、ことは早いのだが、母親との約束で、それができないのがじれったい。

「ふーん……」

中野は腕組みして、浅見と軒口の顔を二度三度と見比べた。

「たしかに浅見さんの言ったとおりかもしれないなあ。まあ、本庁の田中部長と組んで聞き込みに行ったのだから、軒口君にミスがあったとも思えないが……しかし、もういちど念のために行ってみたらどうだろう？」

「はあ……」

軒口刑事は浮かぬ顔である。

「行くのはいいのですが、田中さんが気を悪くしませんかねえ」

「つまらないことを気にするなよ。捜査は停滞しているんだ。これといって、新しい方針があるわけじゃないのだし、無駄かもしれませんが、もういちど行って来ますと言ったら、主任さんに褒められるよ」

「そうでしょうか」

「じれったいやつだなあ。よし、だったらおれが行こう」

「えっ、中野さんがですか？」

「ああ、どうせおれはヒマジンだからね。うちの課長に言えば、好きにやらせてくれるだろう。遊撃隊とかさ、かっこいい呼び方もあるしな」

中野は陽気に言って席を立った。

「あ、中野さん」と浅見は呼び止めた。

「さっきおっしゃっていた、凶器の破片らしき物というのを見せていただけませんか」

「ああ、見たいですか。だったら軒口君、捜査本部からちょっと借りてきて、見せて上げてくれないか」

そう言うと、中野部長刑事は威勢よくドアを開けて、出て行った。

第三章　北の時代

1

中野部長刑事から連絡があったのは、その翌日のことである。電話を受けたのは須美子で、リビングルームには雪江もいた。

「目白署の中野という者ですが」

中野は浅見家の「事情」を知らないから、もちろん、そう名乗った。

「少々お待ちください」と、受話器に保留のオルゴールを聞かせながら、須美子は(困った——)と思った。

案の定、雪江はすぐに「どなたから?」と聞いた。

「はい、光彦坊ちゃまにです」

「それは分かりましたけど、どちらさまからなの?」

「中野さんとおっしゃる方です」

「どちらの中野様かお聞きしたの?」

「はあ……あの、目白警察署の方とかおっしゃってますけど」

須美子は嘘のつけない性格だ。

「目白警察署……」

雪江はギクッとしたように、背筋を伸ばして、眉をひそめた。日頃から、次男坊の探偵ごっこに、神経を尖らせている母親としては、当然と思える反応であった。

（やれやれ、これでまた、大奥様に叱られる。お気の毒な光彦坊ちゃま――）

須美子は自分が叱られたように、思わず首をすくめた。

「あの、いらっしゃらないって、お断りしましょうか？」

「おや、どうして？　居留守を使うなんて、よくありませんわよ。嘘つきは泥棒のはじまりです。早く呼んでいらっしゃいな」

そう言うと、雪江はさっさと自室に引き上げて行った。こんなことは未曾有《みぞう》の出来事である。これまでの須美子の経験からいえば、「ご用件をお聞きしなさい」とか、場合によっては「留守ですとおっしゃい」と、強力なバリヤーを張るのがふつうだ。

呼びにきた須美子の不審げな様子は、浅見にもすぐに分かった。

「何かあったの？」

「ええ、警察からのお電話ですけど、いつもと違って、大奥様が何もおっしゃらないものですから」

「ああ、そう」

次男坊はおかしくてしようがない。

浅見が電話に出ると、中野は勢い込んで、「浅見さんが予想したとおりでしたよ」と言った。

「あの車掌ですがね、やっぱり列車遅延のこと以外にひと言ふた言、被害者《ガイシャ》が違うことを喋っているのを聞いておりました」

「そうでしょうね。それで、何て言っていたのですか？」

「いや、あまりはっきりしなくて、ごく断片的なものですが、カネがどうしたとか、それと、アサヒがどうしたとか言ってるのが、聞こえたそうです」

「はあ、アサヒですか」

当然、予期したことでありながら、浅見は中学時代、初恋の相手と、廊下の曲がり角でハチ合わせしたときのように、心臓がドキドキした。

「アサヒというと、朝日新聞の朝日ですね」

「たぶんそうだと思いますがね。ほかに、旭日《きょくじつ》の旭というのもあるわけで」

「そのアサヒがどうしたと言っていたのですか？」

「車掌が言うには、たしか、アサヒの件はよろしくとか……それ、昨日浅見さんが言ってたのとそっくりだもんで、驚きました。まったくいい勘してますなあ」

「いえ、ただのまぐれですよ」

浅見は脇の下に冷汗をかいた。

「それともう一つですね、車掌がおかしいなと思ったことがありまして、島田さんは、車掌が少し前に通りかかったときにも電話をしていて、列車がどれくらい遅れるか、確かめたというのです」

「すると、知っていながら、また訊いたのですか……どうしてでしょうかねえ？」

「さあ、忘れっぽかったのか、あるいは再度確認したのか、それとも電話の相手に車掌の言葉を聞かせたかったのか、よく分かりませんなあ。しかしまあ、とにかく、お蔭《かげ》さまで、これで新しい事実が出ましたから、捜査に新たな展開があると思います。また何か分かり次第、ご連絡しますが、とにかく一報をと思いましてね」

中野は嬉《うれ》しそうに言うだけ言うと、「では」と電話を切った。

「どうだったの？」

背後で雪江の声がした。少し前からそこにいたらしい。

「気になって、部屋で落ち着いていられませんでしたよ」

みんな息子が悪いのだ——とでも言いたげな口振りであった。

「はあ、警察もようやく、被害者が『アサヒ』という言葉を喋っていた事実をキャッチしました。これから、その新事実に基づいて、捜査を展開するそうです」

「そう……それで、うまくいくのかしらねえ？」

「それはもちろん、兄さんが率いる、日本の優秀な刑事さんたちですからね」

「ふん」

雪江は鼻先で笑った。

「そういう見え透いたおベンチャラは言うものじゃありませんよ。光彦の本音は、どうせ警察の捜査は高が知れてるとでも思っているのでしょう」

「とんでもない」と否定したが、母親の慧眼《けいがん》に、浅見は舌を巻いた。

「どちらにしても、結果として、わたくしの知ってる情報を、警察の方に差し上げたことになるのだから、もうあなたの出番は終わりですよ。いいわね、光彦」

「はあ、もちろん僕はもう手を引きます。あとは、警察がちゃんとやるでしょう。お母さんがその目で目撃し、耳で聞いた、現場のデリケートな状況についても、きっと探り当ててくれることでしょうから」

ニコニコ笑いながら行きかけるのを、雪江が「お待ちなさい」と呼び止めた。

「ずいぶん気になる言い方をするのね」

「は？　何がですか？」

「あなたの言いたいことは分かっているのよ。警察の手では、そのときの細かい状況についてまでは、とても調べが行き届かないだろうと思っているのね。だから、それには自分が出て行かなければ——と、そう言いたいのでしょう」

「いえいえ、僕が出て行ってもしようがないですよ。僕が列車に乗りあわせていたわけじゃないんだから。それより、やっぱりお母さんが行って、教えて上げるべきなのです。なんなら、僕のソアラで送りますが」

「またそういう意地の悪いことを言う。あなたは本当に素直じゃないわねえ」

雪江はしきりに首を振って慨嘆した。自分が素直でないのは棚に上げている。

「第一、わたくしが行ったからって、警察にお教えするようなことは、もう何もありませんよ」

「そうですかねえ。たとえば、そのとき、被害者の男の近くにはどんな人物がいたか——とか、車掌が来る前、ほかの相手に喋っていたことはどんな内容だったか——とか、そのほか、挙動に不審なところはなかったか——といった細かいデータは、いまのところ、お母さん以外には知っている人はいないのですよ」

「そんなこと言っても、わたくしだって何も憶えていませんよ。知っていることといったら、その男の人が何度も大きな声で電話して、とにかくうるさくて仕方がなかったこととか、汽車を降りてから、わたくしのバッグを突き飛ばして、謝りもしないでサッサと行ってしまって、ほんと、そのときは、おとなしいわたくしでさえ、思わず死んで……」

雪江は慌てて口を塞いだ。(まあ、わたくしとしたことが、何とはしたない――)と後悔する顔である。

「ほうっ……」

浅見は、最後のひと言は聞こえなかったふりを装ったが、母親の狼狽《ろうばい》ぶりに、つい笑顔を見せながら、言った。

「その男、よほど急いでいたのでしょうね」

「それだけではありませんよ。元来がそういう、傍若無人な人間なのね。でなきゃ、汽車の中で、他人の迷惑も考えずに、大声で電話などするものですか」

「さあ、どうかなあ……被害者の島田という人は、商売熱心で、人当たりはとてもよかったそうですよ。電話の件は、商売熱心のあまり――と解釈すれば、分からないでもないでしょう。しかし、バッグを突き飛ばしたまま行ってしまうというのはねえ……商売人としては落第だなあ」

「そうですよ。何もいわずに、まるで逃げるようにして行ってしまうなんて」

雪江は、そのときの状況を思い出すだけで、また不快感が込み上げてくる様子だ。

「そんなふうに急がなければならなかったとすると、その男が会うことになっていた人物は、男にとってよほど頭の上がらない存在だったにちがいありませんね。いわば生殺与奪の権利を握っているくらいの——です。実際に殺しちゃったのだから、この仮説は証明されたようなものですけどね」

「そうだわねえ、あんなにまでして急いだのに殺されてしまうなんて、ほんとうにひどい話だこと」

「わずか一時間でも遅れたことが許せなかったのか……それとも、ほかに何か理由があったのか……」

浅見は天井を睨んで考え込んだ。雪江は心配そうに次男坊の顔を見上げて、「どうなの、光彦？」と訊いた。

「何かいい知恵が浮かびそう？」

「いえ、難しいですね。なにしろデータ不足ですからね。状況が見えてこないのです。やはり本来はお母さんが行って差し上げるといいのだけどなあ……お母さんの頭脳は優秀ですからね、記憶が一杯に詰まっている。汲《く》めども尽きぬ——というやつです。それを捜査に役立てたら、さぞかし警察は喜ぶと思いますよ」

「だめよ光彦、いくらおだてたって、わたくしは警察には行きませんからね。わたくしの代わりに、あなたがなさい」

「いや、しかし、僕には原稿を書く仕事がありますから」

「何を言ってるの。愚にもつかない駄文を書くより、警察に協力するほうが、どれほど世のため人のためになるかしれませんよ。あなたも浅見家の人間であるなら、無駄なご飯をいただいてばかりいないことね」

「そうですか、どうしてもそうしなければいけないかなあ。またあの藤田編集長に文句を言われそうだけど……しかし、分かりました。それじゃ、早速、警察のほうに行ってみることにします」

浅見は十分に（仕方がない――）という思い入れを見せて、立ち上がった。

次男坊がリビングから消えてしまうのを待って、雪江は須美子にしみじみした声で述懐した。

「ねえ須美ちゃん、光彦もあれで、なかなか頼りになるところがあるものだわねえ」

「もちろんですとも」

須美子は嬉しそうに大きく頷いた。

「光彦坊ちゃまだって、やっぱり天才の血筋でいらっしゃいますよ」

「ほほほ、天才の血筋はどうかしれないけど……そうそう、須美ちゃん、その『光彦坊ちゃま』というのは、そろそろおやめなさい、あの子もどうやらおとなの仲間入りをしそうですからね」

「はあ、でも、何てお呼びしたら……」

「光彦さんでいいじゃありませんか」

「えっ、でも、そんなふうには、とてもお呼びできそうには……」

須美子の頬《ほお》が、ポッと赤らんだ。

2

母親には「早速」と言ったけれど、浅見はしばらく動かなかった。動いているふりをしながら、警察には近づかなかった。警察には警察のシステムもやり方もあるわけで、結果が出るまでには、一定の時間がかかる。それを攪乱《かくらん》するような真似だけは、慎まなければならない。

マスコミが「報道の自由」を旗印に、捜査の現場に土足で踏み込むような取材活動をするのは、警察にとっては大迷惑であるし、ときには捜査の帰趨《きすう》によくない結果をもたらしかねない。

長野、富山両県にまたがり、赤いフェアレディを駆使して、若い女性ばかり二人を殺害した連続誘拐殺人事件で、警察はMという女性とNという男性を逮捕した。N氏は連行される時から、一貫して「無実」を主張していたにもかかわらず、警察はかなり早い時点でN氏を主犯、Mを従犯と断定して起訴に持ち込む構えであった。

警察——捜査員の頭には、「これだけの残虐な殺人を犯すのは、男に決まっている」という固定した観念があったことは否めない。いわゆる「予見に基づく捜査」である。N氏がMと付き合っていたのは事実だし、取り調べに対してMが涙ながらにN氏の犯行を供述した、みごとな演技力に惑わされたという事情はあるにしても、警察や捜査員の頭の固さには困ったものだ。

しかし、それよりも、この事件に対するマスコミのあり方こそ、反省すべきであった。警察に連行されるN氏に対して、報道関係者の中から「人殺し!」といった口汚い罵声《ばせい》が浴びせられ、それに対してN氏が顔を苦痛にひきつらせながら、「やってない!」と叫び返すショッキングな場面が、テレビニュースで報道された。まるで、西部劇のリンチか、中世ヨーロッパの魔女狩りのような情景であった。

だが、やがて捜査が進むにつれ、N氏の無実が明らかになってゆく。警察ばかりでなく、検察でさえ過誤を犯し、法廷にまで持ち込んでから、N氏に対する起訴内容を変更するという、信じられない失態を演じたのだ。すべてはMの単独犯行と認定され、一審はN氏を無罪とした。

無罪はおそらくそのまま確定し、N氏の名誉は回復されるだろう。しかし、そこに到るまでの十二年におよぶN氏の精神的肉体的苦痛、失った歳月や若さ、社会的信用の失墜、経済的損失といったもろもろは、永久に取り戻せない。

警察の捜査がマスコミの論調に煽《あお》られ、行き過ぎを演じた——とは言えないかもしれない。しかし、マスコミが冷静さを失って、罪が確定してもいないN氏に浴びせた罵声が、捜査員を力づけた可能性はある。

逆に、マスコミが捜査現場に踏み込みすぎたために、本来、秘密裡《り》に行われるはずの捜査が犯人側に通じて、証拠湮滅《いんめつ》につながったり、捜査を妨害する結果を招いた例も少なくないといわれる。

官憲力も及ばなかった疑獄事件が、マスコミ報道によって暴かれた例など、大きな功績があるにもかかわらず、とくに現場の捜査員の中には、マスコミを一種の天敵のように忌み嫌う者がいるのも、理由がないわけではないのだ。

中野部長刑事が浅見の家を訪問したのは、それからさらに五日後のことだった。浅見が『旅と歴史』の原稿をファックスで送った直後に、タイミングよく、中野は玄関のチャイムを鳴らしたのである。

須美子が憂鬱《ゆううつ》な顔をして、「坊ちゃま、警察の中野さんとおっしゃる方がお見えになりましたけど」と呼びにきた。

「大奥様はほんのちょっとのお出かけですから、早くお帰ししたほうが……」

「いいんだよ、大丈夫だから、応接間にお茶を持ってきてくれる」

玄関に出てみると、中野は須美子にも劣らない、憂鬱な表情であった。

「どうやら、捜査はあまりうまく進んでいないみたいですね」

応接間に案内しながら、浅見は気の毒そうに言った。

「そのとおり、さっぱりです」

ソファーに腰を下ろすと、中野はひどく疲れた顔で、溜め息まじりに言った。

「浅見さんにせっかくヒントを貰《もら》って、『アサヒ』とか、ちょっとした手掛かりを掴んだかに思えたのですが、そこから先にはちっとも進まないという状況です。『アサヒ』の件も、いったい何のことなのか、まったく雲を掴むようなことでありまして。従業員に訊いてみても、まったく思い当たることがないそうだし。島田さんがちょっとても付き合いのあると思われるところには、足を運んでみましたが、すべて空振り。そういう会話を交わした人間もいなければ、『アサヒ』という言葉そのものに思い当たる人間も一人もいないのですからなあ。とにかく、三十年近く刑事をやっているが、こんなに歩いたのは記録的でしたよ」

精も根も尽き果てた――というように、中野はもういちど溜め息をついた。

「そうですか……それはご苦労さまでした。しかし、それで大きな成果が上がったのですから、何よりですね」

「はあ？……」

中野は一瞬、ポカーンと口を開けて浅見を見つめた。

「浅見さん、いま何て言いました？」

「ご苦労さまと……」

「いや、そのあとです。成果が上がったって言いませんでしたか？」

「ええ、言いました。苦労の甲斐があったわけですから」

「それ、勘ちがいしてますよ。自分は何も手掛かりがなかったって言ったのです。聞き間違えたんじゃないですか？」

「いいえ、僕の耳は確かですよ。どこの誰に訊いても、『アサヒ』という言葉に思い当たる人間はいなかった——と、そうおっしゃったのでしょう？　ちゃんとそう聞こえました」

「だったら……」

「そのことこそ、すごい大成果ではありませんか」

「困った人だなあ……」

中野は浅見の真面目くさった顔に、思わず苦笑を浮かべた。

「もういちど言いますけどね、自分はあっちこっちと歩き回ったが、何も得るところがなかったと言っているのですよ。浅見さんは勘ちがいして……」

「いや、勘ちがいは中野さん、あなたのほうです。それに、もし捜査本部のみなさんが同じ考えだとしたら、警察は全員が大変な勘ちがいをしているか、重大な事実を見落としていますよ」

「………」

中野部長刑事は自分の身を眺め回して、それから天井や壁に視線を這《は》わせた。まるで、そこに捜査本部の連中の顔が映っているかのように、であった。

「見落としているって、何を見落としていると言うんです？」

「ですから、誰一人として、島田さんが『アサヒ』と言った言葉を聞いていないということの重大な意味を――です」

「はあ……」

「さっき、中野さんは、島田さんと付き合いのあると思われる人々全員と接触したと言われましたね」

「ああ、言いましたが、もっとも、それ以外にも、われわれがキャッチできない程度の、あまり付き合いの深くない相手がいる可能性はありますがね」

「しかし、列車内からわざわざ電話をかけるような相手なら、付き合いが浅いとは言えないのではありませんか？」

「まあそうでしょうな」

「だったら、島田さんがああいう死に方をしたのを知ったら、すぐに駆けつけるか、駆けつけないまでも連絡ぐらいはしてきそうなものです」

「それはそうです。現に、吉川さんと従業員の山下さん以外に、列車からの電話を受けた人物が、一昨日《おととい》一人みつかって、話を聞くことができましたからね」

「その人は、『アサヒ』の件は知らないと言っているのですね？」

「そうです。名古屋の自宅近くの人で、日曜の晩に会う約束があったのをキャンセルしてきたということでした」

「だったら、考えられることは二つしかありません。第一に、その人たちの中の誰かが嘘をついていること。第二には、ほかにもう一人、島田さんと電話で『アサヒ』について喋った人物がいること——。肝心なのは、『アサヒ』がどういう意味を持つにせよ、その人物にとって、とくに警察に知られることが望ましくないという点です。そうでなければ、とっくに警察に出頭して、自ら島田さんとの会話について話してくれているはずですからね。とにかく、島田さんが電話で『アサヒ』と言ったことだけは、動かしようのない事実なのです。そのことをしっかり認識すれば、手掛かりどころか、捜査を進めるべき道筋が見えてくるのじゃありませんか?」

「うーん、なるほど……」

中野は目の前の壁が急に崩れたように、戸惑いと希望を半々に示した。

「ものは考えようと言うが、たしかに浅見さんの言うとおりですなあ。それにしても、どうしてそういう、何ていうのか、逆転の論理とでもいうのか、ひっくり返ったものの考え方ができるのか、なんとも不思議なひとですなあ、浅見さんは」

「ははは、そんなふうにお化けでも見るような目で見ないでくれませんか。それでなくても、うちのおふくろには、変わり者だ変わり者だと言われっぱなしなんですから」

「はあ、お母さんが……」

中野はあらためて部屋の中を見渡した。

「浅見さんはたしか、フリーのルポライターのようなことをしているのでしたね」

「ええ、そうです」

「こんなこと言っちゃ失礼だが、その仕事はずいぶん儲《もう》かるものなのですか？」

「は？　どうしてですか？」

「いや、こんなに立派なお邸で、お手伝いさんまでいるみたいですからね」

「あははは、これは兄の家ですよ。しかも父親が残してくれたもので、僕はまあ、言ってみれば居候ってとこです」

「はあ、居候ねえ……」

中野は感にたえぬ――というように、浅見をしげしげと眺めた。

「ところで、お兄さんは何をなさっておいでなのです？」

「ああ、兄ですか、兄は公務員です」

「公務員というと、区役所か何か？」

「ええ、そんなところです……そんなことより」

浅見は急いで話題を変えることにした。

「じつは、中野さんが見えてから、ずっと気になって、お訊きしたいと思っていることがあるのですが、もし間違っていたら許してください」

「はあ、何でしょう？」

「この『アサヒ』についての調査ですが、ひょっとして、中野さんお独りでなさっていたのではありませんか？」

「えっ……」

中野はギョッとして、「どうして？……」と身を引くようにした。

「やっぱりそうでしたか」

浅見は嘆かわしい――と首を振った。

「いや、中野さんから『アサヒ』の話を聞いてから、すでに五日を経過しているでしょう。この程度のことを調べるのに、五日は決して短い時間ではありません。それなのに、中野さんは靴を擦り減らし、足を棒にして歩き回った様子でした。仮に捜査本部のスタッフが手分けして調べに当たったのなら、そんなことはあり得ませんよ。かといって、中野さんが抜け駆けの功名を狙《ねら》うような方だとも思えない。これは、おそらく捜査本部の理解を得られなかったのではないか――と、そう推測したのです」

「驚きましたねえ……」

中野はほとんど泣きべそのように顔をしかめた。

「浅見さんのおっしゃるとおりです。じつは列車の車掌が『アサヒ』という言葉を聞いたことについては、捜査主任も一応、評価してくれまして、すぐに、さっき言った三人――島田さんと電話で話した人たちに再度、訊いてみました。しかし、その三人はいずれも、島田さんとの話の中に『アサヒ』が出たことはないと言っているわけで、それを確認した時点で、この件に関しては調査を打ち切りという指示が出てしまったのです。車掌のほうも、再三、訊いているうちに、『アサヒ』だったかどうか、だんだん自信がなくなったみたいでしてね、『明日――だったかも』などと言い出す始末なのです。主任さんにしてみれば、仮に『アサヒ』であったとしても、捜査の手掛かりになるような代物《しろもの》ではないという判断だったのでしょうかなあ」

「それで、中野さんがお独りで……」

「はあ、浅見さんにヒントをもらった手前、惜しい気がしましてね。それと、自分もちょっと気になって仕方がなかったもんで、いま言った三人以外の、東京とその近辺にいる知人を片っ端から調べ回ったというわけです。まあ、一般的に言って、ふつうの市民は事件と関わり合いになることを極度に嫌いますからなあ。よほど親しい間柄でも、刑事が聞き込みに行っても、話したがらないくらいで、いわんや、先方から言ってきてくれることなど、めったにありません。その分、こっちが積極的に動くしかないのです」

その不毛の努力を思い返すのか、中野はまた苦い顔になった。

「立派ですねえ」

浅見は頭を下げた。

「えっ？　ははは、やめてくださいよ。何の収穫もないし、自分が勝手に動き回っているのを勘づいたらしく、主任はご機嫌が悪いし、さんざんです」

「そういう、何の得にもならないことに情熱を注ぐなんて、僕なんか真似しろったって、できません」

「情熱だなんて、参ったなあ……ただ、これが自分の商売だから、やってるだけです」

「でも、商売と割り切っているなら、主任さんの指示どおりにしていればいいわけなのでしょう？」

「まあ、そう言われれば、そうですが……単なる性分てやつですかな。もっとも、刑事が嫌いじゃないことはたしかかな。ほかに趣味もないし、ひまな時間を持て余してるより、聞き込みに歩いていたほうが性に合ってるってことはあるかもしれませんね。これでも、若いころは……」

言いかけて、中野は照れたように、小さく手を振って、言葉を中断した。

3

「それはおかしな話だわねえ」

息子から警察の話を聞いて、雪江は不機嫌そうに首をかしげた。

「あの男の人はたしかに『アサヒ』と言っていたのですよ。このわたくしが聞いているのですから、間違いありません」

「ええ、車掌もそう言っているそうです」

「おや、車掌さんが言ってなければ、わたくしの言うことだけでは信用できないとでもいうのかしら?」

「いや、とんでもない。お母さんの記憶力は絶対ですよ」

「そうですとも。それにね、わたくしは『アサヒ』という言葉を聞いたときに、ある感慨が浮かんだんです。だからこそ自信をもって、たしかに聞いたと言えるのよ」

「ほう、感慨というと、それは何なのですか?」

「あなたのお父さまが、昔、『朝日』を吸ってらしたの。あなたは知らないかもしれないけど、吸い口をつぶして、いまでいうフィルターみたいにして吸う、とてもおしゃれな煙草で、いかにも紳士の煙草という感じがしましたよ。そのころは『光』とか『金鵄《きんし》』というのもあって——金鵄はほんとうは『ゴールデンバット』という名前だったのを、戦時中、敵性語だからといって名前を変えていたものだけれど……」

雪江は懐かしそうな瞳《ひとみ》を宙に向けた。黙っていると、いつまでも思い出に浸りそうな気配であった。

「なるほど、そうすると、『アサヒ』というのは、むかしの煙草の名前であった可能性もあるわけですか」

「何を言ってるの、ばかばかしい。そんな煙草の名前なぞ、電話で喋っていたはずがないでしょうに」

「はあ、それじゃ、いったい何のことだったのでしょうか？」

「分かりませんよ、わたくしは。ただ、そのときは、何となく朝日新聞を連想したわね。朝日は浅見家では、わたくしがお嫁に来る、ずっと以前からとっていた新聞だったせいかもしれないけど」

「もしそうだとすると、島田氏は『朝日新聞のことはよろしく』と言っていたことになりますか」

「どうしてそう短絡的に考えるの」

雪江は（嘆かわしい——）と首を横に振った。

「『アサヒ』といったって、いろいろあるでしょうに。わたくしはむしろ、朝日生命、アサヒビール、朝日商事というような会社の名前だと思うわね。それだったら話の辻褄《つじつま》が合うような気がするし」

「なるほど、会社の名前ですか。島田氏は不動産や金融の仕事をしていたのだから、朝日何とかいう会社と取り引きがあったのかもしれないな。それにしても、『アサヒ』と名のつく会社はずいぶん多いのでしょうね。飛鳥山の交差点の近くにも、朝日電気商会っていう店がありますよ」

「そうですよ。まずその辺りから調べてみることだわね」

雪江は刑事課長のように、おごそかな顔で「捜査」を命じた。

それにしても、『朝日』『旭』『アサヒ』を冠した会社の名前というのは、じつに多いのであった。電話帳で調べてみると、頭が『アサヒ』の音で始まる会社名は中央・千代田区版で数えただけでも五百社以上ある。23区内全部ともなると大変な数に違いない。それにいちいち当たり、殺された島田と関係があるかないかを確認するとなると、これは相当なエネルギーが必要だ。第一、先方が素直に島田との関係を認めるかどうかも、保証のかぎりではない。

浅見は電話帳をひろげた時点で、もうお手上げの気分であった。

しかし、中野部長刑事の反応は違った。浅見から電話でその話を聞くとすぐ、「やりましょう」と言った。

「とにかく、主任に進言してみますよ。主任にやる気がなくて、捜査本部としては動かなくても、うちの課長に言えば対応が違うと思います」

意気込んでいたが、結果は思わしくなかったらしい。それから三日後にかかってきた電話の中野の声は、この前のときより、さらにくたびれた様子だった。

「捜査主任の安藤警部に言ったら、あっさり『アサヒのセンは放棄することにしたのじゃなかったのかね』と、いやみを言われましてね。しかし、一応は再調査してみることになって、名古屋に捜査員が出向きました」

「中野さんが行かれたのですか？」

「いや、ほんとうは自分が行きたかったのですが、若いのが二人で行きました。彼らの報告によると、島田氏の部下に協力してもらい、住所録等を調べた結果、『アサヒ』と名のつく会社は載っていても、そのどこども特別な——というか、つまり仕事につながるような付き合いはなかったようです。それが判明した時点で、主任はその方面での捜査を打ち切ることを決定しました」

「えっ、打ち切りですか？」

折角の手掛かりを――と、浅見は思わず悲鳴のように言った。

「はあ、自分は不満だったもんで、もうちょっと調査を継続するよう、うちの刑事課長に再度提言したのですが、課長としても捜査本部の指揮官である主任さんの意向を無視するわけにはいかないと言うのですよ。しようがないので、また自分一人で、都内にある『アサヒ』と名のつく会社を、二十ばかり回ってみたのですがね、実際にやってみると、どうも難しそうですなあ。殺人事件の捜査と聞いただけで、いきなり、うちとは関係ないとつっぱねる。そう言われて、そんなことはないだろうとも言えませんしねえ」

中野は「ははは」と乾いた声で笑った。

それ以上のことを中野に望むのは無理だと、浅見は思った。いや、誰がやったって同じ結果しか出ないだろう。捜査主任が冷たくあしらったのも当然かもしれない。

「しかし、ほかに何か、有力な手掛かりがあるのでしょうか？」

「いや、これといったものは出ていません。事件発生からまもなく一カ月が経過しようとしておりましてね。そろそろ捜査本部の規模も縮小される運命にあるらしい」

「えっ、もうですか?」

「やむを得ないでしょうなあ。もっとも、自分としてはむしろ、そうなることを待っているということもあるのです」

「ほう、それはどうしてですか?」

「本庁の連中がいなくなれば、かえって、われわれ所轄の人間は自由に動けますからね。捜査費用が出にくくなるのは困るが、なに、どうせ足で稼ぐのが刑事の宿命というものです」

強がりとばかりいえない口調だ。中野としては、かなりの部分、本気でそう考えているにちがいない。とはいっても、捜査本部が縮小をはじめてしまえば、これまで以上に、突っ込んだ捜査ができるかどうかは、かなり疑問だ。事件は日々起こっている。いつまでもホテル『四季』の事件にだけかかりきりというわけにもいかないのが現実である。

五月の連休が明けると、浅見は名古屋の島田の事務所を訪ねてみることにした。たまたま、『旅と歴史』の仕事で、三重県松阪市のそばの「斎宮《さいぐう》歴史博物館」を取材するついでがあった。いや、そういう名目を作って、藤田編集長から取材費をかすめ取ったというべきかもしれない。藤田はケチな割に、古代のロマンティックな話に弱いところがあるから、「斎宮」と聞いて、「それは面白そうだな」と、テもなく引っ掛かった。

島田の事務所は栄のマンションの一室を、一部、オフィス用に改造したもので、半分ほどが住居として使われている。本来の住居は郊外にあるのだが、ふだんはここで寝起きすることのほうが多かったそうだ。

社長が死んだあとも、山下というただ一人だけの社員が業務を続けていた。あらかじめ中野に頼んで、電話で、浅見の訪問を予告しておいてもらった。自分の代わりである——と強調してくれたそうだから、山下の応対も刑事に対するのとほとんど変わらない態度であった。

山下は痩《や》せ型で、三十五歳という年齢にしては、ひどく老《ふ》けた印象だ。髪の毛は白髪混じりだし、目尻の皺も目立つ。風貌《ふうぼう》ばかりでなく、性格的にも、積極的に外務の仕事をするタイプではなさそうだ。いつも留守がちな島田の留守番役としては、むしろそのほうが適任だったのかもしれない。

「島田社長は、私を拾ってくれた恩人なのです」

山下は沈んだ表情で言った。そういう喋り方も、年寄りじみて見える。

「かれこれ六年前になりますか、前の会社が倒産して、勤め口がなかなか見つからなかったときに、おれのところにこないかと言ってくれたのです」

べつに血縁関係でもなく、倒産した会社の取り引き先の人間の紹介だという。なかなか再就職が決まらなかっただけに、山下は島田に対してずいぶん恩義を感じたようだ。

「なにしろ、つぶれた会社の残党というイメージだけでも悪いのに、私はこのとおり陰気くさい人間ですので」

山下は苦笑しながら言った。外見の陰気くささで損をしているが、人柄は悪くなさそうだ。

「これからもこちらで、お仕事は続けてゆくおつもりですか？」

浅見は訊いた。オフィスの中はきちんと整頓《せいとん》されていて、主がいなくなった気配も感じさせない。

「はい、あとしばらくは続ける予定です。社長がいなくなったいまとなっては、新規の仕事を開拓するのは難しいのですが、これまでの取り引きの残務があるし、かなりの売掛金も残っていますからね。それをしっかり回収するまでが、私の役目です。もちろん、その間はいままでどおり、給料を貰えますしね」

「つかぬことを伺いますが、島田さんが残された遺産――いまのお話のような会社の資産もあると思うのですが、それらについては、どういうことになるのでしょうか？」

「それはお嬢さんのところに行きます」

「えっ、娘さんがいらっしゃるんですか？　僕が知るかぎりでは、たしか、島田さんはお独りだったはずですが」

「はあ、じつは私もそう思っていました。私がこちらに来たころは、社長はここに独りで住んでいましたからね。しかし、あの事件のあと、十五、六年前に別れた奥さんとお嬢さんのあることが分かったのです。奥さんはかなり以前に亡くなられたのですが、お嬢さんは健在で、つい先日、はじめてお会いしました。まだ大学生ですが、なかなかしっかりした方です。残務整理を私に任せてくれることになったのも、最終的にはお嬢さんが諒解してくれたためだし、もしかすると、この会社をなんとか継続していって貰えることになるかもしれないのです」

「そうなるといいですねえ」

「まあそうなのですが、ほかのご親戚の方たちは、早く会社を整理してしまったほうがいいという意向でして」

「あ、なるほど、そういう問題もあるのですか。だとすると、遺産の相続問題なんかで、ややこしいことになっているのではありませんか？」

「おっしゃるとおりです。島田社長のお身内は、日頃は社長とあまりお付き合いはなかったのですが、こういう事態になって、親戚と称するひとが五組ばかり名乗りを挙げてこられました。お嬢さんもその中の一人ということになるのですが、お嬢さん自身は、遺産相続のことは考えていなかったようです」

「ほう……それはどうしてですか？」

「ご存じなかったのでしょうね、相続の権利があることを。それを、お嬢さんのお母さん——つまり、島田社長の別れた奥さんのお身内の方が連れて見えたのです。もちろん、正式の相続人はお嬢さんということになりますから、それはいいのですが、そっちのほうのご親戚も、何かと……」

山下は語尾をにごした。

「なるほど……そうすると、遺産目当てのご親戚たちのいざこざが、いろいろありそうですね」

「まさにそうなのです」

山下はいかにも辟易しているように、顔をしかめた。

「それ以来、ご親戚が入れかわり立ちかわりやって来られましてね。このところ、私の仕事は、その人たちの訪問を捌《さば》くのに、エネルギーのほとんどを取られているようなありさまです」

「問題の遺産ですが、どのくらいあるものなのですか？」

「まだ整理していませんが、金額にすると相当な額にのぼるはずです」

「たとえば、何千万とか、ですか？」

「はあ……」

山下の頬に、かすかな笑みが浮かんだ。浅見の常識のなさがおかしかったのだろう。

「浅見さんがおっしゃるのとは、少なくともひと桁《けた》――いや、ふた桁ぐらいは違うと思いますよ。このマンションだけで一億はするし、社長が、受取人をお嬢さんの名義でかけた生命保険も何億もあるようですからね」

「あ、そうなのですか。どうも僕は金銭感覚がないもんで、億以上の金額になると想像を絶するのです」

しかし、山下の言うとおりだとすると、遺産をめぐる確執は無視できないものがありそうだ。ことに、相続人がまだ世の中のことに疎《うと》い若い女性だとなると、自ら後見人の椅子を狙う人物も少なくないかもしれない。

「だとすると、警察は、その莫大《ばくだい》な遺産にからむ事件——という見方もしているのではないでしょうか？」

「そのようですね。お嬢さんのこともかなりしつこく調べたみたいだし、私なんかも、ほとんど容疑者扱いで、明らかにアリバイ調べみたいなことまで尋問されましたよ。ご親戚の人たちも同様の目に遭ったようです」

思い出すだけでも気色《きしよく》が悪い——と言いたそうだ。

しかし、その方面での調べは、結局は何も収穫がなかったのだろう。あれば、いまごろは、捜査員が名古屋の街にあふれていなければならない。

「ただ、ちょっと気になることがあるのですが……」と、山下は少し眉を曇らせ、小首をかしげるようにして言った。

「じつは、浅見さんが言われた金額が桁違いなのは、そのとおりなのですがね。会社の資産を調べてみて、私が想像していた金額からすると、かなり少ないことに驚いているのです。いや、資産はあったことはあったのですが、ある時期から急速に減少しているのです。社長個人の定期を取り崩しているほか、会社の銀行預金も数回にわたって引き出していまして、それも現金で百万単位で動かしておられるのです」

「現金で……というと、金の移動先が分かっては具合の悪い使途であることを想像させますね」

「はあ、まあそういうことかもしれません。支払い伝票を切る際に、しばらくのあいだ機密費扱いにしておくように言われました」

「あの日はどうだったのですか？　四月十日に島田社長が名古屋を出られたときにも、やはり大きなお金を持っていたのですか？」

「いや、あのときは大金は所持していなかったはずです。四月十日は朝早くから出ておられるので、私とは会っていないのですが。その前日もそんな話はしておりませんでしたし、後で調べた結果でも、大きな預金引出しはしておりません。警察でも、ひょっとして盗まれたのではないかと、ずいぶん聞かれましたが、その点は間違いないと思います」

「そういえば、警察に聞いたところによると、島田さんがこの事務所を出てからの足取りは、まったく分からないのだそうですね。最後は長野から信越線に乗っておられるのですが、長野のどこへ行ったのか、山下さんはご存じないのですか？」

「はあ、ほんとに知らないのです。列車からの電話の前には、十日と十一日に、それぞれ一度ずつ電話がありましたが、いまどこにいるのかも、行く先がどこなのかも言われなかったのです」

「山下さんのほうから、お聞きにはならなかったのですか？」

「聞きません。そういうことは珍しくないですし、むしろ、聞いたりすると機嫌の悪くなることがありますからね」

「ほう、機嫌が悪くなるのですか。これまでお聞きした感じでは、そういう傲慢《ごうまん》な人っていう印象はありませんでしたが」

「いや、社長は傲慢なんかではありませんよ。ただ、このところ何か、ややこしいことを考えておられたのか、ちょっとコソコソするようなところが……」

「コソコソ？……社員のあなたにですか？」

「そういう言い方をするとへんかもしれませんが、秘密めいたことを策謀しておられるのじゃないかと、そんな風に思うことがありました」

「なるほど……」

浅見は少し思案して、言った。

「山下さんがそんな風に感じられるようになったのは、預金口座から百万単位のお金が動き始めたころと、時期が一致するのではありませんか？」

「えっ……そう、そうですけど……」

山下は驚いて、浅見の顔を見つめた。

「何か、あぶないことに手を出していたような感じでしたか？」

「ええ、そうなのです。正直言って、その心配はありました。しかし、一度、それとなく聞き出そうと思って、預金の減少していることを持ち出したとたん『余計なことを気にするな』と叱られましてね。そのあとすぐに、『さっきは悪かった、まあ、もうちょっとはっきりするまでは、黙って見ていてくれればいい』と言われて、それっきりです」

山下の話から、島田が何か画策しながら、思い悩んでいた様子が彷彿《ほうふつ》とした。

「ところで、すでに警察が来て調べたと思いますが、『アサヒ』という名前について、心当たりはないのですね？」

「ああ、『アサヒ』ですか。警察にも答えたとおり、私の知っている範囲では、そういう人はいないし、会社にも『アサヒ』のつくところはまったくありません。私の記憶だけではあてにならないので、念のために会社と社長の住所録、それに名刺を古いものから全部、引っ繰り返してみましたが、関係のありそうなものは一つも発見できませんでした」

「なるほど……」

警察が『アサヒ』の件を捜査対象から除外したのには、それなりの裏付けがあったと認めないわけにはいかなかった。

「しかし」と、それでも浅見は言った。

「島田社長が列車の中で電話しているときに、『アサヒ』と言われたことは間違いのない事実なのです」

「いや、警察はそう言ってませんでしたよ。もしかすると車掌の聞き間違えかもしれないとかいう話でした。ひとにさんざん調べさせておいて、それはないだろう——と、腹が立ちましたけどね」

山下はムッとした顔になって、遠く、東京の方角を睨みつけた。

「どうでしょうか、もし差し支えがなければ、もう一度、住所録と名刺を調べさせてもらえませんか？」

「えっ？　またですか？　冗談じゃないですよ。もうあんなもの、当分のあいだ見たくもありませんよ」

「いや、調べるのは僕がやるのですが」

「ああ、浅見さんがですか？……そりゃ、あなたがおやりになるのは、いっこうに構いませんが……しかし、全部調べるとなると、なかなか大変ですよ」

「それは覚悟の上です。今夜と明日の晩は名古屋に泊まるつもりで来ましたから」

「ふーん、そうなんですか……」

山下は呆れたように、浅見を見つめた。

「まあ、いくら大変といっても、たかが住所録と名刺の名前を調べるだけですからね、二日もかかりはしませんが、それにしても……目白警察署の中野部長刑事さんから、浅見さんは警察の方じゃないって聞きましたが、ずいぶん熱心なのですねえ。いったいどういうひとなんですか？」

「僕はフリーのルポライターをやっているのです。たまたまこの事件には早くから関わりまして、ちょっと……こんな言い方をすると叱られそうですが、興味を惹かれたものですから」

「それじゃ、この事件を週刊誌か何かの記事にでもしようというわけですか？」

「いえ、そのつもりはありません。純粋に、ただの好奇心……というと、また語弊がありますが、かっこよく言わせてもらうなら、少しでも事件解決に役立つようなことができれば——と思っています」

「しかし、ただそれだけじゃ、おカネにならないでしょう。ボランティアですか？」

「ボランティアといえるかどうか……要するに、道楽……あ、これもまた語弊がありますね。趣味と思ってくださっても結構です。謎解きとスリルが楽しめる。しかも、うまくいけば世のため人のためになります。同じ無駄金を使っても、ファミコンゲームよりは、有意義でしょう」

「それはまあ、そうですが……」

山下は不思議そうに浅見を眺めた。彼のような商売人には、一文にもならないことに、わざわざ名古屋くんだりまで来て、二泊の予定を組むほど熱中する人間の気持ちが、理解できないにちがいない。

4

山下がテーブルの上に載せた住所録と名刺を前にして、浅見は正直なところ、調べる前から、うんざりした。

島田はかなり几帳面《きちようめん》な性格だったにちがいない。住所録の五冊はともかくとして、名刺の量がすさまじい。

「まず住所録のほうから見ますか？　こっちは簡単ですからね」

山下は五冊の住所録の「ア」の項目のところを広げて、ズラッと並べた。「朝日新聞栄販売所」「朝日広告社名古屋支社」「朝日生命栄出張所」「朝日不動産名古屋営業所」といった名前が記入されていた。『アサヒ』の読みの会社や店の名前がいかに多いかは、すでに電話帳で調べずみだ。そのボリュームに較べれば、ここに載っている数はごく少なく見える。

「こういうのはありますが、べつに特別な付き合いがあるわけではありません。警察でも一応は先方に当たったそうですが、問題になるようなことは何もなかったみたいです」

山下は脇から解説を加えた。

たしかに、問題点を探そうにも、とっかかりを求めにくい相手ではある。

たとえば、中京朝日○○といったように、必ずしもインデックスの「ア」で始まらない『アサヒ』もあるかもしれない——と、浅見はほかのページにも一通り目を通したが、それは見当たらなかった。

たったそれだけの作業で、島田のオフィスを訪ねてから二時間を経過した。あとはいよいよ名刺の山に挑戦するほかはない。

「これ、ホテルにお持ちになってもいいですよ」

山下はそう言ってくれたが、それは親切で言ったのではなく、虚《むな》しい作業に付き合いきれない——というのが本音かもしれない。

「そうですね……」

浅見もそうしたほうがいいとは思った。そう思いながら、未練たらしく住所録のページをめくった。

「何なら、その住所録も持って行って構いませんよ」

山下は苛立たしそうに言った。浅見がまさぐっているページは「ハ」行のところである。そんなところを探したって、『アサヒ』はないよ——と言いたげだ。

「そうですか、それはありがたい……」

浅見は礼を言ってからも、なお数葉、ページをめくってから（?——）と、その手を止めた。

それから慌てて、いまめくったばかりのページを三葉、後戻りした。

そこに「朝日」の文字があった。

林野照男——富山県下新川郡朝日町××

「朝日町……」

浅見は低く呟いてから、山下に住所録を突きつけるようにして、その文字を示した。

「ここに朝日町というのがあります」

「なるほど……」

氏名や社名と違って、住所の文字は小さく目立たなかったせいかもしれないが、山下にとっても、そこに「朝日」があるのは新発見らしかった。もっとも、住所名に朝日町があったからといって、べつにどうというわけのものでもない――。

山下はそういう顔で、浅見を見た。

「この林野という人には、当たってみたのでしょうか？」

浅見は訊いた。

「まさか……」

山下はびっくりした目になった。

「私ははじめて気がつきましたし、警察だってそこまでは調べないでしょう」

「しかし、現実に『朝日』という名前がここにありますが」

「それはそうですが……じゃあ、これが社長の言っていた『アサヒ』なのですか？」

「それは分かりませんが、とにかく調べてみるべきでしょう」

「そういうものですかねえ」

富山県下新川郡朝日町——に浅見は何の知識もなかった。そういう町があることも知らなかった。ただし、北陸自動車道に「朝日インターチェンジ」があることは知っている。たしか親不知《おやしらず》の近くだ。そこが朝日町なのだろうか。

住所録の「林野照男」の名前は、それほど新しく書き込まれたものではなさそうだ。その名前のあとに、何人もの人名が書き加えられている。

浅見は窓の外を見た。初夏の陽射しがカーテンを照らしているが、時刻はすでに五時になろうとしていた。

5

『アサヒ』が町の名前であるとは、浅見は思いもつかぬことであった。いや、仮に思いついたとしても、もしも、住所録の中に「朝日町」の文字を発見しなければ、島田が電話で喋っていた『アサヒ』が朝日町のことであるかもしれない——などという着想は浮かばなかったにちがいない。

現に、こうして朝日町の存在を知ってからも、それが事件と関係があるという感じは、あまりしていなかった。

その夜、浅見はホテルに入ってから寝るまで、山下に借りた名刺の山に取り組んで、ほかに『アサヒ』がないか、徹底的に調べ尽くした。名前だけでなく、細かい活字で印刷された住所のほうにも気を配ったから、眼も心も疲れはてた。

翌日は九時ごろに起き出して、松阪市の南隣にある明和《めいわ》町へ出掛け、午後三時ごろまで、斎宮歴史博物館とその関係のもろもろを取材してまわった。

斎宮というのは、伊勢神宮に仕える斎王《さいおう》の住居で、斎王に従う女官や役人の館を含めると、二万坪にもおよぶ壮大な規模であったらしい。その遺跡が三重県の明和町の近鉄線斎宮駅付近で発掘され、往時の什器《じゅうき》類などが収集された。現在もなお、周辺一帯で発掘作業が進められているが、完全に発掘が完了するのは、この先三十年はかかるだろうといわれている。

斎宮博物館にはそれらの資料が展示されているほか、天皇の娘——内親王が斎王に選ばれ、伊勢神宮に送られる仕組みや、若くして神に仕える身となった皇女たちの哀歓を偲《しの》ばせる映像展示物などがあって、素人にも楽しめるし、歴史や王朝文学の愛好家にとっては興味が尽きない。

浅見ももちろん歴史は大好きだが、『アサヒ』が気になって、いつもほどには取材に身が入らなかった。『旅と歴史』の仕事がなければ、早く富山県の朝日町へ飛んで行きたい心境だ。

斎王が歩んだであろう道筋をなぞるように、古い街道伝いに松阪から伊勢神宮まで行き、そこでUターンをした。

名古屋から松阪までの往路は東名阪自動車道と伊勢自動車道を通って行ったが、帰りは一般国道を走ってみた。国道23号で松阪、津、鈴鹿を通り、四日市を過ぎたところで、浅見は（あれ？——）と思った。

一瞬の間に通り過ぎた道路標識に、〔朝日町〕と書いてあったような気がしたのだ。

車をドライブインに突っ込み、地図を調べると、桑名市のすぐ南に「朝日町」の活字が読めた。

浅見はフーッと気抜けがした。何のことはない、わざわざ北陸まで行くまでもなく、名古屋からこんな近いところに「朝日」があったのだ。

もっとも、島田が言った『アサヒ』がこの朝日町である証拠は、いぜんとして何もない。ただ、富山県の朝日町を発見した、ある種の感動にも似た意気込みは、ここで思いがけなく朝日町に出くわしたことで、いっぺんに冷めてしまった。

まだ役場が開いている時刻であった。浅見はあまり気乗りしないまま、朝日町役場を訪ねてみた。

朝日町には、典型的な郊外型「農村」のイメージがあった。もともと気候温暖の地であり、町屋川、朝明川という二つの川に挟《はさ》まれた平坦な土地と水利を活かして、経済的には恵まれた土地柄のようだ。そこに東芝などいくつかの工場が進出しているのだから、町の税収も潤沢《じゅんたく》だろうし、そのせいか、円形校舎の小学校や保育園、それに公民館も体育館も立派なものである。

観光業務は産業建設課というセクションで扱っていた。さすがに、拓《ひら》けた土地だけに、経済的には裕福だが、売り物にするほどの観光資源はないらしい。

職員に島田清二という人物のことを訊いてみたが、知らないそうだ。東京での事件のことも知らなかった。そういう殺伐とした出来事とは、およそ無縁な、のどかな雰囲気が漂う田園の町であった。

結局、何の収穫もなく、浅見は朝日町をあとにした。

桑名を過ぎ長良川を渡る。道路の両側には、長良川河口堰《かこうぜき》建設に反対する看板がいくつもあった。上流域に棲息《せいそく》するアユやマスを絶滅させる危険性を訴えるものが多く目についた。

河口堰の必要性について、浅見には知識がまったくない。河口堰がどの程度自然を破壊するものかも知らないが、いずれにしても、支払われる代償は小さなものではないにちがいない。

開発と自然保護のせめぎあいは、日本中の到るところで繰り広げられ、ほとんどのケースで国や企業の開発が優先されていた。自然を開発に売り渡すことで、日本の高度成長は達成されたといってもいい。その結果、日本の海岸から白砂青松の風景は失われ、兎《うさぎ》追いし山も小鮒《こぶな》釣りし川も消えてゆく。

環境破壊に対する危機感がある一方で、開発とそれがもたらす経済的恩恵に乗り遅れた地域は、むしろ開発に積極的で、環境破壊には目をつぶろうとする。開発途上国が、先進国の要求する環境保護を先進国のエゴであるとして反発するのも、分からないでもない。それと同じような現象は、日本の各地に見られる。

旅することが商売のような浅見は、日本中の、いわゆる過疎地とよばれる地域で、人口流出を食い止めようと、村おこし、町おこしを願い、企業誘致やリゾート開発の導入を求める、悲鳴にも似た切実な声をいくども聞いた。

おそらく、これからは、人口も開発も飽和状態に達した大都市から、遠く離れた地方へ地方へと開発の波が移ってゆくことだろう。その是非はともかくとして、遠隔地ゆえに、わずかに残されていた自然のままの海や山が、浸食され俗化してゆく日は、そう遠くないことだけは目に見えている。

それとは対照的に、戦後、いち早く開発が進んだ京浜、阪神、中京地区では、工業化が行き着くところまで行って、いまではむしろ環境整備に力点が置かれつつある。国道23号を走ってみて分かったことだが、かつては喘息《ぜんそく》など、公害病の代名詞のように言われた四日市付近も、空は澄みわたり、街の緑化も進んでいるようだった。

とはいっても、名古屋市郊外の、大型トラックがひっきりなしに行き交う幹線道路周辺の大気汚染は、まったく改善される気配がない。自分も車を運転する身である浅見は、そのことに関しては偉そうな口をきけないのが辛いところだ。

名古屋市内の中心部に入ると、むしろ車の数が減って、空気の淀《よど》みもいくぶん薄れたような気がする。環境汚染のドーナッツ現象を象徴しているようにも思えた。

ホテルに戻って、近くの安いレストランで夕食をしたためた。明日は早めに出発して、富山県の朝日町へ向かうつもりでいたのだが、意欲を喪失してしまった。富山県朝日町までは、名神高速道路で米原まで行き、そこから北陸自動車道を利用して、およそ三百五十キロの行程である。ほぼ東京へ戻る距離とひとしい。そう比較すると、帰心が掻き立てられる。

しかし富山県の朝日町を訪ねる方針は変えられない――と浅見は覚悟を決めた。わずかとはいえ、事件の謎を追いかける手掛かりであることは確かなのだ。

翌朝、山下と約束した午前九時ちょうどに島田のオフィスを訪ねると、若い女性が待機していた。

ひと目見て、浅見はその女性が、山下の言っていた島田の娘であることが分かった。写真でしか知らないが、ホテル『四季』の事件の被害者の顔と、どことなく似通ったところがある。

「羽田野昌美《はたのまさみ》といいます。羽田空港の羽田に野原の野、日ふたつの昌に美しいです」

ポキポキした口調で自己紹介をしながら、お辞儀をした。長い髪の毛がハラリと落ちかかるのを、右手で器用にはね返した。そのときに、上目遣《うわめづか》いに髪の毛の間からこっちを見つめた瞳は大きく、鋭く光っていた。

「お住まいは、やはり名古屋ですか？」

「いえ、名古屋ではありませんけど、近いところ――多治見《たじみ》です」

「ああ、瀬戸物の産地ですね」

浅見は無知だから、気楽に言ったが羽田野昌美は不満そうに、「瀬戸は多治見より少し南です」と言った。同じ陶器でも違うことを強調したいらしい。

「父の事件のことを、調べていらっしゃるそうですね」

昌美は挨拶を終えるとすぐ、本論を切り出した。素っ気なく、愛想もないが、それは浅見にとってもありがたかった。これから北陸の朝日まで、長い道のりを走らなければならない。

「山下さんから聞いたのですけど、浅見さんは趣味で事件を調べるのですか？」

「は？　いや、必ずしも趣味というわけではないのですが……」

語調から、文句のひとつも言われるのかと覚悟したが、そうではないらしい。

「いえ、趣味でもいいんです。ほんとのことを言うと、どうでもいいんです、父のことは……でも、ずいぶん沢山の遺産を残してくれたみたいだし、まあ犯人が捕まればそれに越したことはないし、とにかく、よろしくお願いします」

「はあ……」

浅見は少し驚いた表情を作って、昌美の顔を眺めた。露悪的な言い回しは、彼女の本心ではない――と思いたかった。いや、たぶん本心から出る言葉ではないのだろう。よしんば、自分を捨てた父親であっても、無残な死に方をした一個の人間を、死後もなおムチ打つような心の持ち主であってはもらいたくないものだ。

浅見の視線を嫌うように、昌美は顔をそむけた。

「羽田野さんとおっしゃるのは、お母さんのほうの旧姓ですか？」

「いえ」

昌美は首を振った。

「二番目の父の姓です。その父も亡くなりましたけど」

「あ……」

浅見は自分がひどくむごい男のような気がしたが、それを乗り越えて、訊いた。

「失礼なことをお訊きしますが、あなたに、島田さんの遺産相続人として名乗りを挙げるように勧めたのは、お母さんのお身内なのですか？」

「いいえ、母には身内はいません。父の弟——叔父がそうしろと教えてくれました。でも、お断りしておきますけど、そういうことはすべて警察で何度も訊かれました。叔父もずいぶんしつこく訊かれたそうです。まるで犯人扱いだって、怒っていました」

「すみません、気を悪くしないでください」

浅見は警察の分も一緒に謝った。

「いいんです。それより、そういう意味からも、早く犯人が捕まってほしいのです。警察でも浅見さんでも、どっちでもいいから……ただ、浅見さんはボランティアなのだそうですね。もし犯人を捕まえてくれたら、うんとお礼しますよ。私はたぶん、すごい金持ちなんですから」

「ははは、そんな気を使ってもらわなくてもいいのです。趣味でお金をもらっては邪道というものでしょう」

浅見は陽気に笑った顔を、一転、引き締めて言った。

「一つだけありのままに答えていただきたいのですが、あなたがお父さん——島田さんに対して描いているイメージは、どのようなものですか？」

憎んでいるか、愛しているか——と訊かずに、「イメージ」という訊き方をされたことで、昌美は戸惑った様子だ。落ち着きを失った視線を、浅見の背後の壁に、忙しく這わせた。

「私は父のこと、あまり知らないんです。ずっと幼いときに別れたし、母も父の話はしなかったし……ただ、お金にすごく執着するひとだったような、そういうイメージはあります。そのことが原因で、母は別れたのじゃないかって、そう思っていました」

「その点についてはどうなのですか？」

浅見は山下を振り返って、訊いた。

「そうですねえ……そうじゃないとは言いませんが、しかし、事業をやっている以上は、金儲けをするのは当然ではないでしょうか。しいて疑問を感じるとしたら、そのお金を何に使うおつもりだったのか、目的が分からなかったことぐらいですね。社長は離婚なさってから、再婚するわけでもなく、ほかの女性と……」

山下はチラッと昌美を見た。

「あ、私なら平気です。何とも思っていませんから」

「いや、社長は女性とそういう、つまり、何ていうか、深い仲になるようなことは、ぜんぜんありませんでしたからねえ。もちろん、酒を飲んだ上でのことはべつですが」

山下は言いにくそうだ。「深い仲」になることと「酒を飲んだ上でのこと」とどこがどう違うのか、浅見は確かめなかった。

「とにかく、女性に貢《みつ》ぐでもなく、ギャンブルにつぎ込むでもなく、ただひたすら働き、お金を稼いでいたように思います。かといって、決してケチというわけではないのです。私の給料だって、応分以上のものをいただいていましたしね」

浅見が「何千万」と言って、山下に笑われたことから考えても、少なくとも十億を超える資産がすでに島田個人と彼の会社には蓄積されていたと考えてよさそうだ。

「どうなのでしょう」と浅見は山下に訊いてみた。

「島田さんの趣味が蓄財と利殖だったのならともかく、小さい個人会社とはいえ、事業家の道を歩んできた、島田さんの人生を思えば、ライフワークとして何か考えておられたような気がするのですが」

「ええ、それはあったと思います。じつは、はっきりしたことは言わなかったのですが、何か大きな夢を抱いているような話を聞いたことがあります」

「夢——というと、やはり何かの事業なのでしょうか？」

「まあそうでしょうね。ただ、社長は、着想や計画段階の、まだあいまいな状態のものをひとに話すことが嫌いな性格でしたから、それがどういうものなのか、とうとう話してはもらえませんでしたが」

「それは、本業の不動産業に関係することでしょうか？」

「たぶんそうだと思います。それだからこそ、他人にむやみに話したがらなかったのかもしれません。妙な言い方ですが、不動産業者の言うことは、とかく眉唾《まゆつば》に受け取られますからね」

「ということは、逆に、島田さんはかなり本気で熱意をもって取り組んでおられたと考えられますね。どんな夢を描いておられたのかなあ……」

浅見が腕組みをすると、つられたように、山下も昌美も腕を前で交差するような恰《かっ》好《こう》をして、考え込んだ。

「いつだったか、社長がこんなことを言っていました」

山下が小さな声で言った。

「これからは北の時代だ——というようなことをです」

「北の時代？」

「はあ。つまり、東京も名古屋も大阪も、とにかく関東から九州に到るまで、日本の南半分はすでに終わった——というのです。アメニティだとかエコロジーだとかいった、環境重視型の時代になれば、開発の受け皿は北にしか残されていないと」

「なるほど、北ですか……」

浅見はすぐに、富山県の朝日を連想した。それは山下も同じだったらしい。

「いま、ふと思ったのですが、昨日、浅見さんが言われた朝日町が、もし事件と何か関係があるのだとすると、社長が言っていたそのことと結びつくのかもしれません」

「それは、島田さんが朝日町で何か新しい事業を始めようとされていたとか、そういうことですか？」

「いや、分かりません。朝日がどんなところかも知りませんから、ただちょっと、そんなふうに思っただけです」

浅見の胸の中で、朝日町への興味が急速に膨らんでいった。

第四章　ヒスイ海岸

1

浅見の乗ったソアラは、午後二時過ぎには朝日インターチェンジを出た。三百キロを超える道程を一気に走ってきて、田園の中の一般道に出ると、ほーっと深呼吸をしたくなるような、安らぎを感じた。

目の前には飛驒《ひだ》山脈の山々が、屛風《びょうぶ》のようにそびえ立っている。山頂にはまだ雪があるけれど、中腹から下、さらに手前の山々はあざやかな新緑に染まっている。

角川書店発行の『日本地名大辞典』によれば、朝日町は昭和二十九年に泊《とまり》町と大家庄《おおえのしょう》、山崎、南保《なんぼ》、五箇庄《ごかしょう》、宮崎、境《さかい》村の一町六カ村が合併して誕生し、その町名は町域の南、飛驒山脈の北端に近い朝日岳に因《ちな》んで命名されたそうだ。地図で見ると、朝日岳は標高二四一八メートルの高山だが、浅見の目には、並び立つ峰々の中のどれなのか、見分けがつかなかった。

富山県下新川郡朝日町は新潟県と境を接している。黒部川がつくった扇状地の東側が朝日町、南側が黒部市、扇の要が温泉で有名な宇奈月《うなづき》町——という位置関係だ。

朝日町というとやけに新しそうに聞こえるが、この付近はかなり昔から開けた土地である。縄文時代の遺跡もあるし、往時の祭祀具に使われたと見られる土器やヒスイの玉なども出土している。中でも「浜山玉造遺跡」は古墳時代における硬玉の国内生産がはじめて立証された遺跡として著名なのだ。

旧町村名の「泊」や「宮崎」「境」なども歴史上に早くからその名が出ている。律令制以前はこの付近一帯を「佐味」といい、朝貝を集めるための「佐味駅」が現在の宮崎に置かれていたらしい。戦国期には、親不知の天険をバックにした宮崎城をめぐっての戦乱がしばしば起こった。

近世に入ると、泊町が交通の要衝として発達し、境には関所が置かれた。北陸街道に面した境の関所には越中最大規模の人員、武器が配備されていたという。

もっとも、浅見がこういったことを知ったのは後のことで、高速道路から下り立ったときは、文字どおり西も東も見当がつかなかった。

町は田園と丘陵地帯のあちこちに集落が点在していて、いわゆる中心部がどこなのか分かりにくい。とりあえず、喫茶店に入って、林野照男の家に電話してみた。

電話には林野夫人らしい中年女性が出て、やや訛《なま》りのある声で「おとうさんは役場ですけど」と言った。役場の商工観光課に勤めているのだそうだ。

町役場は、赤っぽいタイルレンガの外観が美しい、ちょっとした市役所ほどの堂々たるものであった。日本中どこへ行っても、新しくできる町村役場の庁舎は、豪勢な建築を競いあっている。

林野は留守であった。若い女性が「いっぷく美術館へ行ってますけど」と言った。浅見が分からずにいると、外部から来た人間であることを見抜いて、観光パンフレットを持ってきてくれた。

女性職員の説明によると、「いっぷく」は「百河豚」と書くのだそうだ。朝日町出身の実業家の創立によるもので、創立者の俳句の号をそのまま美術館名に冠したという。町の観光課と観光協会が作ったパンフレットにも大きく紹介されているところを見ると、朝日町の代表的な観光施設なのだろう。

百河豚《いっぷく》美術館は見るからに奇妙な建物であった。周囲を広い掘割で囲んだ——というより、池の真ん中に、黒い三角形の大屋根にすっぽりと覆われた、ピラミッドのような建物が建っている。岸辺から建物に行くには、長い細い橋を渡らねばならない。密室タイプのミステリーの舞台にはぴったりの構造であった。浅見の友人である軽井沢の推理作家がここに来れば、大喜びで、まがまがしい殺人事件を考え出すにちがいない。

まだあまり存在が知られていないのか、入館者は数えるほどだ。玄関を入ったところにカウンターのような受付があって、若い女性が一人、詰めている。女性に訊くと、林野は一カ所寄り道をしてから来ることになったのだそうだ。「二十分ばかりはかかるでしょう」というので、浅見は仕方なく、七百円の入館料を払い、美術館の中を見学した。

個人の蒐集《しゅうしゅう》した美術品だから、あっと目をみはるようなものは展示してないらしいが、東洋古美術を中心に、江戸期の陶芸家・仁清《にんせい》の作品を丹念に集めてあるのが、いかにも好事家《こうずか》のコレクションらしく、風変わりで面白かった。

早足でひと巡りして受付に戻ったとき、ちょうど中年の男が玄関を入って、受付の女性に呼び止められていた。女性が何かを告げると、男は浅見のほうを見て、見知らぬ顔に首をかしげながら、近寄ってきた。五十歳前後だろうか、頭が薄く、小太りで、メガネの奥の小さな目が、いかにも気の弱そうな印象を与える。

「えーと、朝日町役場の林野ですが、私に用事と言われるのは、おたくさんですか？」

「はい、浅見という者です。突然お邪魔して、申し訳ありません」

浅見は丁寧に挨拶をして、「林野さんは島田清一さんをご存じですね？」と訊いた。

「えっ……」

林野はたちまち警戒する目になった。ちょっと思案して、受付の女性に「応接室、貸してもらえるかね？」と訊いた。女性はあっさり、「どうぞ」と答えて、カウンターの脇のドアを開けてくれた。

室内は畳八枚分程度の広さで、ドアを閉めると無音状態になる。林野は女性の気配がしなくなるのを確かめてから、訊いた。

「あの、警察の方ですか？」

少し声が上擦《うわず》っている。

「いや、そうではありませんが」

言いながら、浅見は林野の動揺ぶりに、驚かされた。

「林野さんがそうおっしゃるところをみると、島田さんの事件に対して、何か心当たりがおありなのですね？」

「えっ？　あ、いえ、そういうわけではないですが……島田さんがああいう亡くなり方をされたもんで、いろいろ考えたりして……だけど、おたくさんは、島田さんの事件のことで見えたのとちがいますか？」

「そのとおりです。事件について、ちょっとお訊きしたいことがあって来ました」

「というと、島田さんの会社の関係の方ですか？」

「いえ、島田さんとはまったくお付き合いはありません。僕はフリーのルポライターをやっている者で、たまたま島田さんの事件に関わりができたというだけです」

「ふーん……」

林野は、疑惑や不安、それに少しばかりの好奇心といった、複雑な想いの籠《こも》った目で、しばらく浅見を眺めてから、

「どうもよく分かりませんが、それにしても、警察でさえ何も言ってこないというのに、浅見さんはどうして私のところに見えたのですか？」

「じつは、島田さんは、亡くなる少し前、ある人物に朝日町のことを話していたことが分かったのです」

浅見はハッタリをきかせて、言った。実際は島田は「朝日町」ではなく、単に「アサヒ」と言ったにすぎない。

「ほう、朝日町のことを、ですか……」

林野はおうむ返しに言って、訊いた。

「朝日町のどんなことを話しておられたのです？」

「いや、それはまだよく分かっていません。それで林野さんにお訊きしたいのです

が、島田さんと最後にお会いになったのはいつですか？」

「事件のあった前の日です」

林野はごく当たり前のような顔で答えたが、浅見は思わず「えっ……」と驚きの声を発した。

「前の日にこちらに来られたのですか？」

「ええ、そうです。役場に私を訪ねて見えました」

「そのことを警察にはおっしゃらなかったのですか？」

浅見は非難する口調になっている。

「いや、それなんですがね。そうするべきかと思ったのですが、ここに見えたことがもし事件と関係があるなら、むしろ警察のほうからやって来るだろうと思いましてね。若江《わかえ》さんとも相談してしばらく様子を見ようということにしたのです」

「その若江さんというのは？」

「えっ、若江さんのことをご存じないのでしたか……」

林野は怪訝《けげん》そうな顔をした。その程度のことは知った上でやって来たと思った――という様子である。

「若江さんというのは島田さんと親しい友人で、そもそも私のところに見えたのも、若江さんのところを訪ねるついでのようなものだったのです」

「何をしておられる人ですか？」

「越岳陶房《えつがくとうぼう》といって、登り窯で『赤江焼』という陶器を焼いておられる陶芸家です。『赤江焼』はなかなかの人気で、かなり遠くからお客さんが見えますよ。当町の観光資源の一つになっておりましてね……もしよければご案内しますが」

「えっ、お願いしていいのですか？」

「ああ構いません。なに、どうせ、これから若江さんのところに行くことになっておるのです。こんなふうに観光施設を巡回して歩くのも、商工観光課の仕事でして」

林野は腰を上げた。

林野が運転する役場の車の後ろにくっついて、山の方角へ二、三キロ走った。段々畑を登りつめたところに、白木づくりの倉庫のような平屋が建っている。そこが越岳陶房であった。

若江岳《がく》は四十歳前後だろうか、林野の話から浅見が想像していたより、はるかに若い。黒縁のメガネをかけ、うっすらと不精髭《ぶしょうひげ》の生えた、ごくふつうの感じの男だった。極太の糸で編んだトックリのセーターにジーパン、スニーカーと、まるで若者のような飾らない服装だ。

飾らないといえば越岳陶房の建物も屋内も、飾り気のない実用本位の殺風景であった。天井がなく、いきなり屋根という建物の入口近くの土間にはダルマのストーブが鎮座し、窓際に水屋と簡単な煮たきのできる程度の設備がある。水屋と反対側の壁際には、完成作品が並べられている。あとは、土間の先は作業場だ。頑丈そうな大きな棚に、乾燥中の作品や、これから窯入れする作品が無数に並べられてあった。

「やあ、いらっしゃい」

若江は気さくな笑顔で客を迎え、すぐにお茶を入れてくれた。そういう習慣になっているのか、あまりにも手順がよくて、林野が浅見を紹介するのが、後回しになった。浅見は若江が無造作に手渡してくれた肉厚の大振りの茶碗を、両手で支えるように持って、挨拶した。

「ああ、島田さんのことで……」

林野の説明を聞くと、若江は浅見の名刺を眺めながら、表情を暗くした。

「島田さんがあんなことになって、私も驚きました。いったい何があったのでしょうかねえ。いい人だったのに……」

「若江さんと島田さんとは、どういうお付き合いなのですか？」

「いうなれば恩人ですよ。島田さんがいたお蔭で、この越岳陶房を設ける決心がついたのですから」

「といいますと？」

「もう十年も前の話ですが、当時、私は多治見におりまして」

「多治見？」

浅見はビクッとしたが、若江はべつに何も感じなかったようだ。

「ええ、岐阜県の多治見です。そこで陶器づくりの修業をしておったのですが、生まれつき不器用なのか、先輩たちと同じようなものを作ろうとしても、スマートな形にいかないのです。どことなく無骨で、垢抜《あかぬ》けないのですな。先生にはいつも叱られてばかりだし、こりゃ、自分には才能がないのでは――と、ほんまに悲観しておったのです。そんなときに、たまたま島田さんと会いました」

若江は言葉を止めて、窓の外に視線を移した。陽が少し傾いてきたのか、近くの山の稜線が、淡い緑色に輝いている。

「島田さんとはじめて会ったのは、多治見橋の上でした。多治見の街中を流れる土岐川というのがあるのですが、夕日を映した土岐川の水面をぼんやり眺めていて、島田さんに声をかけられたのです。私は気がつかなかったのだが、島田さんも同じように、橋の上から川を見下ろしていたのだそうです。『あんたも悩み事があるみたいですね』と言って、一杯どうですと誘ってくれました。よほど浮かない顔――ひょっとすると死にそうな顔でもしていたのかもしれません。近くの飲み屋で、少し酔って、私は自分の悩みを打ち明けました。要するに、陶芸の道への挫折《ざせつ》感というか、そんなところです。島田さんは、どんなものを作っているのか見せろと、アパートに寄って私の作品を見ました。そして、しばらく眺めてから、『これはいい』と褒めてくれたのです。素朴で力強いという批評でした。これであと、釉薬《うわぐすり》の使い方を勉強すれば、とも言いました。その指摘はまさに私の思っていたとおりのことでしたから、私はいっぺんで自信がついたし、目の前が開ける想いがしました。ずっと後になって、じつは島田さんは、陶器のことなどまるっきり分からないのだ――と言って笑ったことがあります。しかし、そのときの島田さんの言葉は私を救ったのです。それから間もなく、私はこの陶房を建てる決心をして、故郷に帰ってきました」

話し終えてからもしばらく、若江は窓の外に視線を向けたままであった。

「そのときの」と林野が言った。

「島田さんご本人の悩みは何だったのですかな？」

「ああ、それですけど、結局、島田さんは自分の悩みを言わないままでした。私が訊いても、たぶん、はぐらかされたのじゃないかと思いますよ」

浅見には島田の「悩み」が分かるような気がした。多治見には当時、別れた夫人と娘の昌美が住んでいたのだ。しかし、そのことは若江にも林野にも言うつもりはなかった。

「ちょっと電話を貸してください」

浅見は島田の会社にいる山下に電話して、住所録に「若江岳」の名前がないかどうか、確認してもらった。

山下はすぐに調べて、「ありました」と弾んだ声を発した。

「あ、この人も富山県の朝日町です。前は多治見市だったのを消して、その下に小さな文字で書き直しています」

「ありがとうございます」

浅見は礼を言いながら、思わず笑みがこぼれた。「若江」は住所録の最後のほうだった上に、文字が小さかったために、「朝日」に気づかなかった可能性がある。もし林野照男の名前がなければ、「朝日」そのものに永久に気づくことなく終わってしまったかもしれない。思えば幸運なことであった。

「島田さんは殺される前の日に、若江さんを訪ねておられるのだそうですね」

浅見は訊いた。

「ええ、見えました。ずいぶん久しぶりのことだし、突然だったもんで、びっくりしました」

「林野さんにも聞いたのですが、島田さんが見えたことを警察には届けなかったのだそうですね？」

「は？　ああ、いけませんかな……」

若江は苦笑したが、悪びれずに言った。

「警察は、正直言って嫌いです。なるべくなら付き合いたくないですからね。それで、林野さんにもそう言って、届けるのは見合わせてもらったのです。まあ、当然、朝日町に来たことは分かることだろうし、いずれは警察が調べに来ると思っていましたが、しかしまったく来ませんなあ。やっぱり、関係がなかったということとちがいますか」

そう開き直って言われると、難癖もつけられない。それにしても、こういうことがあるから、警察は「愛される警察」にならなければいけないのだ。

「島田さんの用件は何だったのですか？」

「それが……」

若江は小首をかしげて、自信がなさそうに言った。

「おみやげ用にと、茶碗を一つ買ってくださったのですが、それが目的だったのかどうか……」

「茶碗……失礼ですが、それは高価なものなのでしょうか？」

「まあ、自分で言うのも何ですが、いい作品でして、ふつうに値段をつけるとすれば、それなりのものになるでしょう。相手が島田さんだから、仲間価格でしたが」

若江は照れくさそうに、右手で首筋の辺りを叩いた。

「それ以外に、何か、朝日に来た目的のようなことは話していませんでしたか？」

「いや、何も……ただ、私が今回は何で見えたのか――と尋ねると、『大した用事ではない』というようなことを言われたと思いますが、ちょっと答えに窮したような印象を受けましたね」

「何時ごろ来て、何時ごろまでいたのでしょうか？」

「午後二時ごろ見えたのじゃないかな……いつもと違って急いでおられて、『今晩飲みませんか』と誘ったら、『そうもしていられない』と言われて、それで海岸まで車でお送りしました」

「海岸、ですか？」

「そう、駅へ行かれるのかと思ったら、ちょっと海を見たいと……宮崎海岸まで行って、そこで別れました」

「宮崎海岸というのは、別名ヒスイ海岸といいまして」

林野商工観光課員が説明を加えた。

「浜を歩いていて、ときどき、ヒスイの原石が拾えることがあるのです」

「島田さんが車を降りた場所を教えていただけませんか」

浅見は役場でもらった観光パンフレットの地図をひろげた。

「いや、それだったら、私が一緒に行きますよ。もうこんな時間だし、お客さんも見えないでしょうから」

若江は時計を見て、立ち上がった。山陰のこの辺りには、うっすらと暮色が漂いはじめていた。

2

若江のジープを先頭に、三台の車が連なって岡を下った。林野は役場へ帰るからと、途中で別れた。

「何かありましたら、いつでもご連絡ください」と大声で怒鳴って、手を振りながら左折して行った。

北陸自動車道をくぐり、泊駅の東側の踏切を渡ると、その付近一帯が朝日町の中心部なのだそうだ。大きな病院があって、住宅地も整備されている。T字路を右折してまもなく、海岸線まで出た。南よりの風がゆるく吹いて、海はおだやかに凪《な》いでいる。斜め左後方——西に傾いた太陽が波頭を金色に染めて、まぶしい。

国道8号線の北側に平行している地方道を、海沿いに四キロばかり東へ行くと、宮崎の集落に入る。JR越中宮崎駅の北側に展開する細長い家並みである。パンフレットによれば、この辺りの東西およそ四キロに及ぶ長い海岸線をヒスイ海岸と呼ぶのだそうだ。

海岸沿いの集落にしては、小ぎれいな店などもあり、とくに駅付近など、表通りはよく整備されている。

「島田さんを降ろしたのは、ここです」

前を行く若江が車を停めて、窓から首を突き出して言った。「宮崎たら汁センター」という看板を掲げた、魚料理を食べさせるらしい店の脇の、かなり広い空き地の前であった。空き地の向こうに低い土手があり、それを越えると海岸だ。

浅見は車を降り、若江に近寄って、「どうもお世話になりました」と礼を言った。

若江も「いやいや、何も……」と言いながら車を出てきた。

「東京からわざわざ見えて、ご苦労さんですねえ。私も何かお手伝いできればいいのだが、土をいじるしか能がないもんで」

「とんでもない、僕のほうこそ何も能がないひまじんですから、時間だけはたっぷりあるのです。それはそうと、島田さんはここで車を降りたあと、どっちのほうへ行きましたか？」

「いや、それが、私もどこへ行くのかと思ったのですがね」

若江は首をひねった。

「あの日は、稚児舞《ちごまい》の翌日で、この広場では飾り付けの片付けをやっておりました。そんなわけで、ゆっくりしておれなかったもんで、私はすぐに引き返したのですが、島田さんはそこのところに佇んだまま、私の車を見送っていて、バックミラーから見えなくなるまで、動かなかったのです」

若江は空き地の端に立つ「駐車お断り」の看板を指さした。そこに佇んでじっと見送っていた島田の姿を思い浮かべるのか、寂しそうな顔であった。

その同じ場所で、浅見は去って行く若江の車を見送った。若江は集落を出はずれるところで窓から手を振った。

「さて……」と、浅見は疲れた中年男のように呟いて、島田がたぶんそうしたと思える仕種で、海岸の方角に向きを変えた。いつの場合も、浅見はそのときのその人物の状況を想定し、その人物の精神状態に成りきろうと試みる。

しかし、目を閉じて思念を集中しても、浅見はそのときの島田の気持ちに、なかなか近づけそうになかった。

島田の人物像が、まだ浅見の脳細胞の中でイメージが完成していないのか、それとも周囲の状況が摑みきれていないのか――いや、それとは違うものだ。浅見の心理の深層に、何かしらなじまないものがある。何よりも、島田がなぜここに来たのか、その必然性に納得がいかない。親しい若江にも理由を明かさないで、ここに佇んでいたという島田の姿には、周囲の情景とあまりにもかけ離れたものしか感じ取れない。その違和感が浅見の想像を拒絶するのだ。

浅見は諦めて、車に戻ると、短い草が生い茂る空き地に駐車し、隣の「宮崎たら汁センター」に入って行った。

たら汁というのは、富山県から新潟県にかけての名物だと聞いたことがある。この辺りの食べ物屋の看板には、必ずといっていいほど、「たら汁」の文字が見える。

「センター」と名付けただけにかなり広く、二階もある店だが、ゴールデンウィークを過ぎた平日のせいか、店はガランとして、客はもちろん店員の姿も見えない。（休みかな？——）と思ったが、浅見の気配を察知したらしく、日焼けしたおばさんが現れて「いらっしゃい」と言った。

夕飯にはまだ少し早いが、浅見はたら汁とイカ刺とご飯を注文した。

おばさんは退屈そうに注文を聞いて、カウンターの奥からこっちを窺っているおじさんに取り次いだ。

「宮崎には稚児舞というのがあるそうですが、それはどういうお祭ですか？」

浅見はおばさんに訊いてみた。

「お稚児舞いうのは、そこの鹿嶋神社の春祭だあね。お稚児さんが行列つくって、町の中を練り歩いてな。男の子は槍《やり》踊り、女の子は花笠踊りしよる。わたしもこどものころは、白粉《おしろい》塗って紅つけて、踊ったもんだ」

おばさんが懐かしそうに話したところによると、稚児舞の歴史はかなり古く、比較的忠実に伝承されているらしい。四月八日と九日に行われ、当日は遠方からの客も多く、この季節の重要な観光行事になっているのだそうだ。

「お祭の次の日、そこの広場で片付けをしていたそうですが、どなたがしていたか、知りませんか？」

「ああ、それだったら、わたしもおったですよ。うちのとうちゃんは物臭《ものぐさ》で何もしねえもんで、片付けに出るのは、いつもわたしばっかし……」

「えっ、おばさんがいたのですか」

浅見は彼女の愚痴を遮るように、意気込んで言った。

「それじゃ、若江さんのジープが来たの、見ていませんでしたか？」

「ああ、若江のあんちゃんかね……そしたらお客さん、若江のあんちゃんの知り合いですか？」

おばさんの態度が少し変わった。

「ええ、知り合いです。いまも車でここまで案内してもらったところですよ」

「ふーん、そうですか。あのあんちゃんも、偉くなったもんだねえ。うちの息子と同年で、いまは、ああやって、先生先生って言われているけど、高校生のころは、どうしようもないワルで、いつも問題起こしていたもんですよ。うちに遊びに来ると、怒鳴りつけてやったもんだわね」

「どうですか？　そのとき、若江さんの車が来たでしょう？」

浅見は辛抱づよくおばさんの昔語りに付き合ってから、あらためて訊いた。

「ああ、来たけど、男の人を降ろすと、さっさと帰って行ってしまったですよ。わたしらに摑まると、何言われるかわかんねえもんだから」

「その男の人ですが、それからどうしたか、分かりませんか?」

「浜のほうへ行ったですよ」

「浜へ?……」

「ああ、あそこの土手を越えて行ったです。十分ばかし行ってたのでないかしら」

「じゃあ、また戻ってきたのですね?」

「ああ、戻ってきて、またしばらくのあいだ、そこのところにおって、それから車で行ってしまったです」

「えっ、車に乗って行ったのですか?」

「そう、もう一人の男の人と一緒にな」

「えっ、もう一人って、その男の人は一人じゃなかったのですか?」

「そこで待ち合わせておったのとちがいますか。とにかく、車がきて、男の人が降りて、何やら話をして、前の男の人を乗せて行ってしまうのを見たですよ」

浅見は気管支がキュッと縮むような息苦しさを感じた。違和感への解答がそれだ――と思った。島田はここでその人物と待ち合わせたのだ。しかもそのことは、ごく親しい若江にすら告げることをしなかった。

それで（なぜ？――）の疑問の一つは解消した。解消すると同時に、新しい（？――）が生まれた。

浅見は息苦しさの反面、胸のはずむ想いがした。

囲碁や将棋の世界では「スジに入った」という言い方をする。謎や難問ばかりだった状況の中に、スーッと一本の道筋が見えてくることをいう。まだこの先、紆余曲折《うよきょくせつ》はあるにしても、飛び石を踏んでゆくように、手掛かりが次々に見えてくる予感がする。

「その男の人――つまり、あとから車で迎えに来た人ですが、その人はいくつぐらいでした？」

浅見は平静を装って、訊いた。

「さあねえ、そんなに注意して見ておったわけではないですのでねえ。けど、若い人ではなかったわね。同じくらいの歳でなかったかしら」

「服装はどうでした？」

「ふつうの恰好でしたよ、背広の。黒っぽい感じだったけど、紺色だったかねえ……よく分かんないね」

注文した品ができて、おじさんが「おい」と呼んだ。おばさんは「あいよ」と、意外に若々しい声を出して、カウンターの上の料理を運んできて、盆ごとテーブルの上に置いた。盆の真ん中で、味噌仕立ての「たら汁」が、大きな丼から湯気と香りを豪勢に立ち昇らせている。

浅見はしばらく食事に専念した。考えてみると、遅めの朝食をとったきり、昼飯抜きで車を走らせてきたのだった。すきっ腹にたら汁は文句なく旨《うま》かったが、イカ刺も甘くてなかなかいい。「捜査」に手応えを感じたせいか、すべてにプラスαがはたらいているいまなら、何を食べても旨く感じるのかもしれない。

「御馳走《ごちそう》さま、ああ旨かった」

浅見は最大級の賛辞を述べた。

「そうでしょう、旨いでしょう」

おばさんも満足そうだ。

「ところで、さっきの話の男の人だけど、もういちど顔を見れば、その人かどうか分かりますか？」

「そりゃ分かると思うけど……その人、何か悪いことでもしたですか？」

おばさんは急に不安になったらしく、声をひそめた。

「いや、そういうわけじゃないけど」

浅見はおばさんの質問をはぐらかして、時計を見た。太陽が西の海に沈むまで、まだ間があるようだが、時刻はすでに六時を回ろうとしている。

（どうしようかな――）

ここから東京までは五、六時間の行程だ。帰って帰れない距離ではないが、かなり消耗しそうだ。かといって、『旅と歴史』の原稿も気にはなる。ずっと連絡をしないで行方をくらませているから、藤田編集長はカリカリきているにちがいない。泊まるべきか帰るべきか――と迷った。

観光パンフレットを見ると、朝日町には温泉もあるし、街の中にもホテル・旅館はいくつもあるらしい。この付近にも民宿ぐらいはあるだろう。

浅見は店を出ると、広場を突っ切って海岸へ行ってみた。夕日が沈むのを見てから、方針を決めようと思った。

すばらしい落日であった。

砂地はほとんどなく、丸みを帯びた大小の石で埋め尽くされた海岸は清潔感があって気持ちがいい。そこに佇んで、日本海のかなたに沈む夕日を眺める気分は、たとえようもなく壮大だった。

この海岸の石の中にヒスイの原石が混じっているのだそうだ。そういえば、長い浜辺のあちこちに、点々と石を拾う人の姿がある。浅見も足元の石を見たが、どれがそうなのか見分けがつかず、じきに諦めて、また水平線を眺めた。

あの日、島田清二もここに立って、こうして海を眺めたのだろう。その翌日に命を失うことになるなど、思いもよらなかったはずだ。それどころか、林野を訪ね、若江を訪ねた島田の様子からは、何となくうきうきした気配が感じられさえする。何かしら、茶目っけのある芝居を演じているような——。

それだけに、ホテル『四季』の一室で、予期せぬ死を与えられた瞬間の、島田の驚きと無念さは想像に難くない。

「走馬灯のように——」と表現されるが、そのとき島田の脳裏をよぎった五十年の記憶の中に、どのような出来事や、どんな人々の顔があったのだろう。

浅見は羽田野昌美の、緊張した微笑を思い浮かべた。「父のことはどうでもいい」と言った彼女の言葉が、耳によみがえる。本心ではないにしても、わが娘にそう突き放される父親の孤独感は、最期の瞬間まで癒《いや》されることはなかったことになる。

島田の無念に取りつかれたように、浅見の胸のうちには、犯人に対する憎しみがフツフツと増幅していった。東京からここまで、およそ八百キロの旅をしてきて、「事件捜査」への意欲がはっきりと形を成したといっていい。

母親への義理などではなく、単なる趣味や好奇心ではなく、それはたぶん正義感と呼ぶべきなのだろう。

浅見は踵《きびす》を返して、幅広い海岸を走り、土手を駆け上がった。

3

その日のうちに、なんとか東京にたどり着いた。ほとんどが高速道路ばかりとはいえ、朝の九時から夜中の零時少し前まで、途中、人と会ったり食事をしたりの時間を抜いても、およそ十二、三時間のドライブはさすがに疲れた。

その浅見を、しかし、わが家は温かく迎えてはくれなかった。

近所迷惑にならないよう、エンジンの音を遠慮しながら、車を駐《と》めて、さて玄関のチャイムを鳴らそうかな——と思った鼻先で、ドアが開いた。

「坊ちゃま、どこへ行ってらっしゃったのですか？」

須美子が、抑えきれない甲高《かんだか》い声で、なじるように言った。

「おいおい、浅見家の挨拶は変わったのかい？　ついこのあいだまでは、お帰りなさいだったはずだけど」

「そんな……じゃあ、お帰りなさいですけど、でも、そんな呑気なことを言っている場合じゃないんですから」

「ふーん、ま、とにかくただいまだけど……どうしたの？」

浅見は須美子を押し退《の》けるようにして、ようやく玄関に入った。

「大変なんです。大騒ぎなんです」

「大騒ぎって、まさか、誰か死んだんじゃないだろうね」

笑いながら、須美子の狼狽をからかった。

「そう、そうなんですよ」

「えっ、ほんとなの？」

「ええ、藤田編集長さんが……」

「えっ？　藤田さんが死んだ？……」

浅見は真夜中であることを忘れて、大声を上げた。藤田と付き合った日々のことが、一瞬の間に頭の中を駆けめぐった。

（あの地上げ屋のような、黒縁メガネのいかつい顔は、永久に、この世から消えてしまったのか――）

そう思う意識の片隅で、（斎宮の取材は、無駄になるのかな？　取材費はどうなるのかな？——）と心配になった。

「まさか……そうじゃありませんよ」

須美子は呆れたように言った。あの地上げ屋さんが、ちょっとやそっとで死ぬわけないでしょう——とでも言いたそうな顔だ。

「なんだ、脅《おど》かすなよ。須美ちゃんが死んだって言うもんだから……」

「そうじゃなくて、藤田編集長さんが、そのことで、ずっと坊ちゃまをお探しです」

「そうですよ、亡くなったんですよ。藤田さんのところにいらっしゃる女の方が」

「藤田さんのとこの女性って……えっ、宮崎さんのこと？」

「お名前はおっしゃってませんでしたけど、とにかく『うちの部員の女性が死んだ』ってておっしゃってました」

「…………」

浅見は頭蓋骨《ずがいこつ》を叩き割られたほどのショックで、玄関に立ちすくんだ。

『旅と歴史』の女性部員は二人いるが、藤田がうろたえて連絡してくるからには、宮崎さとみ以外、考えられない。

藤田の場合と違って、付き合いの薄い彼女とのことは、ホテル『四季』のラウンジで会った情景だけが、鮮明に思い浮かんだ。勝気そうな大きな目で、ヒタッと見つめられて、どぎまぎしたときの記憶がよみがえった。

「で、藤田さんは自宅？　会社？」

時計を見ながら訊いた。すでに零時を回った。

「会社にいらっしゃるそうです。坊ちゃまから連絡があるまで待機するっておっしゃってました」

浅見はリビングルームに走り込んだ。

藤田はベルを一回聞いただけで、電話に出た。浅見の声を聞くやいなや、「馬鹿野郎、どこへ行ってたんだ！」と怒鳴った。馬鹿野郎はひどいが、藤田の気持ちは浅見にも痛いほどよく分かる。

「編集長、落ち着いて、何があったのか話してください」

浅見はわざとゆっくりした口調で言った。

「ん？……ああ、いや、すまない。おれとしたことが、取り乱したようだ」

藤田は溜め息をついた。

「ミヤちゃん——宮崎さとみが死んだのだよ。殺されたのだ」

「殺された……」

「ああ、警察では自殺ではないか、なんてことを言ってやがるが、殺されたに決まっている。ミヤちゃんが自殺するわけないだろう。あの馬鹿野郎どもが……」

刑事局長の弟に向かって言うにしては、いささか過激だが、藤田の苛立ちが実感を伴って伝わってくる。

「宮崎さんが死んだ——殺されたのは、いつ、どこでですか？」

「死亡推定時刻は昨夜の夜半らしい。場所は新潟のホテルだよ」

「新潟……」

浅見は絶句した。ついさっき、新潟県の長岡を通ってきたばかりだ。知っていれば、もちろん新潟へ向かっただろう。藤田に内緒の北陸行きだったとはいえ、電話ぐらい入れておけばよかった。

「警察から連絡があったのは午《ひる》ちょっと前ごろだったかな。すぐに駆けつけたのだが、おれは著者との約束があるから、とりあえず事情聴取だけ受けて、あと、うちの社の人間を二人、向こうに残して戻って来た。その間、きみに何百回も電話したよ。まったく、どこへ消えちまったのか、女としけこむのはいいが、居場所ぐらいはっきりしとけよ」

「いや、そんなんじゃありませんよ」

「まあいいさ。それより浅見ちゃん、これから一緒に新潟へ行ってくれないか」

「えっ、これからですか……」

浅見は正直、ヘナヘナと腰からへたり込みそうになった。

「なんだ、まさかいやだなんて言わないだろうね。彼女が殺されたのは、きみの責任なんだから」

「は？　それはどういう意味です？」

「だって、きみは彼女の依頼を断ったそうじゃないか。浅見ちゃんを見損なったって、がっかりしていたよ」

「そんな……しかし、そのことと、宮崎さんの死と、何か関係があるのですか？」

「そうに決まってるさ。ミヤちゃんがこんな目に遭うのは、それ以外に考えられないじゃないか」

「そんな……で、死因は何なのですか？」

「青酸性毒物による中毒死だそうだ。ワインと一緒に飲んでいるらしい」

「ワイン……夜中に独りでワインを飲んだのですか？」

「独りでワインを飲むぐらいは構わないだろう。ただし、毒物を飲むわけがない。何者かが毒を入れやがったのだ。それを警察のやつらは、自殺かもしれませんなんてぬかしやがる」

「しかし、そういう状況なら、まず他殺と考えるのがふつうでしょう。警察がそんなことを言う理由は何なのですか？」

「密室だよ」

「密室？」

「ああ、部屋の内側から、あれは何ていうんだ？　ほら、ホテルの部屋によくある、チェーンじゃなくて、金具のやつ」

「掛け金ですか？」

「そうそう、掛け金がかかっていたそうだ。だから、ホテルとしてはチェックアウト時間を過ぎても遠慮していたらしい。しかし電話をしても応答がないので、何か異変があるのではと思ったのだな。それで、ドアを壊して中に入ったところ、床の上に彼女が倒れていたということだ」

「それはなるほど、たしかに密室ですね」

「ああ、まあ、そういうことになるが……しかし、何かのトリックがあるかもしれないだろう」

「もちろんそうですが……」

「とにかく、これからタクシーでそっちへ向かう。列車はもうないから、あとは浅見ちゃんの車でよろしく頼むよ」

一方的に言うだけ言うと、藤田は電話を切った。浅見は文句をつける気力もなく、しばらくは呆然と受話器を握ったままでいた。

「どうしたの、光彦？」

後ろから母親の声がかかった。振り返ると、須美子と並んで、心配そうな視線をこっちに向けている。こんな夜更けに出てくるのに、ちゃんと寝巻から普段着の和服に着替えていた。そういえば、須美子も寝ずに待っていてくれたらしい。

「すみません、お騒がせしちゃって」

浅見は雪江と須美子に詫《わ》びた。

「それはいいけれど、藤田さんの部下の女性の方が亡くなったそうね」

「はあ、そうです。いま、藤田さんから聞いて驚きました」

「でも、だからって、どうしてあなたのところに、こんな電話がかかってこなきゃならないの？　あなたとその女性の方、何かご縁があったの？」

雪江は意味深長な言い方をした。その脇では、須美子が目を光らせている。

「お母さんのおっしゃるような『ご縁』なんか、何もありませんよ」

須美子の手前もあるから、浅見はむきになって言った。

「ただ、藤田さんの話によると、どうやら彼女――宮崎さんは殺されたらしいのです。それでたぶん、僕の知恵を借りたいのじゃないでしょうか？」

「だめですよ、光彦」

雪江は怖い顔をして、次男坊を睨んだ。

「警察の捜査にチョッカイを出そうと考えているのなら、絶対に許しませんよ」

「はあ……しかし、ホテル『四季』の事件のことでは……」

「お黙りなさい。それはそれ、これはこれです」

（まったく勝手なんだから――）

「分かっています。とはいっても、藤田さんはこっちへ向かっていますから、話ぐらいは聞いて上げないと……いえ、もちろん単に話は聞くだけのことです」

「そうなの、こんなお時間に……まあ仕方がないわね。光彦がそうやって、曲がりなりにも人さまに頼られるなんて、滅多にないことでしょうから。でも、お構いはできませんて、お断りをおっしゃい。須美ちゃん、あなたはもうお休みなさい」

「でも……」

須美子は当惑ぎみだ。

「いいんだよ須美ちゃん、長くなりそうなら、近所のスナックにでも連れて行くから」

うるさい女性二人が、それぞれの部屋に引っ込んでまもなく、藤田がやってきた。浅見は空き巣の反対のようにこっそりと家を抜け出し、エンジン音を極度に遠慮して、ソアラを発進させた。

藤田はものを言うのも億劫《おっくう》なほど、意気消沈していた。浅見のほうもクタクタに疲れ切って、慰めを言うどころではないのだが、藤田の様子を見ると、こっちの事情を説明するのも気が引けた。

練馬のインターチェンジから関越自動車道に入り、さっき通ってきたばかりのコースをひた走る。

道々、藤田から聞いたところによると、宮崎さとみは、一昨日の朝、新潟へ向かったのだそうだ。

「彼女の新潟行きは、『旅と歴史』の上杉謙信特集の取材が目的だった。二泊して今日の夕方には会社に出るはずだった。おれが、土産に越乃寒梅《こしのかんばい》を頼むって言ったら、うちの出張費じゃ、それは無理だけど、代わりにイカの一夜干しを買ってきてくれるって笑っていた。それがこんなことになるのだから、世の中、何が起こるか分からないよ」

藤田は半ベソをかいていた。

「もし、編集長の言うとおり殺されたのだとすると……」

「いや、もしじゃなくて、間違いなく殺されたに決まってるよ。警察の馬鹿は自殺かもしれないなどと言ってるが、自殺だとしたら、イカの一夜干しなんてジョークを言うわけがないだろう」

「分かりました。それにしても、殺されるというのは異常な事態ですが、その原因について、何か思い当たるようなことはあるのですか？」

「そんなもの、あるわけないじゃない。昨日の夕方、社に連絡してきたときも、上杉謙信の上洛が遅れた理由が分かったって、自慢そうに言っていたくらいだ。今度の特集で、発行部数は飛躍的に伸びるとか、馬鹿なことを言っちゃったりして……」

「しかし、何も原因がなくて殺されるはずはないのですから、何かが彼女の身の上に起きたことだけは間違いありませんよ。たとえば、夜、街に飲みに出て、誰かと会ったとか、そんな気配はなかったのですか？」

「誰かって、男を想定しているのか？　ミヤちゃんはそういう、相手構わず男漁《あさ》りするような女じゃないと思うがね。それに、昨日の夜は、向こうはひどい土砂降りだったそうだよ……しかし、そうだ、そういえば、思いがけない人に会ったとかは言っていたな」

藤田はふと思い出して、言った。

「思いがけない人？」

「ああ、そう言っていた」

「誰ですか、それは？」

「いや、訊いたけど、おれの知らない人物のようだった。ただし、その人物と会ったのは昼間の話だよ。取材先を歩いていて、偶然、出会ったみたいな感じだった」

「取材先って、どこでどんなふうに出会ったのですか？」

「さあねえ、そんな細かいことまでは訊かなかったよ。電話で余計なことをダラダラ話していられるほど、うちの雑誌は景気がよくないもんでね」

「それは分かってますが……」

ふだんなら、ついでにスズメの涙ほどの原稿料のことを皮肉るところだが、藤田のショックを思うと、冗談は言えない。

「取材目的は、上杉謙信でしたね。上杉謙信の上洛が遅れた理由って、どういうことなのですか？」

「浅見ちゃんも歴史には詳しいだろうから、説明するまでもないけど、上杉謙信は将軍義昭に上洛を促されていたにもかかわらず、川中島合戦のあとも、なかなか越後を離れられなかった。その原因は下越《かえつ》――つまり、現在の新潟県の北部、村上付近で身内に強力な反乱があったからなのだそうだ。謙信は上越の春日山城から出掛けて行って、反乱を鎮圧するのに、一年以上もかかっている。ミヤちゃんは、そのいきさつを調べて、古戦場や、付近の史跡の写真を撮ってくるという話だったのだがね……」

藤田は宮崎さとみの記憶に触れる話をするたびに、感慨にとらわれる。

「それじゃ、村上で誰かと出会ったのでしょうか？」

「さあ、どうかな？　彼女は一日目は上越市に寄ってから新潟市へ行き、県立図書館で資料を調べ、その日は新潟のホテルに泊まって、二日目に村上へ行って、夕方、新潟のホテルに戻っている。その行程のどこで会ったのかは、分からないな」

浅見は上越市や新潟市には行ったが、まだ村上市には行ったことはない。サケが遡《そ》上《じよう》することで知られる三面《みおもて》川の河口近くにある程度の知識しかなかった。

三面河畔の城跡を、カメラを提げて歩き回る宮崎さとみの姿が、ヘッドライトの光束のかなたに見えるような気がする。

「だけど浅見ちゃん、その人物が事件に関係があるとは限らないだろう」

浅見が黙ってしまったのを、藤田は心配そうに、助手席から覗き込んだ。

4

新潟のホテルに辿《たど》り着いたのは午前三時過ぎ。最後は睡魔と闘いながらのドライブであった。

ホテルのロビーで、藤田の部下と落ち合った。二人とも、寝入りばなを電話で叩き起こされて、眠そうな目をこすりながらやってきた。一人は白沢という四十歳代なかばの男、もう一人は川岸という、入社してまだ二年の新人といっていい男だ。浅見とはもちろん顔見知りだが、それほど親しい付き合いはなかった。しかし、こういうことになってみると、妙に仲間意識が湧いてくる。

四人は人けのないロビーの椅子に坐り、情報の交換をした。

警察の最終的な見解によると、宮崎さとみの死因は、やはり青酸性毒物によるもので、死亡推定時刻は昨夜（厳密にいえば一昨日）の午後十時前後とみられる。

問題のワインは外国産の比較的高級なもので、ボトルがテーブルの上にあった。ホテルのルームサービスではなく、グラスは部屋に備え付けてあるコップ型のグラスを使っている。

ボトルの中身はグラス二杯分程度、目減りしていた。体内のアルコールの残有度から推測して、まず一杯を飲み、つぎの二杯目を飲む際に、毒物を混入したのではないか——というのが、警察の見解である。

グラスからは宮崎さとみの指紋のほか、ホテル従業員の指紋が採取された。ワインボトルのほうには、さとみのもののほか、複数の、おそらく女性のものと思われる指紋が付着していたそうだ。

「女性？」

浅見は聞きなおした。

「警察はそう言ってますよ」

白沢が言った。

「私はよく知らないのだが、女性の指紋は男のに較べて華奢《きやしや》なのだそうです。それがどうやら、二人以上あったみたいです」

「なるほど……」

浅見は頷いて、話の先を促した。

毒物は、高さ二センチ程度の、おそらく化粧品のサンプル用と思われる、ごく小さな瓶に入っていたそうだ。瓶の中には、まだ十人分の致死量は残っていたという。

「そんなもの、彼女が持っているわけがないだろう」

藤田は悔しそうに言った。たしかに藤田の言うとおりだ——と誰もが思っている。

「そうですよ、あの宮崎さんに自殺する理由があるなんて、まったく考えられませんよ。馬鹿ですよ、警察は」

川岸は少年ぽい口調で言って、いまにも泣き出しそうに顔を歪《ゆが》めた。事実、藤田の話によると、身元確認のとき、川岸は宮崎さとみの死顔を覗いて、おいおい声を上げて泣いたのだそうだ。

もっとも、そのために警察はさとみと川岸のあいだに、特別な関係があるのではないかと勘繰って、しつこく事情聴取をした。それが川岸の警察に対する反感の理由にもなっているにちがいない。

「密室の件ですが」と浅見は言った。

「宮崎さんのいた部屋は、入れないのでしょうね？」

「あそこはだめですが、ドアのタイプは、われわれが泊まっている部屋と同じですよ。行ってみますか」

四人は同時に腰を上げた。フロントに一人だけいる係の男が、迷惑そうな目をこっちに向けていた。

部屋はツインで、ホテル『四季』とは較べようもないが、ごく標準的なシティホテルの設備は整っている。新潟では一、二といわれるホテルだそうだ。取材費がとぼしいというのに、ビジネスホテルなどには泊まらないあたりに、宮崎さとみの性格が窺える。

問題の「掛け金」もごくありふれたタイプのものであった。ドアを閉めたあと、内側のドア枠に固定してある、細長い「横U字」型の掛け金を倒すと、ドア側の角状の金具をくわえこむ状態になる。金具の先端はパチンコ玉程度の球状になっていて、その状態のままドアを開けようとしても、掛け金に引っ掛かって開かない仕組みだ。

「ドアとドア枠はL型に嚙み合って、こうやって見ても、隙間《すきま》が見えないのです」

白沢が腰をかがめて、ドアの隙間を覗く恰好をしてみせた。

「隙間があれば、名刺でも差し込んで、掛け金をはずす工夫も出来るかもしれないと思ったのですが、これでは、たとえ合鍵《あいかぎ》があっても外から開けることは不可能なようです」

白沢は、一応、あれこれと推理を働かせてみたらしい。

「だとすると、少なくとも犯人はミヤちゃんの顔見知りであることは間違いないな。

見ず知らずの人間を夜中に部屋に入れることはないだろう。よほど気を許せる相手だったにちがいない。たぶん女だね、きっと」

藤田は浅見を振り返った。

「彼女はどうなのかな、ほら、例の隣の部屋の女の子は？」

「岡田夏美さんのことですか？　まさか、違うと思いますけどねえ」

「じゃあ、消えちまったほうの女性はどうだろう？」

「うーん……その話は警察にはしていないのですか？」

「いや、もちろん話したさ。浅見ちゃんに言ったみたいに、ミヤちゃんが殺される理由があるとすれば、その件ぐらいしか考えられないからね」

「だったら、岡田さんのところにも刑事が行っているでしょう。いずれアリバイのあることが分かりますよ」

「なんだ、浅見ちゃんは彼女が犯人じゃないって、決めてるみたいだな」

藤田は不満そうだ。

「それはそうですよ。僕は会ったわけじゃないですが、宮崎さんに聞いた印象からいって、ぜんぜん犯人像とは結びつきません。何でも、美容師の道をひたすら歩む、健《けな》気《げ》な女性だそうじゃないですか。運が悪ければ被害者にはなるかもしれないけど、加害者にはなりっこありませんよ」

「いや、人は見かけによらないっていうからね。外面如菩薩《げめんにょぼさつ》っていうじゃないの」

「しかし編集長」と、白沢が言った。

「仮に顔見知りで部屋に入れてもらったとしても、内側から掛け金をかけてあるのですよ。どうやって出たのです？」

「うーん……」

藤田は唸った。

カーテンの隙間にほんのりと白く、有明が射した。時計を見ると、四時になろうとしている。

「少し眠ることにしませんか。どうせ八時ごろになれば、警察がやってきて、忙しいことになりますよ。事件のことを考えるのは、それからにしましょう」

浅見は言った。欲も得もなく、眠りたかった。それには三人とも異存はなかった。

藤田と同じ部屋に入り、簡単にシャワーを浴びてベッドにもぐり込んだ。藤田はガーガーといびきをかいたが、それを気にする間もなく、眠りに落ちた。

浅見が予言したとおり、警察はジャスト午前八時には現れて、無情にも電話のベルを鳴らした。

ホテル側が用意した小宴会場のような部屋に藤田以下、四人が揃って入った。少し遅れて、新潟中央警察署の連中が三人、入ってきた。捜査第一係長の梅津警部補、結城部長刑事、松沢刑事――と紹介された。

新顔の浅見に対して、型どおり、身元調べのようなことを訊いてから、全員を対象にあらためて事情聴取が行われた。

結論としては、藤田が主張するように、宮崎さとみには自殺するような理由も動機も考えられない――という点で、当方の考え方は概《おおむ》ね一致していた。

「しかし、あの部屋の状況を見るかぎり、他殺の可能性は薄いのですがなあ」

梅津警部補は眉根を寄せて言った。

「ボトル内のワインに毒物が混入しているのであれば、何者かが毒入りのワインを被害者にプレゼントしたといったことも考えられないことはないのだが、宮崎さんはワインをグラスに一杯飲んで、もう一杯飲む際に毒物を服用したものと思料される。したがって、その疑いもないわけです。また、外部から人間が出入りした形跡もないし、事実、不可能といってよいでしょう。以上のような理由からして、どうしても自殺と断定せざるを得ないのですよ」

「そんなことを言いますがね、宮崎は遺書はおろか、自殺のジの字も匂《にお》わすようなことは、何ひとつ言っていないのですよ」

藤田は躍起になって反論を試みる。

「それじゃ事故だと言われるのですか？　しかし、宮崎さんは毒物の入った小瓶を所持していた……」

「いや、そんなもの、犯人が置いて行ったものでしょう」

「分かりました」

梅津警部補はうんざりしたように苦笑して言った。

「あなたの言われるとおり、仮に他殺だとしますか。それではお訊きしますが、犯人はどこからどうやって逃走したのか説明していただけますか？」

「………………」

藤田は反射的に窓の方角を見た。自分がこの場から逃げ出したいような、情けない表情であった。

「あの部屋の窓は嵌《は》め殺しになっていて開きませんよ」

梅津は意地悪く、先回りした。藤田はチラッと梅津に視線を送ったが、何も言わない。三人の捜査官は、まるで被疑者を前にしているように、冷淡な微笑を浮かべている。

「犯人はドアから出たのです」

浅見がポツリと言った。

「ドアから？……」

梅津は（何を言いだすのだ――）という目を、若いルポライターに向けた。

「ええ、ドア以外に部屋を出る方法がないのなら、ドアから出たと考えるしかありませんからね」

「それはそうですが、しかし、どうやって出たのです？」

「行きましょうか」

浅見は立ち上がった。

「行くって、どこへ？」

「もちろん、その部屋にです。いや、部屋のドアは壊されたそうですから、われわれの部屋に行きましょう。そこで犯人がどうやって逃げたか、実験してみます」

若い松沢刑事に軽くお辞儀をして、言った。刑事ははじかれたように立って、警部補の顔色を窺った。

「いいでしょう、ぜひとも、犯人の逃走方法を教えてもらいたいものですな」

梅津は皮肉な言い方をした。

七人がゾロゾロと連なって、四階の部屋に向かった。どことなく異様な一行なのだろう、廊下ですれ違う客が、妙な目をして振り返る。

さして広くもないツインの部屋は、むくつけき七人の男が入ると息が詰まりそうだ。

浅見はバスルームに入って、石鹼《せっけん》、歯ブラシ、剃刀《かみそり》といったアメニティセットの中にある、糸と針、それにワイシャツのボタンなどを揃えた小物ケースを取ってきた。

「それじゃ、実験を始めます」

浅見は下手な手品師の前口上のように言って、六人をドアから少し離れたところに並ばせた。

糸を取り出すと、ドア枠の掛け金に引っかける。ドアを開け、外に出る。糸を延ばしながら、ゆっくりドアを閉め、完全に閉まりきるほんの一ミリほど手前で、足でドアを押さえておき、糸を引くと、掛け金はドア側に倒れて、パチンコ玉をつけた角状の突起にカチャッと嵌まった。その音を確かめてから、浅見はドアを押さえていた足を放した。ドアは重々しい音とともに、隙間なく閉まった。

部屋の中から「やったっ！」という藤田の声が聞こえた。すぐにドアが開いて、藤田の顔が現れた。

「浅見ちゃん、やったよ、すごいよ」

藤田の脇から、三人の捜査官の苦々しい顔が見えた。

「いかがでしょうか？」

浅見は得意ぶるわけでもなく、三人にお伺いを立てた。

「なるほど、たしかに、方法としては可能ではありますな」

梅津警部補はいまいましそうに言った。

「ま、しかし、可能性はあるからといって、必ずしもそんなことがあったとは言えないわけでして。それに、そのほかのもろもろ——たとえば毒物の小瓶から、宮崎さん以外の特定できる人物の指紋が採取されていないとかですね、そういった状況から見て、ただちに殺人事件であるとは断定しがたい。さらに言えばです、自殺の理由がないのと同様、殺されなければならないような理由が、宮崎さんにあったかどうか、それも問題でしょうからなあ」

「殺されたのですから、殺される理由もあったのです」

浅見はこともなげに言った。宮崎さとみがなぜ殺されたのか——よりも、梅津たち警察官が、なぜこんな単純なことを分かろうとしないのか、そのことのほうが、よほど不思議でならなかった。

「しかも、きわめて計画的に、悪意をもって殺されたのですよ。犯人はさっき僕が実験したように、密室を偽装する方法を考え、ワインや毒物を用意した上で、宮崎さんをこの部屋に訪ねて殺害しているのですから」

「いや、たしかに密室の可能性については、認めることにやぶさかではないです」

梅津はうんざりしたように言った。

「だからといって、侵入者がいたかどうかは証明できてないでしょうが。それでは訊きますがね、浅見さんはいったい、どういう犯人がどういう方法でこの部屋に入り、どのようにして宮崎さんに毒入りワインを飲ませたと考えているのですか？」

「僕が犯人なら、まず宮崎さんに電話を入れますね。お近づきのしるしにワインを一献——などと言って」

「そんなことを言って、それで部屋に入れてくれますか？」

「相手によりけりでしょう。親しい人物か、危害を加えられるおそれがないと判断できる相手なら、入れてくれたと思いますよ」

「ほう、たとえば浅見さんですか？」

梅津は皮肉を言ったが、浅見はニコリともしなかった。

「僕はだめでしょうが、たとえば警察官なら入れたでしょうね」

返し技が決まって、梅津は仏頂面をした。

「相手が女性なら安心だったのではありませんか？」

松沢刑事が、白けた空気を和らげるように言った。

「ワインのボトルから採取された指紋も、女性のものらしいですし」

「その指紋は、ワインを売った店の女店員のものですよ、きっと」

浅見は残念そうに言った。

「詳しく調べてみると、おそらく宮崎さん以外の指紋は、少し以前に付けられたものであることが分かると思います」

「あ、それはたしかに、鑑識さんがそう言ってました」

若い松沢は、浅見の指摘に、正直に驚いている。

「かなりかすれて、不鮮明になっているそうです」

「まあ、そういったことはだな……」

梅津が（余計なことを——）という目で部下を睨んで、言った。

「これから調べて結論を出す。それに松沢君、そういう事実があったとしても、現場の部屋はシングルで、グラスは一つしかないのだ。現にワインを飲んだグラスは一つあっただけではないか」

「しかし係長、それはですね、ほかの部屋の客であれば、自分のところからグラスを持ってくることができるわけですよ」

「なるほど、それはいい着想ですね」と浅見はすかさず褒めた。

「だとすると、事件当日、夕方過ぎになって、急遽《きゅうきょ》、このホテルに泊まった客があるはずです。たぶん独り客でしょうが、その中に身元の怪しい人物がいないか調べたほうがいいですね。ただし、グラスの問題はほかにも方法はあるのです。たとえば、洗面所のグラスを使って、あとは中身を洗い流し、被害者の指紋をつけておけば、分からないのではないでしょうか？」

「なるほど、そうですね、そのほうが簡単かもしれませんね」

松沢がはしゃいだ声で言うのとは対照的に、梅津は苦々しげに言った。

「そんな仮定の話で判断するなよ。警察の捜査は素人さんと違って、データを重視しなければならない。思いつきや想像だけで捜査をする時代ではないのだ。それにしても、浅見さん、あなたがそうまで殺人説を強調するからには、何か心当たりがあるのでしょうな」

「心当たりと言えるかどうか分かりませんが、宮崎さんのアパートで、妙なことがありました」

「ああ、それだったら、藤田さんから聞きましたよ」

梅津警部補は（またか——）と言わんばかりに苦笑した。

「隣の部屋の女性が黙っていなくなっちまったというのでしょう？　その行方を調べたいと言っていたとか。しかしねえ、そんなことは理由にも動機にもならんでしょうなあ。仮に、その隣の女性なるものが殺されていて、しかも、宮崎さんが犯人を知っているとでもいうのならべつですがね。それ以外に何かありませんかなあ」

「…………」

浅見は黙って首を横に振った。睡眠不足のせいばかりでなく、この頑迷な警部補を説得するのが億劫になった。

何となく気まずい雰囲気になって、結局、三人の捜査員は大した収穫もなく引き上げて行った。

梅津警部補、結城部長刑事、松沢刑事——と、階級順に部屋を出て行くのを、浅見は最後の松沢を呼び止めた。

「あ、松沢さん、ちょっと待って、背中にゴミがついてますよ」

松沢は「えっ」と驚いて立ち止まった。浅見はその背中に近づいて、ゴミを取るふりをしながら、小声で言った。

「この近く——せいぜい新潟市内の洋酒店で、女店員の指紋を採取し、事情聴取してごらんなさい。ワインを買った人物が分かるはずです」

「ほんとうですか？」

「そう、たぶん女性か、ひょっとすると老人かもしれません。あなたが言われたように、女性独りでいる部屋に、宮崎さんが安心して入れたのですからね」

早口で言うと、「ご苦労さまです」と、浅見は松沢の背中をポンと叩いた。

第五章　三つの「朝日」

1

藤田たち三人とは、ホテルをチェックアウトしたときに別れた。三人は病院へ行って、宮崎さとみの遺族と落ち合い、今後の段取りを相談するのだそうだ。さとみの遺体は、警察の調べがすんでから、おそらく夕方ごろ、郷里の栃木県へ還るという。

浅見も誘われたが断った。さとみの死顔を見るのがつらかった。死そのものに、さほどの恐怖感はないのだが、浅見は親しい者の死に接することが、死ぬよりつらい。父親が死んだとき、浅見はその直前に病院を抜け出して、自宅近くの飛鳥山公園の崖《がけ》に隠れて、夜まで帰らなかった。十三歳のときである。

「親の死に目に会わないなんて、おまえはほんとに親不孝者だよ」と、根津の伯母が目を三角にして叱ったが、浅見少年はひと言も弁解をせずに、黙って俯《うつむ》いていた。

「光彦はそういう子なのですよ。優しい子なのですから」

母親の雪江がとりなすように言ったのを、浅見はたぶん永久に忘れないだろう。あのとき、隠れた理由を、自分より母親のほうがよく分かっているのかもしれないと思った。

万代橋際のホテルから、信濃川沿いに十五分ほど歩いたところに、図書館がある。昭和大橋の西側のその辺りには、音楽文化会館や公会堂、県民会館、体育館などの文化施設が集まっている。

信濃川はどんよりとした空を映した、鈍色《にびいろ》の水を湛《たた》えて、ほとんど流れがないように見える。この同じ水を、宮崎さとみも眺めたのだろう。その数時間後に、よもや自分の生命が絶たれるとは、思いもしなかったはずである。上杉謙信の取材の成果や、歴史ドキュメントの構成など、あれこれ思い描きながら、ゆったりとたゆとう流れに、しばしの安らぎを感じていたにちがいない。

宮崎さとみには、決まった恋人はいなかったそうだ。あれほど魅力的な女性なのに――と、浅見は不思議な気がするのだが、藤田に言わせると「ミヤちゃんは負けん気が強いからねえ」ということになる。男は負けてくれる女性を求めるもののようだ。

（そうかなあ？――）と浅見は思ったが、こと女性に関しては発言力がないから黙っていた。しかし、浅見にしてみれば、男に伍《ご》して強く生きる女性のほうが美しく見える。いや、あえて肩肘《かたひじ》張らなくても、しぜんでしなやかで、それでいて男と対等か、それ以上にやっていける女性はすばらしいではないか。

宮崎さとみはそういう女性だった――と浅見は思っている。

図書館は陸上競技場の隣に建っていた。どの施設もなかなか立派なものばかりだ。宮崎さとみは、ここで「上杉謙信の上洛が遅れた理由」を調べたという。そのテーマは、事件とは関係なしに、浅見も興味を惹かれた。

さすがにお膝元《ひざもと》だけあって、新潟県立図書館には上杉謙信の事蹟に関する資料がふんだんに揃っていた。あまり多すぎて、門外漢には選びようがないほどだ。

浅見は司書に聞いて、それらしい資料をいくつか借り出した。

上杉謙信は川中島合戦のあと、しばらくのあいだ近隣の敵対勢力の掃討《そうとう》に忙殺されている。京都の足利義昭から再三にわたり上洛を促されても、武田勢や越中の門徒一《いっ》揆《き》を抑えるのに精一杯でそれどころではなく、そこへもってきて、本庄繁長という下越地方の強豪が、武田信玄に呼応して反旗を翻《ひるがえ》した。

本庄繁長はもともと上杉勢の武将で、川中島合戦には初陣で無類の働きをした人物だ。その繁長に離反されたから、上杉謙信は大いに怒り、越後のほとんどの軍勢を結集して本庄城攻略に向かった。

本庄城は村上市本町——市街の東はずれ、臥牛《がぎゅう》山に築かれた平城で、一般的には村上城、また別名を臥牛山城とも舞鶴城ともいう。もともとは関東秩父氏の一族だった本庄行長が、源頼朝から地頭職に任ぜられ、この地に城を築いた。その後、慶長三年に上杉景勝が会津に移封された際、本庄繁長も同行、代わって村上義明が新たに築城し、しだいに城下町村上の形が整ってゆく。

つまり、本庄氏は一応上杉氏の幕下にはあったが、春日山の謙信とは対等に近い地位を誇っていたわけで、謙信の権謀術数に対する不満や不信がつのって、ついに爆発したのが反乱の要因と考えられる。

この合戦の規模は川中島よりもはるかに大きかったといわれる。本庄勢は地元の利を生かして奮戦、一年を越えてもなお敗れなかった。これに手を焼いたために、上杉謙信の上洛が遅れ、ついに大望を果たさないまま、病死することになる。

資料は戦記ではないから、無味乾燥に書いてはあるけれど、感情移入のはげしい浅見には、活字に現れていない状況までが手に取るように見えてしまう。こういう合戦の物語は、いくつになっても男の子を興奮させる。浅見は資料を調べるという、本来の目的を忘れて、ついついストーリーに読み耽《ふけ》った。そして、その中で思いがけない発見にぶつかったのである。

その当時、下越地方——村上付近には、北の出羽庄内からの敵に備える要衝として、街道（現在の国道7号線）を挟む二つの城があった。西側の城を下渡城といい、東側の城を笹平城という。その笹平城の所在地名を見て、浅見は驚いた。

新潟県岩船郡朝日村笹平――

「朝日……」

しばらくは、茫然としてその活字に見入った。

それから急いでドライブマップを広げた。

「あった……」

村上市の北東に隣接するのが、朝日村であった。サケで有名なあの三面川は、まさに朝日村の中央を流れ、村上市を抜けて日本海に注いでいる。

（そうか――）と、浅見はすぐに納得した。朝日村の東――三面川の源流を遡《さかのぼ》ったあたりに「磐梯朝日国立公園」の文字と、すぐ脇には、新潟・山形の県境に展開する「朝日山系」の山々があった。

朝日岳は大朝日岳、小朝日岳といった千六百～千八百メートルクラスの山々の総称である。岩船郡朝日村も、おそらく富山県朝日町と同様、「朝日岳」に村名の由来があるにちがいない。

三重県の朝日町、富山県の朝日町についで、三つめの「朝日」であった。

考えてみれば、朝日という町や村があったところで、何の不思議もないのだが、こう、ぞろぞろ「朝日」が出てくると、何だか薄気味悪くさえあった。

それはともかく、宮崎さとみが笹平の城跡など、古戦場を取材したとするなら、朝日村役場を訪ねた可能性はある。

浅見もそうだが、取材方法には一定のパターンのようなものがあって、まず現地の役所を訪れ、基本的な知識を仕入れることから始めるのがふつうだ。

浅見はすぐに行動を起こした。図書館を出ると走るようにしてホテルに戻り、駐車場のソアラに乗り込んだ。万代橋を渡るときは、あたかも愛馬にまたがって出陣する武将のような、高ぶった気分であった。

新潟から朝日村まではおよそ六十五キロ。新発田《しばた》市までは新々バイパスで、高速道路なみのスピードで行けるが、そこから先の一般道で少し時間を取られた。それでも、昼過ぎごろには朝日村に入っている。途中はときどき晴れ間も見えたりしていたのだが、北に上がるにつれて雲が多くなって、朝日村に着いたころはいまにも降りだしそうな空模様になってきた。

朝日村役場は三面川に近い高台に建っている。富山県朝日町役場とよく似た、茶色いタイルレンガの瀟洒《しょうしゃ》な建物である。単独で観光課というのはなく、企画開発室の中に商工観光係があった。そこの中山という係長が宮崎さとみに会っていた。

「えっ、あの方が亡くなられたのですか？」

中山係長はメガネの奥の、人の好《よ》さそうな目を精一杯に開けて、驚いた。

「しかしあなた、一昨日のことですよ、こちらさ見えたのは」

「ええ、その晩、新潟のホテルで亡くなられたのです」

「うーん……」

中山は唸り声を発して、しばらくのあいだは言葉も出ないありさまであった。その様子から察すると、やはり宮崎さとみの「事件」は、警察の判断どおり自殺というふうに伝えられ、ニュースにはならなかったらしい。

中山係長の話によると、宮崎さとみは一昨日の午前十一時ごろにここを訪れ、観光資料や村勢要覧などを貰ったあと、中山から上杉謙信と本庄繁長の争いのことなど、取材して行ったという。

新潟では上杉謙信はもちろん大英雄だが、その上杉謙信と対等に戦った本庄繁長もまた、偉大な英雄として語り継がれている。村上城外に展開した上杉謙信の軍勢に対して、本庄方が夜襲をしかけた「飯野原の合戦」では、上杉方の主だった武将が何人も討ち死にするなど、数の上では劣勢だった本庄軍の強さは目をみはるばかりだったのだ。

「つい私も自慢話みたいな長話をしてしまって、昼飯どきになったもんで、みどりの里の食堂さご案内したのでした」

「みどりの里」というのは、朝日村が建設・経営に当たっている、観光と地場産業活性化のためのいわば拠点なのだそうだ。

村勢要覧にはみどりの里も大きく紹介されている。敷地面積五千坪ほどのところに、物産会館と食堂、民俗資料館「またぎの家」などの観光施設、それに緑の広場などがあり、それぞれの写真も出ていた。

「この村勢要覧には載ってねえですけど、最近、『日本玩具《がんぐ》歴史館』というのも完成しまして、お蔭さんで、遠くからお客さんが来てくれるようになりました」

中山は嬉しそうに言って、「せっかくですので、これからご案内しましょう」と立ち上がった。

三面川流域は新潟県内有数の穀倉地帯のひとつであり、良質なコシヒカリの産地として知られているのだそうだ。

「東京のひとは魚沼あたりの米が旨いと思っているみてえですが、ほんとはここの米がいちばんです。なんたって、三面川の雪解け水がいいですからなあ」

中山係長はまた土地の自慢をした。

その田園の中の道をほんの少し行った、国道7号沿いにみどりの里はあった。広い駐車場を挟んで、道路側から見て正面が物産会館、その右手に中山が「食堂」と呼ぶレストラン、左手に「日本玩具歴史館」——というたたずまいである。

浅見は宮崎さとみの足跡を辿《たど》るように、レストランへ行った。レストランといっても、カレーライスとサンドイッチ程度の軽食しか出ない小さな店だ。「このテーブルでした」と中山係長が教えてくれた。窓際の、宮崎さとみが坐ったのと同じテーブルでコーヒーを飲んだ。中山が言うように水がいいせいか、けっこういけるコーヒーであった。

「ここで、宮崎さんは誰かに出会った様子はありませんでしたか？」

浅見は訊いた。

「は？　いや、べつにそういうことはなかったですが」

中山は怪訝そうに言った。

「ここを出たあと、宮崎さんはどうしたのでしょうか？」

「物産会館と玩具歴史館さ寄って帰られましたよ」

「どうでしょうか、そこで誰かと出会いませんでしたかね？」

「いいや……あの、宮崎さんは誰かと会ったと言っておったのでしたか？」

「いえ、そうではないのですが……」

「私は物産会館で失礼したもんで、その先のことは分からねえすが、そこまでのあいだでは、見知った人に出会った感じはなかったようですな」

「すると、あとは玩具歴史館ですか」

「はあ……」

中山は執拗としか言いようのない、この客の性格に、少なからず気味悪いものを感じたらしい。

たしかに、浅見には子供のころから、ふつうの人間から見ると病的に見えるほど、一つのことにこだわりつづける、一途な性癖があった。虹《にじ》の架け橋の根っ子を求めて、見知らぬ街を歩き通したことなど、どう考えてもふつうではない。

中山の窺うような視線に気づいて、浅見は苦笑した。

「ところで、僕は最近になってはじめて知ったのですが、『朝日』という地名はあちこちにあるのですねえ。三重県と富山県に朝日町があるのに驚いていたら、こんどは偶然、新潟県に朝日村があることを発見して、さらにびっくりしました」

「ははは、そんなこと、あんた……」

中山係長は、相手の無知さかげんに安心したように、大口を開けて笑った。

「朝日村や朝日町はなんぼでもありますよ。三面ダムの脇の朝日スーパー林道を越えたところは、山形県朝日村だし、朝日岳の真反対の東側は山形県朝日町です。つまり、三つの朝日が隣あっているのです」

「えーっ」

浅見はあっけにとられて、無防備なアホ面《づら》を中山の前にさらけ出した。

地図を出して調べてみると、それなりに納得のゆく状況ではあった。三つの「朝日」の町村名は、もちろん朝日岳に由来している。朝日岳の麓《ふもと》にあり、朝日岳を仰ぎみる位置にある地理的条件を生かしたというものであり、きわめて単純明快な理由だ。そこには「朝日」という言葉のもつイメージのよさもあるし、ひょっとすると、壮大な朝日岳に対する山岳信仰にも似た想いが込められているのかもしれない。

それにしても、あれほど追い求めていた「朝日」が、またしてもいきなり三つも出現したのでは、せっかくの発見だというのに、有り難みも感激もあったものではない。

「こんなにいくつも、朝日と名のつく町村があっていいものですかねえ?」

浅見は多少、張り合い抜けも手伝って、不満そうな口調になった。

「まあ、いいのでしょうなあ。一つの県の中さ同じ名前の村が二つあってはいけねえらしいすけどな。山形県のは町と村だし」

「なるほど、そういうものですか」

「しかし、全国的に見て、朝日という町村はそんなに沢山あるわけでもねえのです。全部で九つあって、一種の姉妹関係を結んでおるのですよ。相互に訪問しあったり、合同の催し物を開いたり、たとえば、富山県朝日町はいま流行のビーチバレーの発祥の地でありますが、そこで交流試合をしました。そのほかにも、東京の府中市にある朝日町とも交流しております」

「へえーっ、東京にも朝日町があるのですか」

「ええ、ありますよ……そうそう、ここの玩具歴史館は、東京の府中市に住んでおられる石上さんといわれる方から寄贈された玩具を展示しているのですよ」

「ほう、個人からの寄贈ですか」

「個人と言われるが、そりゃすごいものです。四万五千点におよぶ数ですからな。銀行にお勤めだった方で、戦後四十数年間にわたって、全国を転勤やら出張やらで動き回られながら蒐集《しゅうしゅう》しつづけたのだそうです。とにかく、これはぜひいちど見てください。絶対に損はありませんからね」

最後にいたって、中山は商工観光係長らしく、勧め上手に熱弁をふるった。

みどりの里のメイン施設「物産会館」には、朝日村の特産である木工製品、竹製品などが並んでいた。わら靴のような素朴な民芸品もあるけれど、桐《きり》のタンスや巨大な切株でできた火鉢、テーブル、それに漆器といった実用的な和家具、調度品類に魅力的な産物が多い。

2

浅見がひととおり展示品を見て歩いている間に、中山係長は日本玩具歴史館の見学の手配をしてきてくれた。

「行けば分かるようになっておりますので、遠慮なく見学してください。そしたら、私はこれで失礼します」

好人物らしい、はにかんだ笑顔を残して去って行った。

物産会館を出ようとして、入口の公衆電話に目が留まった。そういえば、昨夜遅くにこっそり抜け出してきたきり、自宅に連絡していない。

(まずいな——)

おっかなびっくりだったが、この先、いつまであの家で居候をつづけてゆくか分からない以上は、いやでも応でも、良好なコミュニケーションをとっておかなければならない。浅見は観念して、テレホンカードをさし込み、プッシュボタンを押した。

「坊ちゃま、いまどちらにいらっしゃるのですか！」

電話に出た須美子に、予想どおり、いきなり怒鳴りつけられた。

「あんな真夜中に、黙ってお出掛けになったきり、ちっとも連絡してくださらないんですもの、どうなさっちゃったのかと、心配で心配で……」

涙声になっている。浅見はひたすら「悪い悪い、ごめんね」と謝るばかりだ。

「私はいいですけど、大奥様が……」

言ってるそばから、雪江が「どれ、わたくしにお貸しなさい」と代わった。

「光彦、あなた、自分のしていることが分かっているのでしょうね？」

「はい、もちろんです」

「でしたら、さっさと帰っておいでなさい。藤田さんに義理があるのなら、わたくしからお断りをしますから、電話を代わっていただきなさい」

浅見は首をすくめた。何だか、子供の喧嘩《けんか》に親が出てきそうな雰囲気だ。

「いえ、藤田編集長とはすでに別行動を取っていまして」

「おや、そうなの？　それじゃいったい、あなたはそっちで何をしているの？」

「はあ、一応、殺された被害者の足取りをいろいろと調べているんですが……」

「光彦、そういう警察の捜査のお邪魔になるようなことは、金輪際《こんりんざい》お止めなさいって言ったでしょう」

「しかしですね、お母さん……」

「しかしもお菓子もないの。とにかく、いますぐ帰っていらっしゃい。お話はそれから聞きます。よくって？」

「はい分かり……あ、そうだそうだ、お母さん、ちょっと待ってください、じつは朝日があったんです」

「朝日が？」

「ええ、じつはですね、朝日がぞろぞろ出てきたのですよ」

「朝日がぞろぞろ？……何のことなの、それは？」

浅見は名古屋以来の、朝日の「ぞろぞろ」を手早く伝えた。雪江は「おやまあ、ふーん、まあ……」と感嘆詞のありったけを繋《つな》げて、驚いている。

「そういうわけで、朝日のことをもう少し調べてから帰ろうと思っていたのですが……しかし、もう切り上げて帰ります。どうもご心配かけました」

「お待ちなさい」

雪江は慌てて言った。

「男の子は、いったんやりかけたことを、そんな風にあっさり投げ出すものではありませんよ。あなたの気紛れは、いくつになってもちっとも改善されていないのね。朝日がぞろぞろあるなら、どうして残りの朝日も調べてみようという気にならないの。何年かかってもいいから、最後まできちんとしてから帰っていらっしゃい」

「はあ、しかしですね、そろそろ旅費のほうも底をついてきましたから」

「情けない……たかがお金のことぐらいで、志を屈したりしないの。仕方がありません、送金して上げるから、ホテルが決まったら電話なさい。いいわね」

ガチャンと、苛立ちを電話にぶつけるような音が耳朶《みみたぶ》を打ったが、浅見は北叟笑《ほくそえ》んで、受話器にキスをした。瓢箪《ひょうたん》から駒——というけれど、物事が順調に走り出すときとは、こんなものかもしれない。

浅見は弾むような気分で、隣の日本玩具歴史館へ向かった。

日本玩具歴史館は切妻づくりの二階建て。入口付近が大きなガラス窓で開放的なデザインであるほかは、完全密閉の倉庫のような建物であった。

建物に入ると、ホールに受付と売店などがあって、若い女性が二人いた。浅見が「役場の中山さんの……」と言い出すと、「はい聞いております、どうぞご覧ください」とパンフレットをくれた。入場料は四一〇円と掲示されているので、乏しいふところからでも、その程度は平気だったが、この際、見栄を張るのはやめた。

ホールの奥のドアを入ると展示場である。二階は回り廊下風になっていて、ほとんどが吹き抜けといっていい。吹き抜けを利用して、高い天井までの空間には、各地の珍しい凧《たこ》がいくつも上がっている。

中山観光係長が自慢していただけあって、全館ところ狭しとばかりに埋め尽くした玩具のボリュームには、目を見張るほど圧倒された。これだけのものを、一個人が趣味で蒐集したというのは、驚異的だ。もらったパンフレットには「日本は郷土玩具の宝庫です」と書いてあるが、なるほど——と思わないわけにいかない。

パンフレットには、「日本のいたる所に、その土地土地の材料で、その土地が伝える神事・祭礼・魔よけ・病よけ・伝説や民話などにちなんでつくり育てられた独特の玩具があります」といった説明がある。

浅見も日本中を旅していて、その土地独特の風習、名物を目にするけれど、たしかに日本という国は、ほんのひと山を越えると、まるで異質の文化が息づいているような、じつに濃《こま》やかな国柄であることを再認識させられる。

そういう知識や先入観があっても、ここに展示されている玩具の種類の多さには度胆を抜かれた。その主な内容を紹介すると、次のようなものだ。

〔北海道〕木彫り熊、ニポポ、アイヌ船。

〔東北地方〕三春駒、こけし、扇ねぷた、鯛もちえびす、唐辛子鼠、チャグチャグ馬コ、木の下駒、三番叟《さんばそう》、お鷹ポッポ。

〔関東地方〕犬張子、張子天神、目無し達磨《だるま》、馬乗り兵隊、今戸土人形、弾き猿、笊《ざる》被《かぶ》り犬、千木馬。

〔中部地方〕三角ダルマ、赤天神、鯛ぼんぼり、のろま人形、いちろくさん、七夕人形、八幡起きあがり、鳩車、竹人形、べたくた、獅子頭、おぼこ。

〔近畿地方〕饅頭喰人形、長刀鉾《なぎなた》、神戸人形、米つき車、鯛神、種貸しさん、角力取組、日和見猿、神農の虎。

〔中国地方〕田面船、流し雛、黍稈《きびがら》姉様、犬連れ娘、ふぐ笛、鹿乗り猿。

〔四国地方〕坊さんかんざし、女達磨、相合い傘、鯨船、わんわん、ほうこさん。

〔九州地方〕笹野才蔵、うずら車、木の葉猿、べんた、お化け金太、板角力、きじ車、あちゃさん……。

ここに挙げたのは、もちろん、そのごく一部でしかない。それにしても、全国にこんなにも沢山の玩具が散らばっていることを目の当たりにすると、涙ぐむほどの感動が込み上げてくる。

須美子が来るまでいてくれた「ばあやさん」が、浅見のまだ幼いころや、兄の子をあやしながら歌っていた子守歌が、記憶の底からよみがえった。

ねんねんころりよ　おころりよ

坊やはよい子だ　ねんねしな

坊やのお守りは　どこへ行った

あの山越えて　里越えて

里のみやげに　何もろた

でんでん太鼓に　しょうの笛

そのでんでん太鼓も、しょうの笛も、もちろんある。

不思議なことに、見たことがないはずの玩具のどれにも、遠い日の記憶が呼び覚まされるような気がするのは、いったいなぜなのだろう。

一階を巡って、二階を巡って、もういちどグルッと回って、浅見は飽きることを知らなかった。

ふと、この光景を宮崎さとみも観ていたのだ——と思った。

さとみは浅見よりも七歳年長であった。栃木県の山間《やまあい》の村で生まれ育ったと聞いたことがある。負けん気が強くて、藤田編集長を相手に「あたしはシティガールよ」などと、わざと蓮《はす》っ葉《ぱ》なことを言ったりしていたけれど、どこかにあたたかみのある女性だった。それは土の香りというやつかもしれない。あるいは柴焚《しばた》く煙の匂いかもしれない。いくらシティガールを気取っても、どこかに、ふっくらとした優しさのある日本女性だった——と思う。

宮崎さとみも、こんなふうに玩具の一つ一つに愛着をおぼえながら、このフロアを巡ったにちがいない。可憐な造形の妙に、彼女が落としたであろう視線を拾い集めるような想いを込めて、浅見はゆっくりと歩いた。

そして——ふいに浅見は足を停めた。いや、足の運びばかりでなく、全身を巡る血液の流れまでもが停まったような緊張を覚えた。

目の下の陳列台に土人形の集団が並んでいた。

土人形というのは、簡単に説明すると、粘土を型に嵌めて形をつくり、日干しまたは素焼きをして、極彩色に着色したものである。ふつうは掌《てのひら》に載る程度の大きさのものが多いが、中には四十センチほどの大型のものもある。

江戸期ごろは全国各地で広く作られており、昭和初期ごろまでは、実際に幼児の玩具やインテリアとして使われていた。現在は一部で伝承民芸品として作られ、観光土産品として供されているほかは、ほとんど見当たらない存在になってしまった。

内裏《だいり》雛、花魁《おいらん》、武者、天神、恵比寿、大黒、三番叟、福助、花咲じいさん、娘、子守、猿、犬、牛、馬……全国各地にじつにさまざまな土人形があるが、似たようでいて、どこかしら独特の雰囲気がある。

人形デザインの源流は、おそらく京都や大坂、江戸あたりにあったのだろう。地方の人々の都へのあこがれが、極彩色の華やかさを求めたのかもしれない。それでいて、土という素材のせいだろうか、稚拙なフォルムの中からにじみ出てくるような、文字どおり土の匂いのする人形ばかりだ。

その中の一つ、山形県鶴岡市の「瓦人形」というのが目に留まった。そこに展示されているのは二種類あって、一つは「馬乗り大黒」、もう一つは「犬乗り童子」と名付けられたものである。

その犬乗り童子の足元のあたりに、浅見の視線は釘付けになった。

人形の大きさは三十センチばかり、土人形としては大きいほうだ。犬は白に黒の斑《ふ》が入った狆《ちん》のように見えるが、頭巾《ずきん》を被った童子が背中にまたがっているところは、かなり大型の犬を想像させる。

犬は首の前に朱色の前垂れのようなものを下げ、前垂れの下から前足が覗いている。その白い足に黒い爪《つめ》が四本あった。

島田清二が殺された部屋に落ちていた、陶器の破片らしきものに、それとそっくりの黒い点々があった。

わずか数センチ程度の破片だが、これだけ特徴的な彩色が、ほかにあるとは思えなかった。

（あの破片はこの人形の一部なのか――）

そう思ってみると、「犬乗り童子」は、後頭部に打撃を与えるのに十分すぎるほどの大きさだ。

浅見はホールに出て、受付の女性に「解説をお願いできませんか？」と訊いた。

「解説ですか？……」

二人の女性は顔を見合わせた。

「あまり詳しいことは知らないのですけど」

いくぶん訛りのある重い口調で、当惑げに言った。

「とにかくちょっと一緒に来てみてくれませんか」

浅見の強引な頼みに、多少は知識のありそうなほうの女性がついてきてくれた。

「この人形なんですが」

浅見が指差すと、「ああ、鶴岡の犬乗り童子ですね」と嬉しそうに言った。

「鶴岡は近いし、母の実家があるもんで、知っているのです」

「そうですか、それはちょうどよかった。それで、この人形は鶴岡に行けば手に入るのですか？」

「手に入るっていうと、売っているかという意味ですか？　それだったら、いまはもう、売ってもいませんし、どなたもつくっていないと思いますけど」

たしかに、陳列してある人形は、かなり手垢などもついて、古いものらしい。

「このあいだも、お客さんに同じようなことを言われましたけど……そのお人形は人気があるのですね」

女性は母親のふるさとの人形に人気があることを、喜んでいるが、浅見はちょっと気になった。

「お客さんに言われたって、この人形が手に入らないかって言われたんですか？」

「はい、そうです。そのお客さんは、これを売ってくれないかって、ずいぶん熱心におっしゃっていましたけど、もちろんお断りしました」

「ほう、売ってくれって言ったのですか」

「ええ、何度断っても、どうにかならないかと言われました」

浅見はあらためて人形を観た。たしかに珍しいものには違いないが、正直なところを言えば、そうまでしつこく欲しがるほどの価値があるとは思えない。

「その人は、よほどこういう郷土玩具に興味があるマニアなんじゃないですかね？」

「いいえ、そうではないみたいです。たまたま、この人形を見て、欲しくなったという感じでした」

「ふーん、そんなことがどうして分かるのですか？」

「私がお客さんたちを案内していたのですけど、ほかの所ではさっさと歩いていたのに、この人形の前に来たら急に立ち止まって、そうおっしゃったのです。ほかのお客さんたちがどんどん行ってしまうので、ほんとに困りました」

女性はそのときのことを思い出したついでに、いまいましい気持ちまでよみがえったらしい。浅見相手に憤懣《ふんまん》をぶつけるように言った。

「そんなにしつこかったのですか」

浅見が苦笑したので、女性はわれに返ったように顔を赤らめた。

「すみません、変なことお話しして」

「ははは、いや、僕もしつこいほうだから、他人事じゃないのです。しかし、ここに人形があるところを見ると、結局、諦めたのでしょう？」

「ええ、人形に傷があるのを見つけて、『なんだ、傷物か』なんて言ってました。それで、もしどうしても欲しいとおっしゃるなら、鶴岡の骨董品屋さんにいらっしゃったらいかがですかってお教えしました。そのとき、ちょうど、偶然、知り合いの女の人に出会って、それっきりになりましたけど。でなければ……」

「えっ？　ちょっと待って……」

浅見はドキッとした。

「その知り合いの女の人って、中山さんが連れて来た人じゃない？」

「ええそうです。東京から見えた雑誌社の方だそうです」

「…………」

犬乗り童子の人形を発見したとき以上に、浅見の衝撃は大きかった。（神よ——）と、いつもの不信心を棚に上げて、天の配剤などということを思った。

3

考えてみると、新潟での宮崎さとみの足取りを追ってきたのだから、さとみが出会った人物をどこかでキャッチできて当然なのかもしれない。しかし、これはやはり幸運と呼ぶべきだ。

浅見は最大限の努力で動揺を抑えようとしたが、声が上擦った。

「知り合いって、その二人は親しそうだったのですか？」

「それほど親しいっていうわけでもなかったです。女の人が『あらっ』って言って、男のお客さんはびっくりして、しばらく、『誰だったかな？――』みたいな顔をして考えてましたから」

「それでどうしましたか？」

「女の人のほうも意外だったらしくて、目を丸くして、洋服ダンスがどうのとか言ったら、男の人のほうもようやく思い出したみたいですけど」

「洋服ダンス？……洋服ダンスがどうしたのですか？」

「いえ、それくらいしか聞いてません。すぐにその場を離れましたから」

「その男の人ですが、いくつぐらいでしたか？」

「さあ……六十歳ぐらいかしら？　大柄で、少し肥《ふと》った感じの立派な紳士でした」

「それから、そのあと、その二人はどうしましたか？」

「さあ……」

浅見があまり勢い込んで訊くので、係の女性は少し警戒する様子を見せた。

「いや、その女性は宮崎さんといって僕の友人なのです。いったい誰と会ったのかなと思ったものですからね」

浅見は弁解した。

「そうなんですか。でも、遠くからチラッと見ていただけですから、あまりよく分からないんです。しばらく話していたみたいですけど、お連れの方が呼びに見えて、男の人は慌てて行ってしまわれました」

「その男の人は、どういうグループのお客さんだったのですか?」

「山形県の朝日村の役場関係の方たちだと思います。でも、その人は東京の人みたいでした。言葉が標準語でしたし、ほかの人たちよりちょっと威張った感じで、もしかすると東京のお役所の方が視察に見えたのかもしれません」

彼女には、そのときの男の印象がよくなかったらしい。口調にも少しトゲがあった。

浅見は礼を言って、もう一度、展示場に戻り、犬乗り童子の人形を眺めた。人形が物を言うものなら、そのとき、あとに残された宮崎さとみと思われる女性の様子を語ってもらいたかった。

宮崎さとみが新潟の取材先で「思いがけない人に会った」と言ったのは、十中八

九、その人物と考えていい——と浅見は思った。
浅見は玩具歴史館を出ると、役場の中山に電話した。

「ああ、一昨日のお客さんですか」

中山はすぐに分かった。

「あれは山形県の朝日村から見えたのです。冬期閉鎖されていた朝日スーパー林道の大鳥屋峠が通れるようになったもんで、建設省関係のご一行をご案内して来たのでした。そういえば、玩具歴史館を見学されたのでしたな。そのあと瀬波《せなみ》温泉のほうに行かれるとかで、私らはお目にかかりませんでしたが」

「それじゃ、建設省の人の名前などは、ご存じありませんね？」

「はあ、知りませんですな。けど、それがどうかしたのですか？」

「いえ、その中の一人が僕の知り合いじゃないかと思ったものですから」

「そうですか……どうしても知りたければ、山形の朝日村の人に問い合わせればいいのではないでしょうか」

「分かりました、ありがとうございました。ところで、スーパー林道は、もう普通の車でも通れるのですね？」

「いや、一般車の通行はまだですが……というと、スーパー林道を通って行かれるおつもりですか？」

「ええ、できればそうしたいのです。国道で鶴岡まで行って、迂回《うかい》して行くより、距離は短いのでしょう？」

「それはまあ、多少は……しかし、曲がりくねった道で、スピードは出せないですよ。車はソアラでしたか。腹をこするようなことはないのでしょうなあ」

「ええ、車高の調整はできます」

「それだったら大丈夫、通れますよ。今年は例年より雪が少なかったもんで、割と早く通れるようになったのです。一般車はまだだめですが、こちらで許可証を出してあげましょう。しかし、気をつけてくださいよ。舗装道路ではありませんので」

中山は心配そうに言った。

新潟県の朝日村と山形県の朝日村とを結ぶ総延長五十二・一キロの朝日スーパー林道は、奥地森林資源の開発と観光目的に建設され、昭和五十八年に開通した。

村上市から北へ行く国道7号線から岐《わか》れた県道は朝日村を東へ突っ切り、三面川に沿って朝日岳山系にもぐり込むように進む。比較的平坦だった谷間の道は、三面橋のところから右手の山肌にかけ登ってゆく。

やがて左手の眼下に一瞬、三面ダムの堰堤《えんてい》が見えて、道はすぐに鷲ケ巣のトンネルを抜け、いよいよ長い長い朝日スーパー林道である。途中には「見返りの滝」など、すばらしい景観がふんだんにあるのだが、文字どおり見返る余裕などないドライブになった。

場所によってはかなりの悪路もあったが、浅見はソアラのサスペンションをハードにセットして、思いきり飛ばした。信号も対向車もないし、何よりの天敵・ネズミ取りがいないから、その点だけは安心だ。

まだ北陸には残雪も見えるが、左右の原生林はもう、目に優しい新緑の色に染まりつつある。なめらかな道を行くときは、遠く近く鳥の囀《さえず》りが聞こえて、思わずアクセルを踏む足の力が緩んだ。

大鳥屋岳の東で分水嶺の峠を越え、荒沢ダム湖を過ぎ、大鳥川の谷沿いの道を下って、三時少し過ぎには山形県朝日村の集落に入った。

浅見は知らなかったのだが、朝日村は出羽三山の一つ湯殿山《ゆどのさん》のある村なのであった。また月山《がっさん》の西の登山口でもあり、北には羽黒山も望む位置にある。

大鳥川の谷沿いに下ってゆく道の両側に、小さな集落が点在している。耕地は少なく、農家の経営はたいへんだろうな——と推察できる。村役場は、広大な村域の北のはずれ近くにあった。役場の周辺だけが、わずかに平坦だが、大した面積ではない。

三時半に役場に到着。突然の招かれざる客だが、小滝という商工観光課の係長が親切に応対してくれた。四十歳前後だろうか、大柄な陽気な男で、仕事に油がのっている時らしく、じつによく喋った。浅見の来意が「観光と歴史」の取材という触れ込みだったせいかもしれない。とにかく、村の観光行政を一人で背負って立っているような、迫力のある弁舌だ。その代わり、本来の目的を切り出す前に、一通り小滝係長の話を拝聴しないわけにはいかなくなった。

小滝の弁舌も立派だだが、観光資料も村勢要覧もかなり充実したものを作っている。A４判六十四ページ、カラーグラビアをふんだんに盛り込んだ豪華版といっていい。

表紙はみずみずしい緑葉から滴《したた》り落ちる露の写真が使われ、その上に「ふるさとを愛し、ふるさとを考え、ふるさとに生きる」と肩書を入れて『朝日自然郷　森の詩《うた》』と、大きな活字で表題を掲げている。さらに題字の下には、「きらめくパートナーに、私たちが求める新しいふるさとの理想をめざして、朝日の豊かな村づくりが展開しています」とうたってある。

内容の編集方針はすべて表紙の理念に沿ったもので、どこかの高級リゾート地のパンフレットを見るような気がする。とても、山形の寒村の村勢要覧だとは思えない。

後ろのほうに、村勢の資料が掲載されている。浅見が想像したとおり、朝日村の農業は、ご多分にもれず、きびしい状況下にあるらしい。村の人口は昭和三十年の一万四千人あまりをピークに、年々減少の一途をたどり、現在はおよそ六千五百人程度。就業者総数三千五百人のうち、農業従事者はわずか九百人あまりでしかない。専業農家となると、一割程度だそうだ。

「しかし、いまわが朝日村は活況を呈しているのです」

後ろ向きの湿っぽい話は、あまり好きではない性格なのだろう。威勢のいい口調で、小滝たちが中心になって手がけた「村おこし」事業の話を披露した。

「当村では、『月山あさひ博物村』というのを建設しまして、その中核には『山ぶどう研究所』と『アマゾン自然館』と『文化創造館』を拠点施設として作りました。けっこう金もかかりましたが、それなりに立派なものができたと、自負しています」

そのパンフレットを渡されたが、浅見は首をひねった。地場産業の振興や農業の新しい方向を模索する意味からいって、山ぶどう研究所は分かるが、アマゾン自然館というのがよく分からない。

「朝日村とアマゾンと、何か関係があるのでしょうか？」

「いや、特別な関係はありませんが、アマゾン自然館の目的は、教育・交流・レクリエーション・観光の振興にあります。アマゾンの動植物一万二千点を収蔵展示し、南米と日本の違いを比較しながら、グローバルな視点に立って知識を吸収し、国際理解を高めようとするものです。ぜひご覧ください」

「はあ、ぜひ拝見します」

浅見は小滝の迫力に圧倒されて、つい頷いたが、どうしても、山形の寒村とアマゾンの結びつきに懐疑的になってしまう。アマゾンがどうしてグローバルになるのかも、よく分からない。

「これからは、あなた、北の時代です」

小滝は浅見の思惑に構わず、力説した。

「過去、日本は関東から西の地域で乱開発のかぎりを尽くしてきました。もはや、あっちには開発の余地もなければ、第一、魅力的な自然が何も残っていません。これからはわれわれの愛する、緑豊かな東北こそが、脚光を浴びる時代なのです。わが朝日村に水と緑の自然を求めて、東京や大阪から大勢のお客さんがやって来ますよ」

「なるほど……」

卓説に頷きながら、浅見は（あれ？——）と思った。このせりふ、どこかで聞いたことがある——。

記憶が形を成さないうちに、小滝は次々にパンフレットを出して、観光事業の数々を得意げに説明した。浅見はその一つ一つに感心しながら、小滝の話がやんだとき、おそるおそる訊いた。

「朝日村は農業や観光以外の産業も、かなり活発に行われているのでしょうか？」

「そうですな、まあ、振興途上にあると言っていいでしょう」

「そうすると、財政的にはかなりきびしいのではありませんか？」

「地場産業そのものはまだ力不足ですが、高規格道路と山形自動車道の建設といった国・県の公共投資によって、財政的にはかなり潤《うるお》っております」

「そういった公共事業が終わったあとはどうなるのでしょうか」

「ん？……」

どうやら、あまりいい質問ではなかったようだ。小滝係長は一瞬、鼻白んだ表情を浮かべ、背を反らせるようにして笑った。

「ははは、まだ十年やそこいら、事業は続きますよ」

十年経ったその先は？――と、さらに訊きたかったが、せっかく「東北の時代」を謳歌《おうか》しようとしているのに、ケチをつけると思われてもいけないので、浅見は話を切り上げることにした。

「ところで、一昨日でしたか、建設省から視察の人が来ていたでしょう？」

「あ、よくご存じですな」

「ええ、新潟県の朝日村の、玩具歴史館でお見かけしました」

「山形自動車道と、国道１１２号線の新ルート計画のチェックに見えたのです。私もプロジェクトチームの一員として、ずっと同行させてもらいました。浅見さんも玩具歴史館におられたのですか」

「ええ、チラッとお見かけしただけですが、たしか、かなりの年輩の方でしたね？」

「いや、若い方ですよ」

「えっ、若い人でしたか？」

「そうです。建設省の石沢さんとおっしゃる課長補佐をされている方です。まだ三十代前半――浅見さんと同じぐらいではないですか？　いやあ、しかしエリートは違いますなあ。お若いがじつに頭の回転が早いし、自動車道のルートやアクセス道路の計画などにも、適切なアドバイスをいただきました」

エリートに比較されるのは、兄の家の居候として、日夜鍛えられている浅見は、慣れっこになっている。

「それじゃ、あの六十歳ぐらいの紳士はどなただったのですかね？」

「六十歳？……」

「ええ、少し肥っておられるけど、なかなか風格のある、いかにも偉そうな人でしたが」

「ああ、それじゃ多岡さんのことかな。浅見さんが言われるのは、たぶん、竹間建設の重役さんのことでしょう。多岡さんといって、高規格道路建設事業に参入するいくつかの建設業者の幹事のようなことをしている人です」

竹間建設は建設業大手六社の一つに挙げられている。

浅見は耳の後ろの辺りに、チクリと、かすかな痛みのようなものを感じた。建設省のエリートの視察旅行に、大手建設業者の幹部が帯同している風景は、どことなく、時代劇によくある、関八州御見回り役に越後屋だか備前屋だかの番頭がくっついて歩いている図を連想させて、いやな気がした。

小滝係長の熱気に、終始あおられっぱなしだったが、それでも何とか、必要なことだけは聞くことができた。

浅見は役場を出て、「アマゾン自然館」というのを訪ねてみた。閉館まで三十分ほどだが、隣の「山ぶどう研究所」に較べて、そんなに大きな建物ではないから、見学時間は十分だろう。

山ぶどう研究所というのは、ワインの製造工程を見学しながら、山ぶどうワイン・

ジュース・ジャムを味わうことができたり、その他の特産品の展示即売をする、いわば物産館なのだそうだ。それにしても、山ぶどう研究所とアマゾン自然館の位置関係が、新潟県の朝日村の物産館と玩具歴史館の配置とそっくりなのは、偶然なのだろうか。

山形の山村にアマゾン自然館がなぜ?——という浅見の違和感は、そのまま、見学の感想そのものであった。早い話が失望と落胆である。展示品はアマゾンの蝶類《ちょうるい》の標本やトカゲの剝製《はくせい》といったものだ。ひょっとすると、生きた大蛇やワニがいるのでは——と思ったが、そんなものはいなかった。総じて展示品もディスプレイも陳腐で、中には「アマゾンの一日の気温変化を体験」するなどという、愚にもつかないものもある。「水と緑の大自然……」とぶち上げた観光係長の高邁《こうまい》な理念と、このアマゾン自然館がどう結びつくのか、浅見にはさっぱり飲み込めなかった。

(苦労しているのだな——)

最大限好意的に解釈して、せいぜいこれが最善の感想であった。過疎に悩む村当局が、観光立村の目玉として、さまざまな企画案が出された中から、これぞ——と選んだのだろう。事業費が山ぶどう研究所の四億三千万円に対して、六億八千万円と、竣工記念事業報告書に紹介されているところから見ても、その力の入れ方が推測できる。

しかし、結果は見込み違いだったのではないだろうか。これでは客寄せパンダにもなりそうにない。仮にお客が殺到したとしても、「水と緑の大自然」のうたい文句が空々しく思えてしまうにちがいない。

（違うんじゃないのかなあ――）と、浅見は館内を巡りながら、悲しくなった。あの日本玩具歴史館とは、展示品の内容以前に、その精神において天地雲泥の差がある。

報告書によれば、事業費六億八千万円のうち五億六千万円は「過疎債」から計上されている。浅見は財政のことに疎いが、過疎債とは政府から交付される過疎対策費のことか。だとすると、明らかに、過疎対策の事業として計画されたものだ。

過疎や逼迫《ひっぱく》する財政に苦しむ山村にとっては、過疎対策費の交付や、高規格道路の建設事業などによって落とされる金に救いを求めるしか、途《みち》がないのかもしれない。

「十年やそこいらは続くでしょう」と笑った小滝係長の声が耳に残る。

膨大な公共投資は、たとえ束の間にもせよ、過疎の村を潤してくれるだろう。村民の働き場所もできて、人口流出に歯止めもかかるにちがいない。そうして「水と緑の大自然」の中を道路が通り、橋ができる。これが、専業農家が一割にも満たない日本の「農村」の実情である。

公共事業が政治家の票に結びつき、役人の利権や業者の不正の温床になる——などと非難するのは、都会人の「余計なお世話」であって、地方の人間にとっては、明日の糧《かて》につながる切実な問題なのだろうか。

浅見は重い気持ちを引きずるようにして、朝日村をあとにした。

4

朝日村から鶴岡市までは国道112号で約十五キロ、ちょうど会社のひけどきころに市内に入った。日本海にひらけた庄内平野の南端にあたるだけに、まだ日は沈まず、街は明るかった。

鶴岡は庄内藩十四万石の城下町である。城跡の鶴岡公園を中心に広がる市街には緑が多く、どことなく文化の香りの漂う街だ。

電話帳で調べて、多岡の訪れた骨董屋はすぐに突き止められた。城跡に近い繁華街の裏通りにある古い店で、「風華堂」という木彫りの大きな看板が出ていた。店は間口は狭いが奥行きはかなり深い。床といわず壁といわず、さまざまな道具類や書画が所狭しと並べられている。

あるじは田元勝義という七十歳前後の老人で、渋い茶色のたっつけ袴《ばかま》のような恰好に、黒いちゃんちゃんこを着て、なんだか江戸時代からずっとそこにそうしているような風格がある。

「ああ、犬乗り童子の人形かね、たしかにそういうお客があったですな。何とか手に入らねえかと、だいぶ熱心だったが、あれはねかったですなあ。百万でも二百万でも、いくら出してもいいとか言ってたけんどね」

「二百万？……」

浅見は犬乗り童子の人形を思い浮かべた。

「あの人形にそんな価値があるのですか？」

「ははは、そりゃあんた、あるって言えばあるし、ねえって言えばねえすべ。美術品だとか骨董だとかいうもんは、そうしたもんだ。とはいえ、ちょっと高いかな。手元にねかったのが残念でしたがなす」

田元老人はチラッと本音を漏らした。

「それにしても、どうしてそんなに欲しがっているのですかね？」

「ああ、それはわしも不思議に思ったもんで、訊いてみたですよ。どう見ても、あのお客はべつにそういう趣味のある人間ではねかったすものね。そしたら、なんでも預かった品をあやまって傷にしてしまったもんで、困っているとか言ってたがなす。修復はできねえかとも言われたが、それは無理だすべと断りました」

「修復……やはり無理ですか？」

「無理だすな。あれだけ古いものになると、土台が変質しておって、どう工夫したって、元の部分と新しい部分とが一緒にはなんねえものね」

「いっそ、新しいものを作ったら、どうでしょうか？」

「は？　つまり贋作《がんさく》ですか？」

老人は驚いたが、「なるほど」と腕組みした。

「そらまあ、贋作が出来ればの話だが、しかし無理でねすかなあ。こまかいヒビ割れだとか、古色だとか、そういったものを再現するには相当の技術もいるだろうし、実際には無理だすべな。たとえ出来たとしても、えらい高いもんになるんでなえすか。それこそ百万とかな。それでも、目利きが見れば、偽物だっつうことは、分かってしまうべ」

「そうですか……」

浅見の少し落胆した様子を見て、老人は勘違いしたらしい。

「まあ、あの人形は鶴岡で作られたもんだで、どこぞの旧家に行けば、土蔵に眠っておるかもしれねえす。うまいこと見つかったら、教えて上げますよ。そのお客もそう言って名刺を置いて行ったがなす」

浅見は礼を言って風華堂を出た。ビルの影が街を覆い、冷たい風が流れはじめていた。

新潟のホテルには午後八時少し過ぎに到着した。電話で予約しておいたが、その必要がないほど閑散としていた。

「申し訳ありませんが、前金をお預かりさせていただきます」

フロントに言われて、銀行残高のないことを承知の上で、クレジットカードを差し出した。母親は送金するなどと、時代遅れのことを言っていたが、冗談ではなく、明日の朝にでも、母親に頼んで銀行に振り込んでおいてもらわないと、残高照会なんかされたひにには目も当てられない。

バスを使ったらドッと疲れが出た。名古屋行きから始まって、富山――東京――新潟――山形――新潟と、われながらよく動き回ったものである。

そのくせ、ベッドに入ると妙に目が冴《さ》えて、なかなか寝つかれない。富山と新潟と山形、三つの「朝日」の風景がゴッチャになって頭の中のスクリーンに映し出される。

風景ばかりではない。島田清二が殺された事件と宮崎さとみの事件までが、こんがらがった毛糸の玉のように錯綜《さくそう》して浮かび上がっては、眠りをさまたげた。

それにしても、宮崎さとみの足取りを追っていて、いくつもの「朝日」に出くわすなどとは、奇《く》しき因縁——という気がする。これで現実に、二つの事件に接点があったりしたら、まるで、軽井沢の作家が書きそうな、安っぽい推理小説だな——と、薄《うす》闇《やみ》の中で苦笑したとき、ふいに閃《ひらめ》くものがあった。音のない雷鳴のように響く声を聞いた。

これからは北の時代——

これからは東北の時代——

浅見はギョッとして、思わずベッドの上に半身を起こした。

(そうか、島田清二が「北の時代」と言っていたのだ——)

島田のオフィスの唯一の従業員である山下によると、島田は「東京も名古屋も大阪も、関東から九州に到るまで、日本の南半分はすでに終わった。アメニティだとかエコロジーだとかいった、環境重視型の時代の開発の受け皿は、北にしか残されていない——」という意味のことを言っていたという。

山形朝日村の小滝係長は「東北の時代」を力説した。北と東北——少し異なるが、言っていた趣旨はまさに同じことであった。

それは何も、驚くべき卓見というほどのものではなく、現在の常識にすぎないのかもしれない。事実、関東以西では大型リゾート開発をしようとしても、受け皿になるような適当な場所は残り少ないのだろう。

その点、東北は時代に乗り遅れた分だけ開発の受け皿にこと欠かない。五十数キロにもおよぶ朝日スーパー林道を通ってきた実感から言っても、あの広大な自然——小滝係長が言っていた、朝日村の水と緑の大自然が、ほとんど手垢に汚れることなく、ひっそりと残されているのは、信じられない奇蹟だ。いまのところ、山形県の内陸部——天童、寒河江《さがえ》方面から庄内地方の鶴岡へ抜ける、かつては「六十里越街道」と呼ばれた国道112号線の整備が遅れているけれど、これで道路問題さえ解決すれば、首都圏からの時間距離は意外に近い。かつて「裏日本」などと言われ、「朝日」と命名するほど、日の当たる日を待ち望んでいた寒村が、文字どおり脚光を浴びるときが来るかもしれない。

（道路問題か——）

浅見はベッドに横たわった。疲れた頭は、大きく重い宿題をかかえた子供のように、背筋が痒《かゆ》くなるほどの焦《あせ》りをおぼえながら、しだいに思考力を失っていった。

翌朝、目覚めたのは十時過ぎであった。起き抜けに浅見は二カ所に電話をかけた。一つは母親に銀行口座への振り込みを頼むことである。こっちのほうは思ったよりあっさり、うまくいった。雪江は東京の銀行に振り込めば、新潟でその日のうちに現金が引き出せるシステムが、よく飲み込めなかったらしいが、とにかく、息子の希望するとおり、須美子にやってもらうと言っていた。

もう一つの電話は目白警察署の中野部長刑事宛てのものだ。「朝日」の発見と、それにつづく「犬乗り童子人形」の発見を伝えると、中野は口もきけないほど興奮していた。「朝日」のことはまだ海のものとも山のものとも分からないが、「凶器」の発見は、捜査当局にとっては最大の収穫である。

「自信はないのですが、そちらで見た破片の模様とよく似ているように思えるのです。照合してみてはいかがでしょうか?」

「いや、もちろんです。そうさせてもらいますよ。すぐにこっちから人間をやります」

「何なら、僕がもういちど朝日村へ行って、借りてきてもいいのですが」

「それはいけませんよ。重要な証拠品ですからな、民間の人にやってもらうわけにはいきません」

「それもそうですね。それから中野さん、一つお願いがあるのですが、島田さんが殺された日に、ホテル『四季』で大きな宴会があったとおっしゃってましたね」

「ああ、そうですよ。建設省関係の集まりだったそうです」

「えっ、建設省ですか……」

浅見は心臓がドキリと痛んだ。

「それじゃ、そのパーティの参会者の中に、竹間建設の多岡という重役と、建設省の石沢という課長補佐がいなかったかどうか、確認してみていただけませんか？」

「ほう、それはまた、どういう？……」

「細かいことはおいおいご説明します」

「いいでしょう。やってみますよ。それじゃ浅見さんのほうは、なるべく早いとこ、東京に戻って来てください」

「分かりました」

そう言ったものの、浅見にはやらなければならないことが残っている。慌ただしく朝食を取り、チェックアウトをすますと、浅見は新潟中央警察署を訪ねた。

思ったとおり、新潟中央署には捜査本部は設置されていなかった。どうやら、いまのところ警察には「他殺」と断定する決め手はないらしい。

捜査第一係長の梅津警部補は、刑事課のデスクにいて、これ以上はない憂鬱そうな顔で浅見を迎えた。

「まだ、捜査に進展はありませんよ」

浅見の質問を予測したように、先手を打って言った。

「家族や会社関係等から事情聴取を行った段階では、これまでのところ、被害者には殺されるような背景は何もないようですな。本日、周辺の聞き込みのために、捜査員が東京へ向かいました。以上です」

記者会見でもやっているような切口上で言うだけ言うと、背中を向けた。

「宮崎さとみさんの当日の足取りは分かったのですか？」

浅見は訊いた。

「いや、まだです」

梅津は、何かの報告書らしき書類に書き込みをしながら、素っ気なく答えた。

「それじゃ、ご参考までにお教えしますが、彼女は事件当日、岩船郡の朝日村を訪ねていますよ」

「ん？……」

梅津は振り返った。

「朝日村役場の中山さんという、観光係長と会い、日本玩具歴史館を見学しています」

「本当ですか？」

「本当です」

「だけど浅見さん、あんた、それをどうして知っているんです？」

「昨日、行って調べてきました」

「調べたって……どうして……つまりその、宮崎さんが朝日村へ行ったことなんか、どうして知っているんです？」

梅津は、椅子ごと完全に向き直って、食い入るような目をしている。返答しだいでは逮捕しかねないような目の色だ。

「宮崎さんが上杉謙信の事蹟を調べに来ていたことは、ご存じなのでしょう？」

「ああ、それは編集長の藤田さんから聞いて、知っておりますよ」

「図書館で資料を調べたら、謙信の上洛が遅れた理由は、越後北部で起きた本庄繁長の反乱にその原因があったということが分かったのです」

浅見はその「発見」に誘われて朝日村を訪ね、そこで宮崎さとみの足跡をキャッチしたことを話した。

「その玩具歴史館で、宮崎さんはある人物に出会っているのです。その人は大手建設会社の竹間建設の重役の多岡という人です。宮崎さんが『思いがけない人に会った』と言っていたのは、おそらくその人じゃないかと思うのですが。じつはその人は……」

「ちょっと待って」

梅津警部補は浅見を制止して、周囲を見回した。それほど大きな声で喋っているつもりはないのだが、居あわせた刑事たちの好奇の目が、こっちに向けられていた。

「場所、変えましょう」

梅津は立ち上がり、隣席の結城部長刑事に「取調室に行こう」と声をかけた。

応接室ではなく取調室——というのは愉快でなかったが、招かれざる客としては、贅沢《ぜいたく》なことは言えない。

梅津と結城は、浅見を前後から挟むようにして取調室に向かった。なんとなく、重要参考人に擬せられたような気分がしないこともなかった。

結城も浅見の話は聞いていたようだが、浅見はもういちど、最初から朝日村の話を繰り返した。

竹間建設の名は、もちろん二人とも知っていた。

「その多岡という人と、宮崎さとみさんはどういう関係なのです？」

結城は訊いた。いかにも越後人らしい、鈍重な喋り方をする男だ。

「いや、それはまだ分かりませんが、玩具歴史館での様子からいって、二人が知り合い同士であることは間違いないでしょう」

「それで？」

二人の警察官は、亀のように首を伸ばして、浅見の目を見つめた。まだ何か大きな土産が出るのを期待している、幼児のようでもあった。

「それだけです」

浅見はすげなく答えた。

「はあ……」

梅津は拍子抜けした顔を結城と見合わせると、まるで非難するように言った。

「つまり、その多岡という人が、宮崎さん殺害の犯人であるとか、そういうことではないのですか？」

「そんなこと、この段階で言えるはずがないでしょう」

浅見はつい、呆れた声を出した。

「僕はただ、そういう人物がいることをお知らせしたかったのです。もし警察がそのことを知らないでいるのなら、一刻も早く、事実関係を調べるべきだと思います」

「なるほど……」

梅津警部補は結城を振り返って、「どう思うかね」と言った。

「いやあ、しかし、あれが他殺であるとは考えにくいですからねえ」

「他殺ですよ」

浅見は、出来るだけ無機質な声で言った。感情を込めると、怒鳴りつけることになりかねない。まったく、どうして警察はこうも分からず屋なのだろう。

「あんたはそう言うが、他殺であるとする証拠が何も出てこないのでね」

結城は不愉快そうに、そっぽを向きながら言った。

「それでは、あれはどうだったのですか？　当日、ホテルにフリーで泊まった客がなかったかどうかはお調べになったのですか？」

「ん？　ああ、それは調べましたよ。たしかに、宿泊カードに記載した住所地に該当する人物がいないケース——つまり偽の住所を記載した人物は二名おりました。男性客と女性客各一名ですな。しかし、その人物がはたして事件に関係があるかどうかは、いぜんとして不明であります」

「そこまで判明しているのだったら……」

浅見はじれったくて、よほど怒鳴りつけてやろうかと思った。

そのとき、ドアをノックして若い松沢刑事が顔を覗かせた。

「失礼します……あ、浅見さん、どうも、見えていたのですか」

松沢は親しげな声をかけた。浅見も「やあ、どうも」と、挨拶を返した。

「何だね？　余計なことは言わんで、早く用件を言えや」

結城が面白くなさそうに叱った。

「は、すみません、じつはですね、浅見さんに言われたように、ホテルの近所の酒屋を軒並み調べてみたのですが、そうしたら、大越デパートの食品売場で、事件当日の夕刻近く、あのワインを買った人物がいたのです」

「ほうっ、やりましたね」

浅見はすぐに歓声を上げたが、二人の上司は仏頂面をしている。

「やっぱり女性でしたか、それとも老人でしたか？」

浅見は意気込んで訊いた。

「はい、買ったのは女性だったそうです。それで、被害者の写真を見せたところ、宮崎さんではないということでした。はっきり憶えているわけではないと断った上でですが、だいたい三十歳前後の、きれいな人だったというのが、店員の感想です」

「女性……」

浅見は少し意外な気がした。いや、望ましくない気持ち――といったほうがいい。実際には、前述した「赤いフェアレディの女」による連続誘拐殺人事件のように、女性による犯罪――ことに殺人に到る犯罪は、それほど珍しいものではないのだが、なるべくなら、女性には殺人だけは犯してもらいたくないというのが、浅見の本音であった。

「どうしましょうか？」

松沢刑事は梅津と結城に、交互に視線を向けて訊いた。

「それはすぐに確認を取るべきですよ」

浅見が脇から言った。

「ワインのボトルに付着していた指紋を、その店員さんの指紋と照合してみてください。たぶん一致しますよ。それから、その女性は手袋をしていたはずですから、そのことも確認してください」

「はあ」

松沢が頷くのを、梅津が苦々しげに「おい」と制して、浅見に言った。

「あんたねえ、ここは警察なんだからして、私の部下に対して、無責任に勝手なことを指示しないでもらいたいですな」

「すみません」

浅見は素直に謝った。

「それから、あんた、ルポライターだそうだけど、ここで聞いた話は一切秘密にしていただきますよ。よろしいですな」

「分かりました。いや、もともと僕は、事件の取材に来たわけじゃないのですから、マスコミとは関係ありません。とにかく、一刻も早く犯人を捕まえていただけば、それでいいのです。これからも出来るだけのお手伝いをしますよ」

「冗談じゃない！」

梅津は声を荒らげた。

「お手伝いなんかしてもらわなくて結構。頼むから余計なチョッカイは出さないで、さっさと東京へ引き上げてくださいや」

「いえ、そうはいきませんよ。僕のほうの都合もありますからね」

「都合って……あんたにどんな都合があるっていうんです？」

「殺人事件を解決しなければなりません」

「な、何を言ってるんだ。そういう、警察の捜査を妨害するようなことがあれば、いくら被害者の知人であっても……」

「勘違いしないでください。僕が言っているのは、宮崎さとみさんの事件とはべつの事件のことなのですから」

「べつの事件？」

梅津ばかりでなく、結城も松沢もキョトンとした目を浅見に集めた。

第六章　交差する殺意

1

朝、玄関先で管理人に会ったら、青い顔をしていた。夏美がいつもどおりに「おはようございます」と挨拶したのに、何か考えごとでもしているのか、ぼんやりと表を見て、返事もしない。

「行ってきます」

夏美が靴音を立て、大声を出して脇を通り抜けて、はじめて気がついた。

「あ、あんた、岡田さん……」

管理人は慌てて、夏美の背中に向けて声を浴びせた。夏美が振り返ると、「ちょっとちょっと」と手招きして、小声で言った。

「今日は何時ごろ帰るかね？」

「そうですね、やっぱり九時か十時ごろになると思いますけど」

美容院の営業時間は午前十時から午後八時まで。しかし、若手は朝の九時ごろから出て、掃除やら準備やらをしなければならないから、インターン期間中とあまり変化はない。本来の美容の仕事のほうも、一応、二交替制ということになっているけれど、このところ、夕方からのお客が増えて、早番だからといって、定時に帰れるかどうか分からない日がつづいている。

「何か？」

「ああ、ちょっとな……そうか、あんたはまだ知らないんだ」

「知らないって、何がですか？」

「あんたの隣の宮崎さんのことだよ」

「宮崎さんがどうかしたんですか？」

訊きながら、夏美は不吉な予感がした。

「亡くなったんだよ」

「えーっ、うそっ……」

夏美は心臓が凍りついたような寒気に襲われた。

「いや、嘘や冗談でこんなこと言うものかね。ほんとうに亡くなった、それも、どうやら自殺らしい」

「自殺？」

「ああ、警察がやってきて、そう言っていた」

「そんな……いつのことですか？」

「三日前の晩だそうだ。新潟のホテルで死んでいるのを、一昨日《おととい》の午近《ひる》くになって、ホテルの従業員が見つけたらしい。一昨日の午後、連絡があったのだが、あんたはずっと留守だっただろう？」

「ええ、二日間の研修で合宿してて、昨夜遅くに帰ってきたもんですから……だけどそんなこと……宮崎さんが自殺だなんて、そんなことはあり得ませんよ」

「あり得ないって言ったって、事実、自殺しちまったんだから、しようがない」

「嘘ですよ、殺されたんですよ、それは」

「殺された？……」

管理人は脅《おび》えた目になって、辺りに気を配った。

「あんた、そういう、いいかげんなことは言わないでくれよ」

「いいかげんじゃないですよ、きっとそうに違いないわ、殺され……」

「やめなって！　近所に妙な噂でも立ったら困るじゃないか」

「だって、宮崎さんが自殺するわけ、ないじゃありませんか」

「そんなこと分かるもんかね。人それぞれ悩みがあるって言うだろう」

「だけど、宮崎さんは違いますよ。あの人、そんな、自殺するような弱い人間じゃなかったでしょう？」

無意識に過去形で言っていることに気づいて、夏美は胸が痛くなった。

「それはまあ、たしかに気の強い人ではあったけどねえ……」

「新潟で亡くなったんですか？」

「ああ、会社の仕事で行ったのだそうだけど、ホテルの部屋で毒を飲んで死んでいたって話だよ。このごろ、アメリカだとか中国のホテルで、観光客が殺される事件が起きてるけど、刺し殺されたとか、絞め殺されたとかなら、強盗か何かってこともあるだろうけど、毒を飲ます強盗なんて、聞いたことがないもんね」

「強盗なんかじゃなくて、きっと誰かに狙われていたんですよ」

「誰かって、誰さ？」

「宮崎さん、いろいろ調べていたから、その関係じゃないかしら」

「調べていたって、何を調べていたの？」

夏美はためらった。しかし、宮崎さとみが殺されたいまとなっては、何もかも言ってしまったほうがいいと思った。

「あの、私のいる部屋に前に住んでいた人、行方不明なんでしょう？」

「ん？　高島さんのことかね」

「ええ、行方不明になっていて、たぶん殺されていて、それであの部屋に幽霊が出るっていう噂があるんでしょう」

「ばかばかしい、そんなこと、嘘っぱちに決まってる」

「嘘かどうかはともかく、その噂があるために、あの部屋の家賃が安いことは事実でしょう？　女子大では、幽霊が出るって、もっぱらの評判で、借り手がなかったそうじゃないですか」

「うーん……」

管理人は返答に窮した。

「そのこと、宮崎さんがいろいろ調べてくれて、噂が本当なのかどうか突きとめるって言って……」

そのさとみが、もうこの世にいない——と思ったとたん、夏美は恐怖よりも悲しみのほうがつのって一気に涙があふれてきた。

「おいおい、こんなところで泣かれちゃ困るよ。わしが何かしたみたいに思われちゃうじゃないか」

管理人は慌てて、夏美を玄関の奥に押し戻した。夏美もわれに返り、ハンカチで涙を拭《ぬぐ》った。出勤時間であることも思い出した。しかし、こんなことが起きたっていうのに、知らん顔して仕事に出る気にはなれない。

「宮崎さんのご遺体は、いつ帰って来るんですか？」

「帰って？……いや、ここには来ないよ。ご家族が新潟へ行って、警察から直接、栃木の実家のほうに運ぶのだそうだ」

管理人にしてみれば、死体がアパートに帰って来なくて、まずは大助かりなのだろう。それにしても、「運ぶ」だなんて、物扱いした言い方をするのが腹立たしい。

「警察、また来るんですか？」

夏美は訊いた。

「ああ、もうじき来ることになっている。だけど、あんたが言ったみたいなこと、警察が知ったら、うるさいことになるよ。頼むから余計なことは言わないでおいてもらいたい。いいね、いいですね？」

「どうしてですか？」

夏美は呆れて、管理人を睨んだ。

「警察は事件のこと、調べに来るんでしょう？　だったら、ちゃんと事実を教えて上げるべきじゃないですか」

「冗談じゃないよ。警察は自殺だって言ってるんだから、何もややこしくすることはないだろうが」

「じゃあ、管理人さんは、宮崎さんが殺されたかもしれないのに、黙っていろって言うんですか？　それじゃ、まるで共犯者と同じだわ」

「なんてことを！……」

管理人は真っ赤になった。夏美は少し言い過ぎたかな――と思ったが、しかし、一方では本当に管理人のように黙っていたら、結局は犯人を助けることになるわけだし、それはつまり共犯者と同じだという気持ちに変わりはなかった。

「もし警察に訊かれたら、私は正直に話します」

「そんなことをして、宮崎さんと同じような目にあってもいいのかね？」

「えっ、それ、どういう意味ですか？」

「いや、あんたの言うとおりだとするとさ、宮崎さんは、その、行方不明だとか何だかを調べようとして、殺されたってことになるじゃないの。止《よ》したほうがいいよ、そんな危ないことは」

「………」

夏美は（変だな――）と思った。

（管理人はなぜそんなにも、事実を隠したがるのだろう？――）

「あの、ひょっとしたら、管理人さんは、高島さんていう人の行方不明のこと、何か知っているんじゃないんですか？」

「えっ、私が？……どうしてさ？　知るわけないじゃないの」

管理人は忙しく左右に手を振った。その仕種が、いかにも狼狽したように見えた。そのとき、「お父さん」と、管理人の妻の呼ぶ声が聞こえて、管理人はこれ幸いとばかりに自分の部屋に引っ込んだ。

その日は一日中、仕事をしていても心ここにあらざる状態であった。夕方、お客が立て込んできたせいもあって、シャンプー液をお客の洋服のそでにこぼしてしまうというヘマをやらかした。

いつも小うるさく文句を言う中年の客だったので、夏美はうろたえて「すみません、すみません」と、ただひたすら謝った。そのうちに、ペコペコしている頭がシャンプーの容器に「ガツンッ」とぶつかって、目から火花が散った。おまけに、ひっくり返ったシャンプー液が自分のスカートにたっぷり引っかかった。痛いし、情けないし、泣きたくなったが、お客はおかしそうに笑い出して、「これからは気をつけなさい」と、帰り際にチップまでくれた。

店長が心配して、「どうしたの？」と訊いた。

「岡田さんらしくないわねえ。疲れているのなら、お休みしなさい」

「すみません、そうじゃないんですけど……じつは、アパートの隣の人が亡くなったもんですから」

「そうなの」

「すっごくお世話になった人で、いろいろ気になって……」

思わず涙ぐんだ。

「だったら、今日は早くお帰りなさい。お通夜なんかもあるのでしょう？　あとはいいから、ね、そうしなさい」

優しく言われると、どんどん涙が込み上げて、収拾のつかないことになってきた。

アパートに帰りついたのは六時過ぎだった。ふだんより妙に静まり返って、何か事件があったような気配など感じられない。

管理人は夏美の顔を見ると、そっぽを向いた。

「警察、来たんですか？」

夏美は「ただいま」の挨拶代わりに、いきなり訊いた。

「ああ、来ましたよ」

「それで、あのこと、言ってくれました？」

「あのことって？」

「だから、宮崎さんがいろいろ調べていたってことですよ」

「そんなこと、私は知らないもの、言いようがないじゃないか。言いたきゃ、あんた、自分の口から言ったらいい。刑事はまた後で、みんなが帰ったころを見計らって、来るって言ってたから。だけど、あんた帰るのは九時か十時だって言ってたじゃないの」

迷惑そうに言うところを見ると、刑事が来るのは七時か八時ごろだな——と思っていたら、そのとおり、食事がすんだ七時半過ぎになって、二人連れの刑事がやって来た。

もっとも、一人の若いほうはちゃんとした刑事で、「新潟中央署の松沢です」と名乗ったが、もう一人のほうは「宮崎さんの友人です」と言って、名刺をくれた。

——浅見光彦——

肩書のない名刺だった。

「フリーのルポライターをやっていて、宮崎さんの雑誌に記事を書いたりしています」

「ああ、『旅と歴史』っていう本ですね？」

「ご存じでしたか。あの中にときどき僕の書いたものが掲載されています。伝説なんかが得意の分野です」

「あ、そういえば、以前、天河伝説のこと書いたの、見たことがあります」

「そうそう、あれも僕の原稿でした。読んでくれたんですね」

「ええ、宮崎さんが、これ面白いから読めって……」

夏美は後ろに手を伸ばして、本箱から『旅と歴史』を引っ張り出した。まだ読みさしの栞《しおり》が挟んである。その栞もさとみに貰ったものだ。それを思い出して、夏美はまた涙ぐんだ。

「あのォ……」と、松沢が、湿っぽい状況に割って入るように言い出した。

「宮崎さんのことについてですね、何か知っていることがあったら、話していただきたいのですが」

「はい、何でもお話しします」

夏美は決然と眉を上げて言った。

「警察は、宮崎さんが自殺したって思っているみたいですけど、私は絶対にそうじゃないと思います」

「ほう……」

松沢は驚いた目を浅見に向けた。浅見はニッコリ笑って、それに応えた。

「どうしてそう思うのですか？」

松沢は訊いた。

「だって、絶対に自殺なんかする理由がないですし、それに、宮崎さんはあることを調べていたのです。だから、きっとそのことで殺されたんだと思うんです」

「分かりますよ」と浅見が言った。

「この部屋の前の住人が、行方不明になっている事件のことですね？」

「ええ、あらっ、それじゃ、管理人さん、お話ししたんですか？　内緒にしておけって言ってたくせに」

「いや、管理人は何も言いませんでしたよ。昼間、べつの刑事が来て訊いたのですが、あのおじさんは、何も思い当たることがないの一点張りだったそうです。その話は、僕が宮崎さんから聞いたのです」

「えっ、そうだったんですか」

「ええ、じつは、宮崎さんに、その女性の行方を探してくれるよう頼まれたのですが、断ってしまったのです」

「あっ、じゃあ浅見さんが……」

夏美は一瞬、息を飲んで、それから非難するように言った。

「宮崎さんは、知り合いに頼りになる人がいるから、相談して上げるって、張り切っていたんです。でも、だめだったって、がっかりしていました。だから、宮崎さんは一人で調べはじめて、それでこんなことに……」

「すみません」

浅見は頭を下げた。

「ちょうどそのころ、僕のほうも差し迫った問題を抱えていたものだから、つい、つれない返事をしてしまったのです。しかし、女性が消えてしまったという話に、まさかこれほどまで深刻な背景があるとは思いもよりませんでした」

「じゃあ、いまは浅見さんも、行方不明事件と宮崎さんが殺されたことと、関係があるって思ってくれるのですね？」

「もちろんです。だからこそ、事件後すぐに新潟へ行って、宮崎さんの足取りなど、いろいろ調べてきたのです」

「でも、警察は自殺だって言っているのでしょう？」

夏美は松沢刑事のほうを見て、言った。

「いや、警察もいまは他殺説に傾いていますよ」

松沢は申し訳なさそうに言った。

「これもすべて浅見さんのお蔭なのです。たとえば、密室の謎を解いてくれたのも、それから、毒物を飲んだワインが売られた店や、買ったお客のことなんかを割り出せたのも、全部、浅見さんのアドバイスがあったればこそです」

「そうなんですかァ……」

夏美は尊敬の眼差しを浅見に注いだ。

浅見は赤くなって、夏美の視線をはずし、「いやいや、大したことでは……」と頭の後ろを掻いている。

2

岡田夏美の話によると、アパートの隣室の女性――高島深雪――の行方を追って、宮崎さとみはかなり精力的に動いていたらしい。もっとも、仕事の合間にすることだから、なかなか思いどおりには進捗《しんちょく》しなかったのはやむを得ない。それでも、休みごと、こまめに何かと情報を仕入れて来ては、その結果を夏美に報告している。

浅見と松沢刑事は、夏美から聞いた、宮崎さとみの「捜査」に基づいて、捜査を進めることにした。

さとみはまず、アパートの管理人から、高島深雪がいなくなった前後の経緯を聞き出したという。二人は夏美の部屋を辞去すると、管理人室を訪れた。

「もう済んだのですか？」

管理人は媚《こ》びるような目つきで言った。

「ええ、岡田さんのところは済みました。あとは管理人さんから、高島さんがいなくなった前後の話をお聞きしたいと思います」

新潟中央署の梅津たちとの約束で、浅見が捜査に同行することを認める代わりに、質問はもっぱら松沢がすることになっている。

「高島さん？……」

管理人は目を丸くした。

「宮崎さんが亡くなったのに、なんでまた高島さんのことを？」

「なぜ調べるのかは警察の考えでやっていることですので、ご協力いただきたい」

松沢は怖い顔を作った。

「はあ」

管理人は仕方なさそうに、部屋の中に二人を入れた。客の二人が昼間の刑事とは別人で、おまけに、どことなく鋭く切れそうな感じがすることに、管理人は不安を抱いている様子だ。

管理人室はいわゆる2DKタイプの部屋で、ドアを入ったとっつきがリビングルーム、奥が寝室になっているらしい。夫婦二人きり、子供はいないそうだ。管理人夫人は無表情に挨拶して、お茶を出すと、奥へ引っ込んだきり出てこなかった。

まず型どおり、松沢刑事が基本的なことを訊いた。

管理人の名前は佐田俊夫という。歳は六十七で、千葉県の製鉄関係の会社に勤めていたが、体をこわして二十年ばかり前に退職、以来ずっと、アパートの管理人をしている。ここのアパートが建て替わる前の建物の時代からだそうだ。

驚いたことに、管理人は高島深雪の素性について、ほとんど知識がないのだそうだ。賃貸契約の手続きは不動産屋任せだったし、日常の付き合いも挨拶程度で、どういう仕事をしているのか、家族はいるのか――といったプライベートなことは一切、ノータッチだったという。

「ですからね刑事さん、私は高島さんがいなくなった理由も原因も知らないのですよ」

佐田は、刑事が本論を持ち出す前に、機先を制すように言った。

「ええ、それは分かってます」

浅見は微笑を浮かべて、宥《なだ》めるような口調で言った。

「ただ、高島さんがいなくなったときのことを、佐田さんが見たまま聞いたまま、お話ししてくだされぱいいのです」

「それだって、どうってことはありませんよ。ある日、気がついたらいなくなっていた。要するにそういうことです」

「いつごろ気がついたのですか?」

「はっきりいなくなっているのに気がついたのは、たぶん十日ぐらい経ってからだと思いますよ。うちのアパートでは、長期間留守にするような場合には、事前に管理人に断っておくよう、住人に申し送ってあるのです。でないと、宅配便が届いたり、新聞が溜まったり、いろいろ不都合な問題が生じかねませんからね。高島さんは、もちろん、そういった手続きを踏まずに消えてしまったのです。溜まっていた新聞のいちばん古い日付が十二月三十日のものでしたか。ちょうど暮から正月にかけてだもんで、はじめの何日かはどこかに旅行でもしてるのかって、気にもならなかったが、一週間経ち十日経ちして、ぜんぜん顔を見ないし、部屋にいる気配もないことに気づいて、これはおかしい——と思いましてね」

「おかしいと思っただけで、放置しておいたのですか?」

松沢が尋問口調で訊いた。

「家賃なんかは、ちゃんと払ってあったのですか？」

「いえ、家賃や光熱費の支払いは、銀行の自動引落としですから問題はありません」

「あ、なるほど」

「しかし、いるべき人間がいないというのは、やっぱり気持ちのいいものではないですからねえ。それで、一応、念のために部屋の中を覗かせてもらったのですが」

「ほう、見たのですか？　それで、変わったことはなかったですか？」

松沢は死体でも転がっていなかったか——と、期待を込めて訊いている。

「いや、べつに。部屋の中はきちんとしていたし、真新しい洋服ダンスだってそのまだし、そのままいなくなるような雰囲気ではありませんでしたよ。だから、私も取り越し苦労かなと思って、しばらくほっぽっておいたのです。そうしたところが、それからまた十日ぐらいして、高島さんから電話がかかってきて、急に引っ越すことになったっていうのです。それで、荷物を引き取りに運送会社の人が行くのでよろしくと、一方的に言うだけ言って、電話を切って、その次の日に荷物を取りに来て、それっきり連絡もなし」

管理人は憮然《ぶぜん》として、唇を尖らせた。

「その電話は確かに高島さんでしたか？」

「でしょうなあ……といっても、絶対に間違いないかって言われると、何とも言えませんがね」

「運送会社はどこの会社だったか、分かりませんか？」

「いや、ふつうの引っ越し屋さんじゃなかったですかねえ。大した荷物じゃなかったし、小さなトラックで、年輩の人と若い人と二人で来て、チョコチョコッて運んで行きましたよ」

「そのときも高島さんは姿を見せなかったそうですが、運送屋を信用して構わなかったのですか？」

「ええ、前もって電話がありましたし、それに、高島さんの部屋の鍵も二つ、ちゃんと返してくれましたからね」

「荷物の運び先とか、その後の連絡先は聞いておかなかったのですか？」

「いや、それがですね、連絡先の住所を控えたメモを無くしちまったもんで。どうせ、そのうちに連絡があるだろうと楽観していたのですが、とうとうそのまんまです」

「あと、アパートの敷金の清算なんかはどうしたのですか？」

「それは不動産屋さんのほうでやったと思います。私は大家さんから管理を任されているだけですから」

「なるほど……」

松沢は（どうですか？——）という目を浅見に向けた。管理人の言うこと自体には、べつに不審はないように思える。宮崎さとみが管理人の話として岡田夏美に伝えた内容とも、ほぼ一致していた。

「そのときの運送屋さんのトラックはどんな型のものでしたか？」

浅見は訊いた。

「さあ、どんなって言われても、ごくふつうの小型トラックでしたよ。車のことは詳しくないもんでねえ。色は青だったかな？　せいぜいそのくらいですなあ」

「車に会社名は書いてなかったのですか？」

「ええ、ありませんでしたね」

「ほう、社名が書いてないのに、よく運送屋さんだと分かりましたね。自家用の車で、知り合いの人が頼まれて来たということはなかったでしょうか？」

「えっ？……いや、そんなふうには見えなかったですが」

管理人は意表を衝《つ》かれたように、たじろいだ様子を見せた。松沢がそれに気づいて、(おや？――)という顔をしたが、浅見は気づかないふりをして、言った。

「車のナンバーなんかも憶えていないでしょうねえ？」

「はあ、まったく分かりません」

「運送屋さんは年輩の人と若い人と、二人でしたね。それ以外にどんな特徴がありましたか？　たとえば服装なんかは」

「あ、そういえば運送屋の服装でしたよ。カーキ色の上下揃いの作業着で、同じ色の帽子を被っていました。だからそう、運送屋だと思ったのだし、間違いありませんよ」

管理人はさっきの失点を取り戻せて、ほっとした顔色になった。

「だけど、近頃は人材不足なんでしょうかなあ、なんだか素人っぽくて、荷物を運ぶのを見ていても、へっぴり腰で、頼りない感じでした」

話し方にも余裕が出てきた。

「引っ越しは一月でしたね？」

「そうです。一月十八日――えーと、あれはたしか土曜日だったかな？……おい、そうだったな？」

管理人は隣室の夫人に声をかけた。「ああそうだよ」と、夫人は素っ気なく答えた。

「だ、そうです」

管理人の亭主は恐妻家らしく、照れくさそうに笑った。

「何時ごろ、来ましたか？」

「十一時過ぎごろですな。女房が食事の支度を始めようってころにやって来て、昼前には引き上げましたから」

「その際、管理人さんは運送屋と話をつけたり、荷物の運び出しを手伝ったり、鍵を受け取ったりしたのですね？」

「いや、荷物運びの手伝いみたいな、そんな余計なことはしませんよ。第一、私は体が丈夫なほうじゃなくて、重い物を運ぶのは、むしろ女房のほうに任せるくらいなのです」

「そうですか」

浅見は笑顔を見せながら、言った。

「それじゃ、その洋服ダンスを運ぶときも、奥さんが頑張られたのですね？」

「えっ……」

管理人はもちろん、松沢も驚いて、浅見が指差した先にある、貧弱なインテリアのリビングルームの中でひと際目立つ、新しい洋服ダンスを見た。

「……ええ、そうですが……だけど刑事さん、よく分かりましたなあ」

管理人は浅見のことも、てっきり刑事だと信じている。

「それは分かりますよ」

浅見は苦笑した。

「さっき管理人さんは、二人の運送屋が来て、チョコチョコッと運んで行ったとおっしゃったでしょう。それに、十一時過ぎ——食事の支度を始めるころに来て、昼前には帰って行ったというのですから、よほど簡単な引っ越しだったにちがいありません。ヘッピリ腰の素人じゃ、とても、この立派な洋服ダンスを運び出すことはできなさそうです。それどころか、運送屋は高島さんの身の回りの品だけを持ち出して、冷蔵庫や机や椅子なんかも置いて行ったのではありませんか？」

佐田管理人は、口を閉じ、目を点にして、浅見の口許《くちもと》を見つめた。

「驚きましたなあ……」

しばらく間を置いて、言った。

「じつは刑事さんの言うとおりなのです。運送屋は、衣類や化粧品や本、それから女のひとのこまごました小物類を段ボールに詰め込んで持ち出しただけで、冷蔵庫も洗濯機も机も、とにかく大きい家具類は全部置いて行ったのです。私がどうするのか訊いたら、適当に処分してくれって言いましてね。だから、このタンスも冷蔵庫もうちで頂戴しました。洗濯機は親戚の者にプレゼントして、喜ばれましたよ」

「なるほど、そうすると、高島さんという人は、ずいぶん気前がよかったのですねえ」

「まあ、そうなのでしょうなあ」

「このタンスだって、いまでも新品同然ですが、おそらく買ったばかりでしょう」

「いや、じつはそうなんですよ。暮の二十五日に買ったものでした」

「というと、高島さんがいなくなる直前じゃありませんか？」

「そうです。だからね、私はもったいないなあって思って、いいんですかって何度も念を押しましたが、いらないって言うもんですからね」

「変ですねえ、すぐにいらなくなるのに、新しい家具を買ったのですか」

「は？　いや、嘘じゃありませんよ、ほんとにいらないって言ったんです」

佐田は妙な言い掛かりをつけられてたまるか――というように、力説した。

「この家具を運んで来たのは、家具屋さんでしたか？」

「いいや、私と女房とで……」

「あ、そうじゃなくて、最初、高島さんが買ったときに、という意味です」

「いや、運送屋です」

「さっきと同じ運送屋ですね？」

「そうです」

佐田は、まだ何かケチをつけられるのか——と、不安そうに答えた。

松沢は「えっ？」と怪訝な顔を浅見に向けてから、佐田に訊いた。

「家具を運んで来たのも、引っ越しのときと同じ運送屋だったのですか？」

「そうですが」

だからどうした？——というように、佐田は松沢を見た。松沢は一瞬、不審を感じたように首をかしげたが、結局、何も思いつかなかったらしい。

浅見はニコニコ笑って言った。

「古いタンスはどうしたのでしょうか？」

「それは、新しいのと引き換えに、運送屋が引き取って行きましたよ」

「そのときは、高島さんはまだあの部屋に住んでいたのですね？」

「えっ？　もちろんいましたよ」

「それで、高島さんはどうしてました？」

「どうしてって……運送屋がタンスを運ぶのを手伝ったりしてました」

「ほう、タンス運びを手伝ったのですか」

「ああ、手伝ってましたな。たぶん見兼ねたのでしょう。何しろ、じいさんと若いのとで、頼りない運送屋なんだから」

佐田は自分の「じいさん」を棚に上げている。

「もういちど訊きますが」と浅見は言った。

「そのとき管理人さんが見た女性は、間違いなく高島さんでしたか？」

「間違いなくって……それ、どういう意味ですか？」

「ほら、よく推理小説にあるでしょう。死体を運び出す方法にタンスを利用したりするのは、よくある手です」

「じょ、冗談じゃない！……」

佐田は青くなった。

「いや、冗談で言っているわけじゃありませんよ。高島さんが消えたのが、そのタンスが取り替えられた日からだとしたら、そういう可能性もありますからね」

「ばかばかしい……」

佐田は「ふーっ」と吐息をついた。

「脅かさないでくれませんか。いや、私が見たのは間違いなく高島さんですよ。殺されてなんかいませんよ」

「それならいいのですが……しかし、そのタンスはいかにも重そうだったのでしょう？」

「え？　そりゃまあ、たしかに重そうではありましたがね」

「新しいタンスを運び込むときは、どうでしたか？　高島さんは手伝いましたか？」

「いや、手伝っていませんな」

「それはおかしいですねえ、二階へ上げるほうが、下ろすより大変だと思いませんか？」

「それはそうですが……しかし、とにかく高島さんは生きてましたよ。私がこの目でちゃんと見ているし、それにそうだ、運送屋が帰ったあと、お騒がせしましたって、挨拶に来たのだから、間違いないですよ」

佐田は浅見のしつこさに、憤然として声を張り上げた。

「そうですか、それならよかった。僕の想像も取り越し苦労というわけですか」

浅見は軽く頭を下げ、松沢に「それじゃ、行きますか」と言って腰を上げた。

3

佐田管理人は玄関まで送って来た。厄介《やっかい》ばらいができるのを、しんからほっとしている様子だった。

浅見は玄関先の石段を一歩二歩と下りて、思い出したように振り向いた。

「そうそう、佐田さん、ちょっと来てくれませんか」

管理人を手招きして、門の外まで行くと、声をひそめて訊いた。

「つかぬことをうかがいますが、引っ越しの際、運送屋からいくらもらいました？」

「え？……」

佐田は薄暗い門灯の明かりでも、はっきり分かるほど、狼狽した。

「な、何てことを……そんなもの、何ももらうわけがないでしょうが。いくら警察だからって、そういう、人を馬鹿にしたようなことを言っていいのかね？」

「あ、間違いだったら謝ります」

浅見はばか丁寧にお辞儀をして、

「しかし、これから運送屋を探し出して、事情聴取をすることになりますが、その結果、あなたになにがしかの謝礼等が渡されていた場合、その事実を奥さんにお知らせしても構わないのですね？」

「えっ……」

佐田は息を飲んだ。

「ちょ、ちょっと……待ってくださいよ……分かりました、たしかに貰いましたよ。いや、私のほうから請求したわけじゃありませんがね、いろいろ面倒かけるからって……もちろん断ったのですが……」

「いくらですか？」

浅見は管理人の言い訳を遮るように、冷たく訊いた。

「だから、あれですよ、迷惑料として……三十万です」

「なるほど、連絡先のメモを無くすには、妥当な金額なのでしょうね」

「えっ……」

管理人はヨレヨレのハンカチを出して、額から首筋にかけて、汗を拭った。

それを尻目に、浅見は「どうも、失礼しました」と歩きだした。

松沢は二、三歩遅れてついてきて、角を曲がり、管理人が見えなくなるのを待ちかねたように、「いまのあれは、いったいどういうことですか？」と訊いた。

「要するに、管理人は運送屋に連絡先を聞こうとして、買収されたのです」

「えっ、ほんとですか？　あの野郎、ひとを馬鹿にしやがって」

松沢は回れ右をしかけた。あらためて尋問をやり直す気だ。

「まあまあ、いいじゃありませんか」

浅見は笑いながら言った。

「管理人を叩いたって、どうせ連絡先は分かりませんよ」

「しかしですね、警察としては、虚偽の供述と知っていながら、放置しておくわけにはいきません」

「そう固いことを言わないで、許して上げなさいって。それに、あのおじさんにも、いろいろ苦労があるでしょう。怖い奥さんの尻に敷かれる日々に、せめて、ささやかな楽しみぐらいあってもいいじゃないですか」

「そうですかねえ……」

松沢は不承不承、後ろを振り返り振り返りしながら、それでも、浅見と肩を並べて歩きだした。

「さっき浅見さんが言ったことで、ちょっと気になったのですが」

松沢は言った。

「高島深雪が洋服ダンスを買い換えたとき、古いタンスの中に死体を入れて運んだのじゃないかとか、浅見さんはずいぶんしつこく、いやがらせを言ってましたが、あれはどういうことですか？」

「いやがらせではありませんよ」

浅見は険しい顔で言った。

「その洋服ダンスの中には、たぶん死体が入っていたのだと思っています」

「えーっ、ほんとですか？　本気で言ってるんですか？」

「もちろん本気です。だってそうでしょう。あんなピカピカの新品を、惜しげもなくくれてやっちゃうくらいなのに、使い古したタンスを大事そうに運んだというのは、おかしいとは思いませんか？」

「あっ、なるほど……しかし、だからといって、それだけでは……」

「洋服ダンスを二階に運ぶときには二人で運んだくせに、下ろすときは三人がかりだったのですよ」

「………」

「それに、タンスが入れ替わってすぐ、高島深雪は消えてしまった……これだけの状況があって、死体が運搬されていないとしたら、この世の中には怪しいことは何もないと思っていいでしょう」

「うーん……それじゃ、高島深雪はやっぱり殺されていた……いや、あのおやじは生きていたって言いましたね。そうか、あの野郎、それも嘘だったのか……」

今度こそ引き返そうとする松沢の腕を、浅見はあやうく摑んだ。

「高島深雪が生きていたっていうのは、嘘じゃありませんよ。そんな嘘は通用しないでしょう。ほかにも、アパートの住人に目撃者がいるでしょうからね」

「えっ？　だったら、タンスの中の死体というのは？」

「別の人物——たぶん女性だと思います。何しろ、男子禁制のアパートですからね。じつは、宮崎さとみさんが話していたのですが、クリスマスイヴの晩、高島深雪の部屋から女の怒鳴り声が聞こえたのだそうです。誰か客があったのでしょうね。そして、その客が帰ったかどうか、目撃者はたぶんありません」

松沢はギョッとして足を停めた。浅見は五、六歩行き過ぎて振り返り、苦笑した。

「そんなところにいないで、早く行きましょう。ホテルまでお送りしますよ」

すぐ目の前に、違法駐車のソアラが横たわっていた。浅見は松沢に構わず、ドアを開け、車にもぐり込んだ。

「だけど浅見さん」と、松沢は慌ててやってきて、助手席に尻を乗せながら、言った。

「別の人物っていうのは、いったい何者なのですか？」

「ははは、いくら何でも、それはまだ分かりませんよ。明日にでもなれば、少しは手掛かりが摑めるかもしれませんけどね」

「明日って、明日はどこへ行くつもりですか？」

「まず不動産屋から始めましょう。宮崎さとみさんがそうしたように、です」

さとみの名前を言うときには、浅見は厳粛な気分になった。

松沢は新宿の安いビジネスホテルに泊まった。そんなところより、浅見としては、松沢に好感を抱いているから、自分の家に泊めて上げたいのはやまやまだが、浅見家の諸般の事情からいって、そうはいかない。

翌朝、浅見は十時に松沢を迎えに行くのがやっとであった。九時過ぎに、母親に「いつまで寝ているの」と叱られ、やっと目が覚めた。体は綿のように疲れきっていた。

松沢は対照的に張り切って、ホテルのロビーを動物園のクマのように行ったり来たりして、浅見を待ち受けていた。

「ゆうべ、あれから浅見さんが言っていたことをいろいろ考えたら、眠れなくなりましてね、この先どうなるのか、一刻も早く知りたいのですよ」

まるで、コミック雑誌の連載マンガのつづきを待つ、アホな大学生みたいなことを言っている。

不動産屋は五日市街道に面した四階建てのビルの一階にあった。二階と三階の窓に「貸室」の紙が貼《は》ってあるところを見ると、元々はそこも使っていたのが、バブルがはじけて、規模を縮小したのかもしれない。いまは「会社」というより「周旋屋《しゅうせんや》」と呼んだほうがぴったりの、ちっぽけな店だ。表のガラス戸に、沢山の「物件」が表示されている。

入ったところがいきなりオフィスのワンルームで、「社長室」はカーテンのような衝立《ついたて》で仕切られている。その脇にトイレのドアが見える。

社長のほかには、従業員は、無気力そうな若い男と事務の女性の二人だけが在席していた。デスクは六脚あるけれど、それ全部は使っていないらしい。あと何人の社員が実在するのか知らないが、とにかく閑散とした雰囲気であった。

社長は岩村という、五十がらみの痩せ型でメガネをかけた、見るからに狡猾《こうかつ》そうな人相の男であった。

「どうも不景気でしてねえ。不動産屋はいまがどん底ですわ。まあ、これ以上悪くなることはないので、気は楽ですけどね」

フロアの中央にある、かなり傷んだ応接セットに案内して、腰を下ろすなり、岩村社長はまずボヤキを言った。

「それで、ご用件はハイツ白百合の宮崎さんの自殺についてですか？　昨日も刑事さんが見えて、ひととおりのことはお話ししたのですがねえ」

「申し訳ないが、われわれは別口なもんで、もういちど話を聞かせてください」

松沢は低姿勢で言った。

「話っていっても、宮崎さんをうちでハイツ白百合にお世話したということぐらいでね。ほかには何も知りませんよ」

「最近になって、宮崎さんがこちらに来たのじゃありませんか？」

浅見が松沢に代わって訊いた。

「えっ？　ええ、見えたことは見えましたけどね」

「高島深雪さんのことについて、訊きに来たのでしょう？」

「そう、ですが……よくご存じですなあ」

岩村は目を丸くした。

「警察は何でも知っているものですよ」

浅見は平気な顔をして、言った。

「それで、あらためてお訊きするのですが、高島深雪さんはどこへ行ったのか、知りませんか？」

「いや、それは分かりませんなあ。管理人の佐田さんに聞いてみてくれませんか」

管理人が知らないことを承知の上で言っているのは、ありありと見て取れる。

「しかし、契約や解約の手続きはこちらでするのじゃありませんか？」

「ええ、契約のときはここでしましたが、解約は管理人からの通告だけでしたよ。ご本人がいなくなっちまったんだそうだから、どうしようもないのでしょうな。もっとも、金銭的には迷惑を被《こうむ》っていないのだから、うちとしてもどうでもよかったですけどね」

たしかに不動産屋の言うとおりかもしれない。迷惑どころか、敷金の清算をしなくて済んだのだから、かえって儲かったといえる。

「契約の際には、ハイツ白百合に住む前はどこにいたのかとか、職業は何なのかとか、そういった身元調査のようなことはしないのですか？」

「身元調査ってことはないですが、一応、聞くことは聞きますよ。といっても、お客さんが言うことを信用するっきゃありませんからねえ。だいたい、ハイツ白百合の場合はT女子大の学生さんがほとんどですから、まあ身元はほとんど間違いないのです。今回の宮崎さんみたいなことがあるもんで、これからはなるべく女子大生だけにしたいって、大家さんは言ってました」

「高島さんのときはどうだったのですか？　身元はしっかりしていたのですか？」

「まあ、そう言っちゃなんだが、若いひとじゃないですからね、家出娘だとか、そういう心配がない以上、べつにこまごましたことは訊きません。ただ、結婚していないとか、そういった程度のことですかな」

「仕事は何をしていたのでしょうか？」

「弁護士事務所に勤めているっていうことでした。自分も司法試験の勉強をしていて、将来は弁護士になるつもりだと言ってました。もちろん確認したわけじゃないですから、ほんとうかどうかは知りませんよ」

「本籍地や前の住所はどこですか？」

「いや、それなんですがね、本籍地はともかく、いきなりいなくなっちゃったもんで、契約解除のことなんかで連絡しようと思って、前住んでいたアパートの住所を調べて分かったのですが、そこにはアパートなんかないのですよ。古い大きな屋敷があって、もちろん高島深雪なんてひとは知らないって言ってました。つまり、ハイツ白百合に来る際、何かワケありで、行方をくらましたかったんじゃないかって思いましたけどね。そういえば、管理人さんも言ってたけど、近所付き合いもいっさいしないような、変わったひとだったそうですよ。弁護士事務所っていうのもほんとうかどうか……きちんきちんと出勤してるって感じじゃなかったみたいだしね。ひょっとしたら、夜の勤めじゃないのかと思いました」

「誰か、パトロンのような人物がいたとか、そういう形跡はありませんか？」

「パトロンですか？　しかし、あそこは女性専用アパートですよ」

「外部で会うほうが安全ということはあるかもしれません」

「なるほど、それはそうですな」

岩村社長は、（見かけによらないことを言う——）という目で、浅見の顔をしげしげと見た。

「そういえば、パトロンか彼氏か分かりませんがね、二度ばかり車で送ってもらって帰ってきたのを、見かけたことがありますよ。時間はそう遅くなかったもんで、水商売関係に勤めていて、お客に送らせたわけじゃなさそうだったな。それも、アパートからかなり離れた場所で降ろしていたから、あれはやっぱりふつうの関係じゃないでしょうな」

「ほうっ」と浅見は意気込んで訊いた。

「その車ですが、タクシーですか？」

「いや、マイカーの、国産だがけっこういい車でした」

「運転していたのは年配の紳士ではありませんでしたか？」

浅見はもちろん、多岡を念頭に浮かべたのだが、岩村は首を横に振った。

「若い男でしたよ。暗かったし、急いで行ってしまったもんで、あまりはっきりは見えなかったですがね」

浅見の脳裏にもう一つの人物像が浮かんだ。

「ところで、高島さんがいなくなったあと、あの部屋に幽霊が出るという噂が立ったそうですね。それで借り手がつかなくて、家賃を値下げしたとか」

「ええ、たしかにね、女子大生のあいだでそういう噂があったことは事実ですよ。噂の火元は、ハイツ白百合に住んでいる女子大生だそうで、去年の暮に、たまたま夜中に高島さんの部屋の前を通りかかったら、悲鳴が聞こえて、高島さんがドアから顔を出したっていうのです。まるで幽霊でも見たような顔だったたっていうのが、いつのまにか、高島さんの幽霊だってことになっちまって……」

「ほう、すると、元々は高島さんの幽霊ではなかったのですか……」

「そうなんですよ、まったく迷惑な話でしてね。それで学生たちが怖がって、あの部屋に借り手がつかないもんで、大家さんがいつまでも空けておくのはもったいないし、部屋も傷むし、多少値下げしてもいいから、誰かに入ってもらえって言うんで、そうしたのですが」

岩村社長の話を聞きながら、浅見と松沢刑事はしだいに深刻な表情に変わっていった。冗談のように言っていた、洋服ダンスで死体を運んだ——というのが、にわかに現実味を帯びてきた。

4

自宅に電話を入れると、須美子が出て、例によって緊張した口調で言った。

「目白警察署の中野さんから電話がありました。大至急ご連絡願いたいっておっしゃってましたけど、また何かややこしいことになっているんですか？」

「ははは、べつにややこしいことになんか、なってないよ」

「だったらいいんですけど……坊ちゃま、このごろ、ちょっと忙しすぎるみたいで、心配なんです」

「ありがとう。でも当人はいたって快調だから、心配しないで大丈夫」

事件から事件へと追いかけられるような、文字どおり東奔西走の日々であった。こういうときの自分は、寝不足のせいばかりでなく、きっと血走った目をしているのだろうな——と、浅見は須美子の優しい言葉に、少しほろりとした。

中野部長刑事は電話にへばりついていたように、最初のコール音が鳴ったとたん、受話器を取った。

「あ、浅見さん、ニュースニュース」

挨拶抜きで言って、ひと息ついて、

「例の犬の人形、あれ、どうやら一致するみたいですよ」

「そうですか、やっぱり……」

浅見は日本玩具歴史館の「犬乗り童子」の人形を思い浮かべた。

「昨日、浅見さんから電話をもらって、すぐにうちの鑑識の者が新潟に飛びまして、浅見さんが言っておられた、朝日村の日本玩具歴史館というところにある人形を借りてきて、例の破片と照合しました。もちろん、手作りのもので、模様なんかは微妙に違うし、年代も多少違うみたいですが、とにかく、ホテル『四季』の事件現場に落ちていた陶器片はその犬の人形の足の形状と模様が同一のものでありました。素材の土の化学的な分析結果もほぼ一致したそうです」

中野は興奮ぎみに一気に喋った。

「それはよかったですね」

「いやあ、浅見さんのお蔭ですよ。私も大いに面目を施しました」

「そう言っていただくと僕も嬉しいです。しかし、だからといって、飛躍的に事件の謎解きが進むわけではありませんけどね」

「そんなことはありませんよ。とにかく、その人形と同じものが凶器である可能性が分かっただけでも、たいへんな前進です」

中野は力強い口調で言ってから、ややトーンを落とした。

「おそらく、犯人は人形の本体は持ち去ったが、破片が落ちたことには気づかなかったのでしょうなあ。それにしても、なんだって、そんなものを凶器にしたのですかね？」

「ほんとですね」

浅見はホテル『四季』713号室で、犬乗り童子を振り上げ、島田清二の頭めがけて打ち下ろす犯人の姿を想像した。

男か女か――まだ顔のない人物である。

「あ、そうそう、それから浅見さんに頼まれていたもう一つの件、例のパーティにですね、たしかに竹間建設の多岡英三郎という人と、建設省の石沢洋志という人物が出席してましたよ」

「そうですか、それはすごい！」

浅見は全身にエネルギーがみなぎるのを感じた。

「中野さん、これからそちらへ伺います。新潟中央署の刑事さんもお連れします」

「新潟？……」

中野はまだ宮崎さとみの事件のことを知らないから、戸惑っている。

「詳しいことは後ほど、とにかく、あと二十分かそこいらで着きます」

浅見は早口で言って、受話器を置いた。しばらくそのままの姿勢で、高ぶった気持ちを鎮めてから電話ボックスを出ると、待機していた松沢に「行きましょう」と合図して、ソアラへ向かって大股《おおまた》に歩きだした。

漠然とだが、いろいろなデータが絡み合い、交錯しつつある気配はひしひしと感じられた。一歩、歩むごとに、形が組み上がってゆくようでもあり、せっかく形を成したものが一歩ごとにボロボロと崩れてしまいそうな不安もあった。松沢は黙りこくった浅見から、やや遅れぎみに、緊張した面持《おもも》ちで足を運んだ。

目白署では、中野部長刑事と一緒に、藪中刑事課長も浅見を迎えた。藪中は満面の笑みをたたえて、「やあ、お世話になります」と挙手の礼を送って寄越した。もっとも、それは浅見の「発見」に対してのものではないことが、すぐに分かった。

「あれから、戸塚署の橋本さんに聞いたのですが、浅見さんは浅見刑事局長さんの弟さんなのだそうですなあ。どうもお人が悪い。最初からそうおっしゃってくださればよかったのにねえ」

「いえ、兄は兄、僕は僕ですから、お気になさらないでください」

浅見は恐縮して、背を丸めた。

「まあ、とにかく、よろしくご指導のほどお願いします」

調子のいい藪中とは対照的に、中野は憂鬱そうな顔をしている。さっきの電話のときの意気込みはどこへ行ってしまったのか？——と、浅見は不審に思った。中野は二人の客を取調室に案内したが、またしても応接室でないことも、妙な感じである。

「いましがた、捜査主任の安藤警部に呼ばれましてね、どうも、あの警部は、犬の人形を突き止めたことを、あまり評価してくれないのですよ」

取調室に入ると、中野は悔しそうに言った。それが中野の憂鬱の原因であった。

「そうですか……」

浅見も少しいやな気がした。捜査の専門家である警視庁捜査一課の警部としては、素人ごときに先を越されたのが、あまり愉快ではないことは理解できるにしても、それは頑迷というものではないか――。

「まあ、仕方がありませんね。ちょうどいい機会だから、しばらくのあいだは、われわれだけでやることにしましょう」

浅見は空元気の笑顔を見せて、言った。

薄暗い取調室で、浅見と中野と松沢が額を突き合わせるように坐った。傍《そば》から見ると、よからぬ相談でもしているような、不穏な雰囲気である。とはいえ、この鼎談《ていだん》が、宮崎さとみの事件と島田清二の事件とを、警察レベルでジョイントさせる最初の顔合わせであった。

浅見は二人の刑事に、これまで自分が収集したデータをすべて伝えた。

浅見が、島田清二のいわばダイイングメッセージである「アサヒ」を尋ねる旅の延長線上で、宮崎さとみの「捜査線」とクロスしたことは、その意味するところが分からないなりに、二人の捜査官にとっても手に汗握る感動的な瞬間であった。

「何なのでしょうかなあ……」

中野はうめくように言った。

「こんなことを言うと、馬鹿にされるかもしれませんが、いま浅見さんの話を聞いて、背筋がゾクゾクッときたのです。ウチのほうの事件と松沢さんのところの事件とでは、発生の場所も状況もまったく別物のようですが、ひょっとすると、どこかで繋《つな》がっている……いや、根っ子は一緒じゃないか——なんて、そんな気がしました」

言ってから、照れたように苦笑したが、浅見も松沢も笑わなかった。

「自分も同感です」

松沢は若者らしく、まるで上司に報告でもするように、真っ直《まっす》ぐ顔を上げて言った。

「たしかに、浅見さんのお話を聞いて、ドキッとするものがあったです。こんなことは刑事になってはじめての経験です。何か、運命とでもいうのでしょうか、そういったことを感じたです」

「運命ねえ……そうかもしれませんな。そういうものがあるのかもしれません」

中野も深刻な表情で、何度も頷いてから、言った。

「ただ、いま、われわれが感じたようなショックを、上の人たちも感じてくれるかどうかは保証できません。たとえば、ただちに合同捜査本部を設置する——などということになるかどうか……」

「それはまだ難しいでしょうね」

浅見はあっさり肯定した。

「僕のような素人が見つけてきたことに、警察組織がいちいちまともな反応をしていたら、きりがありませんもの。それに、二つの事件がクロスしたといっても、空気と空気が触れ合ったような、あるかないか分からないような次元の話です。これがかすかでも形あるものに見せることができたら、やっと警察も腰を上げるというものでしょう」

「どうも、そう言われると、私も耳が痛いですなあ。しかし、たしかに、正直な話、浅見さんの言われるとおりだと思います。どうです松沢さんのほうは？」

中野が笑顔を向けると、松沢も「はあ、たぶん」と頷いた。

「今回、自分が浅見さんと同行することになったことについても、上司はあまり賛成されていなかったです。すでに捜査員が上京していたこともありますが、浅見さんが熱心に説得されたにもかかわらず、自分のような下《した》っ端《ぱ》を一人しか出さなかったのも、そのあらわれでありまして……」

「いや、松沢さんのような新進気鋭の人がいちばんの適任ですよ。僕としても、あまり警察の色に染まっていないで、事柄を直視できる人に来ていただきたかったのです」

「ははは、すると私みたいなロートルは落第ですな」

中野が言ったので、三人はようやく、低い声で笑った。

「いえ、中野さんはベテランの刑事さんでありながら、ほんとにストレートに僕の話を聞いてくれました。それに、何といっても中野さんは捜査のコツのようなことについてはオーソリティです。僕なんかはアイデアは浮かぶのですが、それから先の実務的なこととなると、どうすればいいのか、さっぱり分かりませんからね。今度の犬乗り童子の人形の確認作業だって、あっという間にやってくださった。いつもは警察の悪口ばかり言っている僕ですが、さすが警察だな——と感心させられました」

「ははは、まあ、そういう点はですね、日本の警察はしっかりしてますからな」

中野は根っからの警察人らしく、少し鼻をうごめかした。

「しかし、今回の照合作業を通じて分かったのですが、犬乗り童子でしたか、あの人形はほんとうに稀少価値の高いものなのですな。浅見さんはすでにご承知でしょうが、朝日村の人形以外には、本家本元の鶴岡市の人形屋へ行ってもないのだそうです。新しく作ればべつでしょうが、あれは江戸中期ごろに、大名や豪商相手に、ごくわずかばかり作られたとかで、マニアのあいだでは珍品としてもてはやされていると聞きました」

「そうらしいですね」

浅見は中野の話に頷いた。

「したがって、犯人はずいぶん軽率だったわけです。人形の価値を知らずに凶器に使ったのか、それとも、あと先のことを考える余裕がないほどの殺意に襲われたのか、そのどちらかでしょうね」

「なるほど……人形のマニアなら、おそらく自分が死んでも、人形のほうを守るでしょうからなあ」

「問題は、そもそもあの人形を持っていたのは、島田さんなのか犯人なのか——ということになります」

浅見はそう言いながら、また犯行時の現場の状況を思い描いた。どのような状況で、あの犬乗り童子が凶器に使われたのか——。

「常識的にいえば、人形の所有者は人形の価値や形状を熟知していたものと思われます。もし犯人が人形の所有者だとして、価値を知っていながら、思わず凶器に使用してしまったのだとすると、犯行のあと、人形が破損していることに気づかないはずはありませんから、必死になって破片を探すでしょう。したがって、三段論法的にいうと、犯人は人形の価値を知らないか、少なくとも、人形が欠けたことに気づかなかった。ゆえに人形は犯人のものではなかった——と考えていいと思います」

「なるほど……」

中野も松沢も浅見の口許に視線を注いでいる。

「僕の考えが正しければ、犯人は、たまたまそこに置いてあった人形を手にしたか、あるいは島田さんの手から人形を奪い取って、島田さんを殴打したことになります」

「犯人が現場から人形を持ち去ったのは、なぜでしょうか？　指紋を気にしたのなら、拭き取ればいいですが」

松沢が訊いた。

「それはたぶん、凶器が何であるかを隠すためでしょう。素人目で見ても、凶器はきわめて珍しいものですからね、犯人は手掛かりになることをおそれたのだと思いますよ」

「その人形が凶器であったことと、宮崎さとみさんが玩具歴史館に行ったことと、何か関係があるのでしょうか？」

ようやく自分たちの事件のことを持ち出す糸口を摑んだ——とばかりに、松沢は意気込んで言った。

「いや、それはないと思います。僕が図書館で上杉謙信の事蹟を調べたときと同じように、新潟県北部の村上市付近での、本庄繁長の反乱のことを調べようとすれば、当然、朝日村に辿り着くでしょうし、朝日村役場の人が、自慢の玩具歴史館を案内したくなるのも、必然的な流れのようなものでしょう。しかし、そこに犬乗り童子の人形があったことは、宮崎さんにはまったく関係ないし、第一、彼女はそれには何の知識も関心もなかったのじゃないでしょうか」

「そうすると、宮崎さんが殺されたことと、目白署さんのほうで捜査している事件とは、関係がないのですか？」

「いや……」

浅見は強く頭を振った。

「宮崎さんが朝日村を訪ね、玩具歴史館を訪れたこと自体には、島田清二さん殺害事件とは何の脈絡もなかったでしょうけれど、その瞬間から、彼女の意志に関係なく、事件に巻き込まれてしまったのでしょうね。もっとも、それ以前に、宮崎さんが隣の部屋の岡田夏美さんから、相談を持ち掛けられたときに、そもそもそうなる宿命にあったのかもしれませんが……」

そのことを思うと、浅見はホテル『四季』のラウンジで、宮崎さとみの話を聞いたときに、つれない返事をしたのが、ひどく悔やまれてならない。もしあのとき、真剣に彼女の相談に乗っていれば、こんな悲劇を起こさずにすんだのかもしれない。
しかし、そうなっていれば、さとみが奇禍《きか》に遭うこともなかった代わりに、犯人の影をキャッチすることにもならなかったのだ。

「宮崎さんは、自分のいのちと引き換えに、われわれに事件解決への道を示唆してくれたのだと思います」

浅見は痛恨の想いを込めて言った。

「まったく、そういうことになるのでしょうなあ。いや、われわれがそれを活かさなければ、宮崎さんの死は犬死にになってしまう。それにしても、あの警部の頭の固さはなんとかならないのかなあ……」

中野は腹立たしげにぼやき、同じ悩みをかかえる松沢も、それに合わせるように、大きく何度も頭を上下させた。

「それじゃ浅見さん、当面、われわれだけで事件捜査を進めるとして、何をどうすればいいのか、指示してくれませんか」

「そんな、指示するなんて権限は僕にはありませんよ」

浅見は苦笑いしたが、中野は真顔を崩さずに言った。

「いや、そういう遠慮や謙遜は、この際、抜きにしてください。とにかく、少しでも早く実績を上げないと、捜査本部はなかなか動きませんからな」

「分かりました。差し当たりの急務として、島田さんと宮崎さんが殺された当日の、竹間建設の多岡氏のアリバイを調べたいのですが、ただ……」

浅見は悩ましげに眉をひそめて、腕組みをした。

「ただ、何ですか？」

中野がそういう浅見の顔を覗き込んだ。

「多岡という人物は大会社の有力者ですから、ガードも固いでしょうし、仮に犯人だとしても、そう簡単にボロを出すようなことはしないと思います。むしろ、警察が動きだしたことを知って、何らかの対応策を講じるのではないかと、それが気がかりです」

「対応策といいますと？」

「そうですね……第四の殺人を犯すかもしれません」

「えっ、殺人？……」

「秘密を知っている人間を次々に消してゆく手口からいって、その危険性は十分、考えられるのではないでしょうか？」

「うーん、なるほど……え？　しかし浅見さん、それにしても、第四の殺人ではなく、第三の殺人の間違いじゃないのですか？　島田さんと宮崎さんの次ですから」

「いえ、高島深雪の部屋からタンスで運ばれた女性が第一の被害者ですよ」

「あっそうか……それじゃ、浅見さんはそういう人物がいたことを確信しておられるのですな」

「もちろんです。そうでなければ、この事件ストーリーは描けませんよ」

浅見はまるで神のように眉を上げて、昂然《こうぜん》と宣言した。

5

翌日の朝、浅見は松沢刑事といっしょに富山県の朝日町へ向かった。越岳陶房の若江岳を訪ねるのが目的である。

松沢は日本玩具歴史館に返還する名目で、目白署から犬乗り童子の人形を預かってきた。富山行きは浅見一人でもいいのだが、警察としては、いくら刑事局長の弟だからといって、貴重な証拠品を民間人に預けるわけにはいかない。

若江はこの前のときと同じ、人の好《よ》さそうな笑顔で二人の客を迎えた。不精髭が少し濃くなっているくらいで、着ているものも下着までそのままではないか——と思わせるように変わっていない。

「今日は若江さんにお願いがあってやって来ました」

言いながら、浅見はバッグの中の犬乗り童子を取り出した。

「これとそっくり同じものを、しかも傷のないものを作っていただけませんか？」

「ほう……」

若江は目を丸くして、浅見と犬乗り童子を交互に見つめた。

「これ、新倉さんのところのものとちがいますか」

「は？……」

逆に浅見が若江を見つめた。

「新倉さんと言いますと？」

「あれ？ ご存じではなかったのですか？ というと、この犬乗り童子はどこで手に入れたのですか？」

「これは新潟県にある玩具歴史館というところから借りてきたのですが……その、いまおっしゃった新倉さんというのは？」

「黒部の殿様です」

「黒部の殿様？……というと、何だか黒部峡谷の主みたいですね」

「ははは、そうではなく、隣の黒部市に住んでおられて、『殿様、殿様』と呼ばれている大金持ちですよ。むかしは本物の殿様であったのかもしれませんけどね」

「その新倉さんのところにも、この人形があるのですか？」

「ええ、あります。いや、新倉家にある以外にも、犬乗り童子があるとは知りませんでしたなあ。これはじつに珍しい、貴重な品なのですよ」

「はあ、そうらしいですね」

「それで、その偽物を私に作れとおっしゃるのですか？　ははは、それは無理ですな」

若江は笑って、犬乗り童子をテーブルの上に置いた。

「だめですか？　べつに悪用するわけではないのですが」

「いや、そんなことはいいのですが、無理ですよ。似たものはできるかもしれないが、本物のようにはいきません。どうしてもきれいなものになってしまうでしょう」

「たとえば、こういった細かいひび割れのようなものとか、古色蒼然《こしょくそうぜん》とした感じは、再現できませんか？」

「できるかもしれないが、これとそっくり同じものは無理ですよ」

「そっくり同じでなくても、形や色合い、それに古めかしさが再現されていればいいのですが」

「まあ、どうしても作れと言うのなら、似て非なるものはできないことはありませんが……しかし浅見さん、そんなものを作って何に使うつもりですか？　贋作《がんさく》を高く売りつけようというのではないでしょうね？」

「とんでもない、ここにおられるのは刑事さんですよ」

「えっ、そうだったのですか」

若江と松沢は、あらためて軽く頭を下げあった。警察嫌いの若江の表情に、かすかなこだわりが浮かぶのが見えた。

「じつはですね……」

浅見はしばらく躊躇《ちゅうちょ》してから、言った。

「島田さんは、犬乗り童子の置物で殴打されて殺害されたのです」

「えっ、ほんとですか？」

「ほんとうです。現場に破片が落ちていました」

「じゃあ、ここの欠けた部分……」

若江は人形の一部分を指さした。職業柄さすがに目敏《めざと》い。

「いえ、これは凶器に使われたものではありません。破片ももっと大きなものでした。本体のほうは発見されていません」

「だとすると、まさか、新倉家のものが凶器……」

若江は顔色を変えた。

「その新倉さんですが、島田さんは新倉さんのことは知らなかったのでしょうか？」

「いや、知っておられましたよ。というより、島田さんに新倉家をご紹介したのは、この私なのです。だからもしかして、その凶器に使われた犬乗り童子が新倉家のものかと……しかし、どういうことですかなあ……」

若江は固く腕組みをして考え込んだ。

「行ってみます」

浅見は立ち上がった。

「行くって、どちらへ？」

「黒部の新倉さんのお宅へです」

「えっ、新倉家ですか……しかし、まさか黒部の殿様がそんなことを……それに、殿様のところでは、今度の参議院議員選挙に立候補する予定とかいう話です。そこへ刑事……さんが行って、そんなケチをつけるようなことを言うていったら、袋叩《ふくろだた》きにあうのとちがいますか?」

「ははは、新倉さんにお目にかかるのは僕一人にします。それに、ただ犬乗り童子の所在を確かめに行くだけですから、いくら何でもそんなひどいことはしないでしょう。第一、島田さんの無念を考えたら、袋叩きにあうぐらい、恐れるに足りません」

「う━ん……それはまあ、そのとおりですが……」

島田の名を聞いて、気持ちを動かされたらしい。

「分かりました。そしたら私がご案内しましょう。ちょっと待っとってください」

浅見に触発されたかたちだが、考えてみると、島田への想いは、浅見よりもむしろ若江のほうが強いものがあるはずなのだ。

若江はすぐにセーターをスーツに着替えてきた。黒部の殿様を訪ねるには、それ相応のエチケットが必要らしい。

新倉家は黒部川を見下ろす黒々とした森の中の、宏壮な屋敷であった。むかしながらの長屋門は、まさに「殿様」の異名にふさわしい。

「どうします?」

門の前に立って、若江はしり込みするような恰好《かっこう》で言った。

「いつもは、作品をお目にかけにお邪魔するのですが、こういう用件で伺うのはどうも……」

「若江さんはここで待っていてください。僕一人で行ってきます」

浅見は微笑を浮かべて言った。

「しかし……」

「いえ、大丈夫ですよ。もし袋叩きにあったら、病院まで運んでください」

浅見はくぐり戸を開けて門を入った。庭は巨大な樹木が天に沖した森そのもののように薄暗い。その中の道を五十メートルほど行くと玄関に達する。時代劇の武家屋敷のような造りで、右側の柱に古風な呼び鈴がついている。

浅見は黒いボタンを力を込めて押した。

遠くで重々しい声がして、しばらく待たせてから六十歳ぐらいの、長身で肩幅の広い男が現れた。濃い褐色の作務衣《さむえ》を着た、一見した感じでは執事のような印象だ。

「どなたかな？」

「浅見という者ですが、ご主人はご在宅ですか？」

「おりますが、ご用件は？」

「直接お会いして、お話しします」

「ご用件はと訊いておるのだが？」

「ですから、直接ご当家のご主人にお目にかかって、お話しします」

「私が当家の主人だが」

「えっ、あ、これは失礼しました」

浅見はうろたえながら頭を下げた。よもや「殿様」がいきなり現れるとは想像していなかった。

「じつは、島田清二さんの事件のことで伺ったのです」

「島田……警察ですか」

新倉は眉をひそめた。

「いえ、警察ではありません。僕はフリーのルポライターをやっている者です」

「ルポライター？……だったらお引き取りいただきましょうか」

「用件がすめば、すぐに引き上げます」

「こっちには用はありませんな」

新倉は後ろを向いて、二歩三歩、奥へ行きかけた。

「犬乗り童子のことについてお訊きしたいのですがね。お宅の犬乗り童子はどこにありますか？」

浅見は少し声を張り上げて言った。とたんに新倉の足が停まった。

「なに？……」

恐ろしい目がこっちを睨んだ。

しばらく睨みあいのように対峙《たいじ》してから、新倉は「まあ、上がりなさい」と言った。

式台を上がったところから、長い板張りの廊下がつづいた。靴下を通してひんやりした感触が背筋まで貫いた。

奥まった書斎らしい畳敷きの部屋に通された。参議院に立候補を予定しているくらいだから、さぞかし大勢の取り巻き連中がいるのかと思っていたのだが、ほとんど物音ひとつしないほどの静かさである。それでも、二人が座卓を挟んで向かいあいに坐るのを、まるでどこかで見ていたように、中年の女性が現れた。

新倉はべつに紹介するわけでもなく、「お茶はいらん、誰も近づけるな」と言った。してみると、ほかにも何人かの人間がいることはいるらしい。

「島田君の何を知りたいのかな？」

女性が立ち去るのをたしかめてから、新倉は沈痛な口調で言った。

「島田さんは、亡くなる前の日、こちらに見えたのではありませんか？」

「いや」と、新倉は首を振った。

「ここには来ておりませんよ」

「では、犬乗り童子は、宮崎の集落でお渡しになったのですね？」

「なに？……」

新倉の目に驚愕《きょうがく》と同時に強い警戒の色が浮かんだ。

「きみは何者かね？　ただのルポライターとは思えんが……」

「いえ、ただのルポライターです。あなたがお考えになっているような、敵側の回し者なんかではありません」

「ふん……しかし、どうしてそんなことまで知っているのだ？　まさか、島田君を殺した犯人では？……」

その言葉で、浅見は新倉が少なくとも、島田殺害の犯人ではないことを確信して、何がなしほっとした。

「いいえ、犯人はその日、島田さんと会うことになっていた人物ですよ。それが誰なのか、ひょっとすると、あなたはご存じなのではありませんか？」

「わしが犯人を？……冗談を言ってもらっては困る」

「しかし、それならばなぜ、事件の後、前の日に島田さんがこちらに見えたことを警察に届け出なかったのですか？」

「うーん……」

新倉は返答に窮して、天井を見上げた。かなり長いこと、じっと黙りこくってそうしてから、「じつは」と言った。

「あの日、島田君は長野県の大町へ行ったのですよ」

「長野県……」

「そう、大町にわしの別荘があってな、そこに犬乗り童子が置いてあったのです」

浅見は緊張で体がこわばるほどだった。島田清二の足取り調査で、なぜ長野経由で東京へ向かったのか不明だった、その解答が飛び出そうとしていた。

第七章　悲劇を呼ぶ女

1

宮崎さとみの悲報を聞いたその夜だけ、夏美は喪に服したが、翌日はいつもどおり美容室に出勤した。

店長は心配そうに「もう大丈夫なの？」と声をかけてくれた。

「ええ、もう平気です」

夏美は自分でもびっくりするほど、陽気な声で応じた。

さとみの遺体がすでに郷里に還ってしまって、「死」に直面しないですんだせいもあるのかもしれないが、この逞《たくま》しい復元力は、なんといっても、夏美の若さの賜物というべきだろう。

「それに、アパートでうじうじしているより、お店で忙しくしているほうが楽しいですから」

「そう、そのほうがいいのかもね。それに、あなたがいないと、なんとなくお店も寂しくなっちゃうし」

「わぁ嬉しい。店長さんにそう言っていただくと、元気が湧いてきます」

張り切った甲斐があったのか、その日、夏美にはじめてご指名のお客がついた。

「あの陽気なコがいいっておっしゃってくださったのよ」

店長も嬉しそうに呼びにきて、お客に「よろしくお願いします」と言いながら、夏美の背中をポンと叩いた。

夏美は他人の年齢を推測して、当たったためしがないが、客は三十歳ぐらいだろうか。タレントの客が多いことで有名なこの店では、それほどびっくりするほどの美貌ではないけれど、きめの細かい柔らかな肌に、女性の夏美でもゾクッとくるような、ふしぎな魅力があった。

「あなた、まだ新人なんですってね」

つややかな声にも、引き込まれるような深みのある響きを感じた。

「はい、まだ未熟ですので、何か失礼がありましたら、びしびしおっしゃってください」

「いいのよ、そんなこと。大した頭じゃないんだから。適当にやっても怒らないわ」

「そんな、適当だなんて、とんでもございません」

夏美は客の注文を聞いて、シャンプーにとりかかった。ふつう、シャンプーは見習いのコに任せるのだが、夏美は手が空いているかぎり、自分で何もかもしてしまうことにしている。修業のため——というより、客の髪質を見たり、指先になじむ感覚を摑むには、そうしたほうがいいと思う。

シャンプーした髪をロットに巻いてゆく作業は、いちばん手間がかかる部分だが、この過程に美容師の腕の善し悪しが現れるといっていい。完成したヘアスタイルを頭に描きながら、大小さまざまなロットを使いこなせるようになれば、一人前である。その間ロットを巻き終えると、パーマ液で髪を濡《ぬ》らし、二十分ほどしみ込ませる。その間に髪の状態を指先で確かめ、もっとも理想的なタイミングでロットをはずし、パーマ液を洗い流す。

あとは伸びすぎたヘアをカットしたり、デザインを整えたりすれば作業は完了だ。

その間、およそ二時間——。

その作業の合間の話で、客の名前が秋山であることを知った。独身で、弁護士をしているという。

「弁護士さんなんですかァ、尊敬しちゃいます」

お世辞でなく、夏美はしんからそう思って言った。

「ははは、それほどのものじゃないわ」

客は照れくさそうに笑った。ざっくばらんで、好感のもてるひとだ——というのが夏美の印象であった。

会話の中で、夏美のほうも問われるままに、身の上などをポツリポツリ話した。弁護士だけに、話を引き出すのが上手だった。もっとも、夏美の生い立ちからこれまでの人生はそれほど波瀾《はらん》に富んだものでもない。両親のもとを離れて、独立して美容師の道を歩み始めたことなんて、どこにでもありそうな平凡な物語ではあった。

客の問いには短く答えるけれど、仕事には全神経を傾けた。自分でも納得のいく、いい仕上がりになったと思った。最後にチェックした店長も、ほとんど手をつけることはなかった。

「いかがでございましょう?」

合わせ鏡を使いながら、お客の評価を尋ねるときは、さすがに緊張した。

「いいわね、満足よ」

お客は合わせ鏡の中を覗き込んで、笑顔を見せた。

「今度からずっと、あなたにお願いするわ。岡田さんでしたわね」

「はい岡田といいます、岡田夏美です、よろしくお願いします」

夏美は涙が出そうだった。

お客は帰り際に「岡田さん、お近づきのしるしに、今晩、ご馳走して上げるから、八時に青山のフランボワーズにいらっしゃい」と言った。夏美は「はあ、ありがとうございます」と答えたものの、それを受けていいものかどうか当惑して、店長の顔を見た。

「あの、お客さま、そんなお気づかいなさらないでくださいませ」

店長は丁重に断りを言った。

「そうじゃないのよ」とお客は苦笑して手を振った。

「独りきりで食事するのが味気ないものだから、お付き合いしていただきたいだけ。でも、お店の規則なんかがあって、ご無理なら悪いわね」

「いいえ、規則などはございませんけれど……ほんとによろしいのですか？」

「ええ、もちろんよ」

「それじゃあ岡田さん、お受けさせていただきなさい。くれぐれも失礼のないように」

「はい」と頷いたが、夏美は憂鬱だった。そう人見知りするほうではないけれど、ずっと歳上の、しかもお客さんとの食事なんて、考えただけでもゾッとする。

「何事も修業のうちよ」

お客が帰ったあと、店長は夏美の顔色を読んで、笑いながら励ましてくれた。

「それに、はじめてのお得意さまでしょう。大切にしなくちゃ」

そのとおりではあった。いつの日にか、自分の美容室がもてるようになったとき、そういうお客が財産になる。

約束の八時より少し早く、夏美はフランボワーズに行った。青山通りの一つ裏の通りに面した、そう大きくはないけれど、古城を思わせるような凝った造りの、ちょっと気後れするようなフランス料理の店であった。

客はすでに来ていた。「秋山さんと待ち合わせなんですけど」と言うと、モスグリーンの地に襟や袖《そで》に黒いラインをあしらった、シックな制服を着たボーイが「こちらでございます」と、奥まった、いちばん上等のテーブルらしいところに案内してくれた。

「よかった、来てくれたのね」

客は嬉しそうに言った。見るからに頭がよさそうで、エリートっぽくって、華やかなひとだけれど、私みたいな者にこんなに喜んでくれるなんて、きっと孤独なんだろうな――と、夏美はちょっぴり気の毒な気がした。

すでに料理のコースは決めてあって、まもなくワインが抜かれ、オードブルが運ばれてきた。

客は「秋山裕子」とフルネームを名乗った。年齢ははっきり言わなかったが、話の様子から三十歳をいくつか出たらしいことは分かった。独り暮らしというより、天涯孤独なのだそうだ。夏美の直感は当たっていた。

話題はしぜん夏美の暮らしのことになり、成り行きとして、隣の部屋の宮崎さとみの事件の話になった。

「ふーん、殺されたの、そのひと」

秋山裕子は身を乗り出した。

「すみません、お食事中にこんな話をして」

夏美は気がついて、謝った。

「いいのよ、大好き、そういう話」

「ああ、そういえば、秋山さんは弁護士さんでしたね」

「といっても、私は民事だけど、でも面白そう――なんて言うとまずいかしら」

屈託なく笑う裕子は、頼もしげに見えた。夏美はなかば相談するような気分で、事件の概要を話した。聞き込みに来た刑事や、浅見光彦に聞いた話が夏美の知識のすべてだが、裕子は熱心に耳を傾けた。

「警察は頼りにならないですけど、浅見さんていうひとがすっごく頭がいいんです」

「ふーん、そうなの……」

裕子は笑いを含んだ目で、夏美の顔を見つめた。

「あなた、その浅見さんていうひとのこと、好きなのね？」

「えっ、うそ……いえ、そんなんじゃありません」

夏美は慌てて手を振ったが、ワインのせいでなく、真っ赤になった。心の底のほうでジワジワと醗酵《はっこう》しつつあったものが、ふいに意識の上に爆発したような気分だった。

「そうじゃなくて、ほんとに頭いいんです。なんだかもう、事件のことは分かっちゃったみたいなこと言ってましたし、きっと警察より先に犯人を捕まえちゃうのじゃないかと思います」

「まさか……」

秋山裕子は、相変わらず微笑を浮かべながら、小首をかしげた。

「いくら何でも、そう簡単に警察を出し抜くことはできないでしょう」

「ええ、私もそう思ってましたけど、でも、浅見さんは勘がとても鋭くて、それに、車であちこち飛び回って……そうそう、新潟県の朝日とかいうところへ行って、手掛かりを摑んだりしたのなんか、警察はぜんぜん気がつかなかったんだそうですけど、浅見さんが教えて上げたとかいう話です」

「そうなの……それじゃ、まるでシャーロック・ホームズみたいな名探偵じゃないの」

「ええ、きっとそうだと思います。名探偵の素質があるひとです」

「へえー、いいじゃない、そういう頭のいい男性。近頃お目にかかったことないもの。ぜひいちど会ってみたいわねえ……そうだわ、ご紹介してくださらない？　ううん、横取りしたりしないから」

「いやだ、そんなんじゃないんですって」

夏美はむきになったが、秋山裕子の魅力にかかったら、あの浅見はほんとうに誘惑されてしまいそうな気がした。

いままで、浅見に対しては、漠然と好ましいと思う程度で、恋心などと呼べるような感情など、まったく抱いていないつもりだったのに、秋山裕子と会ってから、突然、眠っていた気持ちが呼び覚まされたように、心穏やかでなくなった。

浅見に紹介してほしいというのは、どうやら冗談や気まぐれではなかったようだ。秋山裕子は浅見との「デート」の橋渡しを、真顔で夏美に頼んだ。

「明日から毎日、正午ぴったりに電話するから、アポイントメントを取っておいてくださらない？」

「はい、やってみますけど、でも、こちらからご連絡いたします」

「だめなの、私は所在不明な人間だから」

冗談なのか本気なのか、裕子はとぼけたことを言って笑った。そのとき、夏美はなんとなく、得体の知れないものを裕子に感じていた。所在不明というより正体不明なところがある——と思った。

帰宅してから浅見に電話すると、眠そうな声の女性が出て、少し固い口調で、「坊ちゃまはまだ戻っておりませんので、ご用件をお伝えいたします」と言った。言葉の様子から、お手伝いの女性らしいが、夜中に電話してきた相手に、あまりいい印象を抱いていない気配が感じられた。それにしても、お手伝いに「坊ちゃま」とよばれるような家庭に育ったひとなんだな——と、夏美は浅見を急に遠い存在に感じてしまった。

その浅見からは、ほんの十分ばかり間を置いて電話が入った。夏美から話を聞くと、秋山裕子が浅見に対するのより以上に浅見は彼女のことに興味を持ったようだ。

「その彼女に、僕の捜査のこと、いろいろ話したんですか？」

「ええ、浅見さんは名探偵だって、自慢しちゃいました」

「ははは、それは光栄だけど……で、どのへんまで喋りました？」

「それは、新潟県の朝日ってところへ行ったことなんか……」

「えっ、それ、言っちゃったんですか？」

「あの、話しちゃいけなかったんですか？」

浅見の当惑したような口調に、夏美は不安になった。

「は？　いや、そんなことはありませんよ。ははは、そうですか、それじゃ、前宣伝が効いているうちにぜひお会いしたいな。どうせならなるべく早いほうがいいです。僕のほうはいつでも時間は自由ですから、お望みの時間と場所を指定してくださるよう、お伝えください」

妙に意気込んで言うのが、夏美には気にいらなかった。電話を切ったあと、自分はただのメッセンジャーガールでしかないんだ——と、悲しくなった。

2

テレビの気象情報で、シベリアから日本海の中心付近に下りてきた強い寒気をともなう低気圧が、一週間にわたって鎮座したままだと報じていた。「ひまわり」の連続写真を見ると、新潟の少し北あたりを中心にして、巨大な雲の渦巻きがグルグル回りつづけているのがよく分かる。

雲の渦巻きが富山から新潟、山形あたりまでを覆いながら、画面の中央でユラユラと蠢《うごめ》いている様子は、何となく事件の不気味さを象徴するような光景であった。

「きょうも午後、雷をともなった強い雨が降るでしょう」

角顔でおでこの広い、見るからに真面目そうな予報官が、まっすぐこっちを向いて宣言すると、説得力がある。その予報を信じて、浅見は少し早めに家を出た。案の定、新宿の手前で猛烈な雷雨に見舞われた。大久保から新宿副都心まで、止まったり進んだりのノロノロ運転で、センチュリーホテルに到着したのは、ジャスト午後四時、約束の時刻に辛《かろ》うじて間に合った。

センチュリーホテルを指定したのは秋山裕子である。副都心の一角、都庁と新宿中央公園に面した明るい煉瓦《れんが》色の建物が、驟雨《しゅうう》に霞んでいた。

電話で、秋山裕子が「お分かりになるかしら？」と訊いたのに対して、浅見は「はじめてですが大丈夫でしょう」と、地方から出てきたばかりの大学生のように、頼りなげに答えた。しかし、じつをいうと、浅見はセンチュリーホテルには何度か来ている。幼なじみのガールフレンドの姉にまつわる事件の発端は、このホテルが舞台になった（『「首の女」殺人事件』参照）。

待ち合わせ場所は一階のパブレストランであった。センチュリーホテルは二階がロビーになっていて、エスカレーターで一階に下りると和食、中華、二つのレストラン、それにいくつかの店舗がある。

秋山裕子はひと目で分かった。都庁に面した側の窓際に、淡いパープルのスーツを着た女性がいて、その雰囲気が岡田夏美の描写とぴったりだった。

裕子のほうも浅見を直観的に判別したらしい。してみると、夏美の観察力、描写力はかなり的確なものがあるようだ。

「やっぱり素敵、岡田さんが好きになるだけのことはありますわね」

挨拶もそこそこに、のっけから裕子はかなりはっきりしたジョークを言った。こういう物言いの仕方は、自己主張の強い自信家によくありがちだ。

浅見は「ははは」と照れ笑いをした。何の演技も必要なしに赤くなった。そういう浅見を、裕子は好ましげに眺めている。年齢はほとんど同じはずなのだが、浅見には彼女が自分よりずっと年長に感じられた。

この店は世界の食べ物をおつまみに、軽く酒を飲むスタイルだ。裕子は「アフリカンチキン」とかいう、鶏肉にナッツの粉をまぶして揚げた料理で黒ビールを飲んでいた。浅見にも「いかが」と勧めたが、車であることを理由にジンジャエールをもらった。つまみは「レンコンのはさみ揚げ」と頼んだ。

「変わったものを召し上がるんですね」

裕子は笑った。浅見をくみしやすし――と見ているのが読み取れた。

共通の「知人」である岡田夏美の話をテコにしながら、しばらくはお互いの素性を確かめあった。秋山裕子はなりたての弁護士で、現在はある先輩弁護士の事務所の一員として修業中だという。浅見は例によって肩書のない名刺を渡したが、裕子のほうは、夏美に言ったのと同じように、「所在不明ということにしておいてください」と、冗談のように言って、とぼけ通した。

「ずいぶん警戒心が強い方なんですね」

浅見は彼にしては珍しく、ズケッと言ってやった。

「そうなの、それは否定しませんわ。ことにはじめての方にはね」

裕子もぜんぜん負けていないで、冷たい微笑を浮かべて、しらっと言ってのけた。

「ほんとのことを言うと、いっそ、素性も身分も顔も名前も、全部消してしまうことができたらと思うくらいなの。相手の方もそうして付き合ってくれるといいわね。お互い、どんなに気楽か知れないでしょう。そうは思いません？」

「僕なんか、あえてそうしなくても、吹けば飛ぶような軽い人間ですから」

「ほんとかしら？　岡田さんの話によると、とても頭の切れる名探偵だそうじゃありませんか」

「それは否定しません」

浅見は裕子の口調を真似て、冗談とも本気とも受け取れるように言った。裕子は「ははは」と、のけ反るようにして笑った。

「そうそう、岡田さんに聞いたのですけど、あのコ、おかしな事件に巻き込まれているのだそうですわね」

「ええ、はじめ、彼女の部屋の前の住人の行方不明疑惑というのがあって、本当はただの夜逃げだったらしいのですが、それを隣に住んでる女性と一緒になって面白半分、追いかけていたら、今度はその隣の女性が殺されてしまったのです」

「ふーん、ばかみたいね」

「そうなんですよ。他人の不幸を面白がってると、ろくなことになりません」

浅見は自戒の意味を込めて、そう言った。

「でも、それは殺人事件と確定したのですか？　事件のことや捜査本部が設置されたというニュースには、まだお目にかかっていないような気がしますけど」

弁護士らしい一面を覗かせる口調だ。

「警察は頑固ですからね、いったん自殺だと決めると、こっちが犯人を特定してやるまで、その気にならないのかもしれません」

「じゃあ、他殺説を唱えているのは浅見さんだけっていうこと？」

「いまのところはそうですが、いずれ、警察だって目を開くでしょう。どうせ何の手掛かりも摑んでいないのですからね」

「岡田さんは、まるで、いますぐにでも、浅見さんが事件を解決してしまいそうなことを言って、おかしいくらいだったけど、お話を聞いていると、なんだか本気でそう思ってらっしゃるみたいなんですね」

「ええ、もちろん本気ですとも。事件ストーリーの全体像はほぼ見えているつもりです。あとは裏付け捜査だけですが、そっちのほうは警察が得意とするところですから、最終的には、やっぱり警察に動いてもらわないと困りますけどね」

「すごいわねえ、大した自信。私も負けそうなくらい……」

秋山裕子は目を丸くして、浅見の顔を見つめた。心底驚いているのが、やや白っぽくなったその表情から見て取れて、浅見は少なからず気分がよかった。

「その自信のよってきたるところは何なのかしら？　よほどの手掛かりが見つかった

とか、犯人の心当たりがあるとか……」

「その両方です」

「ほんとなの？……すごい、それが事実なら尊敬しちゃいます」

「その口ぶりだと、あまり信じていないみたいですね」

「え？　ええ、正直なところはそうですけど……でも、浅見さんにそれほどの確信があるのなら、私の知人に警察庁のお偉方がいるから、伝えて上げましょうか？」

「あ、それはまずいです」

浅見は慌てて断った。

「あら、べつに浅見さんの手柄を横取りしようなんて魂胆はありませんよ」

「いや、そういうことじゃないのです。秋山さんにお話しするのは構わないのですが、警察庁のお偉方は苦手でして」

「どうして？」

「どうしてって……そういう連中っていうのは、概してエリートなのでしょう？　僕はエリートはどうも……」

「お嫌いなの？」

「いや、嫌いだなんてことは口が裂けても言えませんよ。ただ、僕みたいな落ちこぼれ人間には、けむったいというか、頭が上がらないというか……」

実感がこもっているから、たぶん裕子に対しては説得力があっただろう。妙な顔をしていた裕子も、「落ちこぼれ」という単語を聞いて、満足そうに頷いた。

「分かりました。それじゃ警察には言いませんけど、私には話してくださってもいいのでしょう？　ぜひ聞かせていただきたいわ。だって、面白そうなんですもの」

「もちろん構いません。といっても、全部をお話しするわけにはいきませんけどね。それに第一、まだ全容を解明しきったわけではないですから」

何から話そうかな——と、浅見はしばらく視線を宙にさまよわせてから、言った。

「結論から言うと、犯人は殺された宮崎さとみさんの上司なのです」

「えっ、上司？」

「そう、宮崎さんはある雑誌社に勤めていましてね、そこの編集長をやっている藤田というのが、なかなかのワルなんですよ。僕も仕事の関係でよく知っていますが、人使いは荒いし、原稿料は安いし、顔はいかつい顔なのに、女癖が悪いという、ろくな評判はありません。その藤田氏が、会社の金を遣い込んだか、原稿料のピンハネをしたか、とにかくそういう不正を働いたのを、宮崎さんが掴んだのですね、きっと。あるいは、結婚をチラつかせて宮崎さんを誘惑して、困った事態に立ち至ったのかもしれない。妻子もあるくせにねえ。それで宮崎さんを新潟に出張に行かせて、旅先で殺害したのですよ。ホテルの部屋ですからね、よほど親しい相手でなきゃ、男性を部屋に入れるなんてことはしません。藤田はたぶん、上司の風を吹かせて、強引に宮崎さんの部屋に入り込んだのでしょう。ひどいやつです」

ここまで言っていいものかどうか、話しながら、さすがに浅見も気がさした。いまごろ藤田は、くしゃみを連発しているにちがいない。

「そうなの、そこまで解明できたんですか」

秋山裕子は満足げに、鷹揚《おうよう》に頷いた。

「だけど、そこまで分かっているのなら、警察に言うべきじゃありませんか」

「ははは、まだまだだめですよ。この程度では仮説にすぎませんからね。僕は僕なりの方式で、とことんやってみるつもりです」

「そうなの……だけど浅見さん、どうしてそんなふうに事件にのめり込んでいらっしゃるの？　何かメリットがおありなの？」

「そう訊かれると困るのですが、簡単に言ってしまうと、趣味か道楽のたぐいかもしれません。僕はよく、ファミコンゲームと比較するのですよ」

「ファミコンゲーム……ほほほ、とても本音とは思えませんわね。そこまで探り出したのなら、情報としてだって、高く売れるでしょう。何なら私の知人を紹介してあげてもいいですけど。それとも、直接、犯人を恐喝するおつもりかしら？」

「ははは、まさか、そこまでは悪くありませんよ。ほんとに僕の場合は単なるゲームでしかないのです」

「ふーん……だけど、浅見さんの言うことが間違ってなければ、相手は殺人犯人なのでしょう？　ゲーム感覚を楽しむにしては、危険すぎます」

「そう、危険なほどゲームは面白いでしょう。登山もＦ１レースも死の危険と隣合わせだから面白いのじゃありませんか？」

「それは登山やＦ１レースならともかく、犯罪捜査に際してそんな考え方でいることは不遜《ふそん》だわ。犯罪者心理とほとんど変わりありませんよ」

「しかし僕は、人は殺さない」

浅見は言って、昂然と背を反らせ、秋山裕子の目を見据えた。その瞬間、裕子は怯《おび》えた目で浅見を見返して、すぐに視線を逸《そ》らした。

「とにかく、ご自分で何もかもおやりになるっていうの、よくありませんよ。ほんとにいちど、警察庁にいる私の知り合いにお会いになって。でないと、妙なことになりかねないわ」

「妙なことといいますと？」

「それは……たとえば、それこそ名誉毀損《きそん》で訴えられるとか、下手をすると、ご家族を危険な目に巻き込まないともかぎらないでしょう」

「ははは、それなら大丈夫。僕は独り者ですからね」

「そうなの、私も天涯孤独……孤独同士で気楽なお付き合いをするのもいいわね」

裕子は新しい方策を発見したように、にわかに艶《つや》やかな光のこもった目をこっちに向けて、浅見をドキリとさせた。

「こんな血なまぐさい話題じゃなくて、今度はぜひ、静かなところで楽しい夕べを過ごしたいものだわ。ね、いいでしょう？」

「はあ、そういう機会に恵まれるといいですね」

「あら、機会は恵まれるものではなく、自分の手で作るものですわ」

それを結論のように、どちらからともなく立ち上がった。ナプキンをテーブルに置くタイミングもぴたり一致した。そんなふうに、ある意味では似通った感性を持った同士であることを、浅見は彼女に感じた。まかり間違うと危険な関係に陥る可能性のある相手なのかもしれない——と思った。

レストランの支払いは裕子が絶対に譲らなかった。「野暮なこと言わないの」と、姉さんぶって笑った。

裕子とは玄関を出て、タクシー乗り場まで送ったところで別れた。浅見は一応「車でお送りします」と言ったのだが、どうせ断られる相手であった。

浅見はふたたびロビーに取って返し、エスカレーターで一階に降りた。太い柱の陰の目立たない場所に、ハイツ白百合の佐田管理人と、彼を挟むようにして中野部長刑事と松沢刑事が佇んでいた。

「どうですか、いまの女性、高島さんだったでしょう?」

浅見は笑いかけて言った。

「えっ、ええ、そうでした……でも、どうして高島さんが?……」

佐田は浅見の真意を量りかねて、当惑げに答えた。左右の警察官はそれ以上に困惑した目を浅見に向けている。

3

多岡英三郎は朝から不機嫌だった。いや、このところずっと、多岡は不安定な精神状態である。六十余年の人生のうちで、いまほど心に苦痛を感じながらの日々を過ごしたことはない。とくに、「あの女」の出現には、絶望的な身の破滅を覚悟したくらいだ。実際、朝日村の日本玩具歴史館で、犬乗り童子に顔をくっつけるようにしているとき、いきなり後ろから「あら、あなた……」と声をかけられたときはギョッとした。

「高島さんの洋服ダンスを運んでた……」

そう言われて、すぐに思い出した。あのとき、隣の部屋のドアから顔を覗かせた女だ。こっちも驚いたが、相手の女もびっくりした様子であった。無理もない、洋服ダンスを運んでいた運送屋のじじいが、視察旅行団の中心人物として闊歩《かっぽ》しているのだから……いや、ひょっとすると、運送屋の相棒が、いましがたここを立ち去った、建設省の若手エリートであることも目撃しているのかもしれない。

「へえーっ……運送屋さんだとばかり思ってましたけど……」

女は興味深そうに、多岡の顔と、一行が出て行った入口の方角を見比べた。

「高島さん、いま、どこでどうしていらっしゃいますか？」

「元気ですよ」

仕方なく、図太く、多岡は答えた。

「えーと、あなたはたしか高島さんのお隣さんでしたか。お名前は何とおっしゃったかな？」

「宮崎です」

「こちらには観光ですか？」

「いいえ、取材です、雑誌の。歴史物の記事を書いているんです」

「ほう、雑誌社の方でしたか。すると、やはり瀬波温泉にお泊まりかな？　もしよろしければ、今晩ご一献でも……」

「まあ、嬉しいですけど、泊まりは新潟なんです。新潟のホテルオオタニです」

そのとき、部下が「常務」と呼びに戻ってきた。女はびっくりして「常務……さんなんですか」と、多岡の顔を見つめた。

多岡は「では失礼」と、逃げるようにしてその場を立ち去ったが、そのときのあの女の、いっぱいに目を見開いた顔が、いつまで経っても多岡の頭から抜けきらない。いや、あのときの頭の中には、その目の持ち主を消す以外に、何も思い浮かばなかった。

あの直後、高島深雪を新潟に向かわせ、とにもかくにも最善最強の手を打って、禍根を絶った。

深雪が新潟のホテルオオタニで宮崎さとみを「訪問」して話を聞いたところ、さとみはアパートの隣に越してきた岡田夏美という美容師から相談を持ちかけられ、いろいろ調べた結果、高島深雪が本当に行方不明になったか、それとも殺されたのではないかと思っていたそうだ。

そして案の定、宮崎さとみは朝日村の玩具歴史館で、けったいな「運送屋」に出会った話をして、あれはどういうこと？——と、かなりしつこく問いただし、深雪が何でもないと打ち消しても、しきりに首をかしげていたという。多岡が危惧《きぐ》したとおり、まさに間一髪というところだったのである。

宮崎さとみを消したあと、問題は岡田夏美がさとみからどれだけの情報を聞いていたかだが、高島深雪が夏美と会い、そのあと浅見とかいうルポライターと「デート」して探り出したところによれば、それ以外の点では警察の捜査はどうやら沈滞したままのようだし、ルポライターの探偵ごっこも、見当違いなことをやっているらしい。

そっちのほうはひとまず安心してよさそうだが、だからといって、それですべて問題が解決したわけではない。あの厄介な預かり物「犬乗り童子」の人形は、いぜんとして多岡の手元にある。例の派閥の領袖《りょうしゅう》からは「黒部の新倉氏からの届け物はまだ来ないのか？」と問い合わせがしきりだし、参議院議員選挙の日程も接近してくる。新倉が最終的に保守党の公認を取れるかどうかは知ったことではないが、とにかくあの人形が宙に浮いたままでは具合が悪い。それが原因でトラブッたりすれば、多岡の地位は根底からひっくり返るだろう。次期社長どころか、重役の椅子からも引退しなければならないことになる。あんな石沢みたいな若造をお守りして女をあてがったり、苦労のかぎりを尽くしてきたのが、何もかも水の泡だ。とにかく何とかしなくては——と気ばかり焦る。その不安や動揺を隠すために、何かささいなミスを見つけては、部下を叱り飛ばしたり、ときには社長を摑まえて楯突《たてつ》いたりもした。

午後二時、建設省ＯＢとの昼食会から戻ると、秘書課長から「ご来客が二十分ほどお待ちになっておいでですが」と言ってきた。

「誰だ？」

「は、田元さんとおっしゃる方です。お約束はございませんか？」

「ああ、ないな。どこの田元かね？」

「骨董美術品を扱っているとか言っておりますが、断りましょうか？」

重役の知らない相手と分かって、課長はそっけない言い方になった。

「そうだな、そうしてくれ。この不景気に骨董でもないだろう。どうせ売れない出物を持ち込むつもりだ」

「はあ、なんでも、犬乗りなんとかという人形をご覧いただきたいとか……」

「なに？……ちょっと待て」

多岡は送話口をおさえ、息を整えてから言った。

「田元というと、山形の鶴岡から来たのじゃないか？」

「はい、そのようですが」

「そうか……まあ、ちょっとひまだから会ってみるか。応接室のほうに通しておくように。お茶なんか出さなくてもいい。ひまそうに見えるといかんから、誰も近づけるな」

しばらく間を置いて、髪に櫛《くし》を通したりして部屋を出た。

客は鶴岡の骨董屋「風華堂」のあるじ田元勝義であった。まるで骨董品のように古めかしい背広を着て、風呂敷《ふろしき》包みを大事そうに抱きながら、「どうもその節は」と、あまり愛想のよくない挨拶をした。こんな大きなビルに入ったことなどないのか、やけに緊張している。

「犬乗り童子がみつかったのかね？」

多岡は挨拶を返すこともせず、すぐに用件を催促した。

「はあ、あれからあっちこっち探し歩いて、酒田のほうの大地主さんが家宝みてえにして床の間に飾ってあるのを見つけたです。これがなかなか立派なもんで、いまどきこれだけ完全なかたちで保存されているのは、まあ珍しいことでありまして……」

「いいから見せてくれ、その包みがそうなのだろう？」

多岡はじれったそうに言った。

田元は皺だらけの指で、器用に風呂敷の結び目を解《ほど》き、桐のケースをテーブルの上に載せた。ケースから少し黄ばんだ和紙でくるんだものを取り出し、和紙を広げると見事な犬乗り童子が現れた。

「なるほど、たしかに保存状態はいいようだな」

テーブルの上に置かれた人形を眺めて、多岡は内心、震えがくるほどの関心に襲われながら、うわべはごくさり気ない様子を装って言った。

人形は傷ひとつなく、完璧《かんぺき》に保存されたものであった。よほど大切に扱われていたのだろう。表面の細かいひび割れや、薄雲のように広がる古色は仕方がないにしても、むしろそれが歳月の重みを付加価値として与えている。これならば「紛失」してしまった元の品よりも価値は高そうだ。

「これ、いくらの値をつけるのかね」

「一千万です」

「はは……」

多岡はかすれた声で笑った。

「大層な値段をふっかけたもんだな」

精一杯の自己抑制をきかせて、ゆっくりとした口調で言い、ポケットから煙草を取り出した。

「高すぎますか」

「話にならんでしょうな」

「では……」

田元は人形をケースに戻しかけた。

「まあ待ちなさい」

火をつけたばかりの煙草を灰皿に押しつぶした。

「あんた、鶴岡あたりではそういう商売をしているのかね。ものには駆け引きというものがあるだろうに。言い値で買う馬鹿はおらんよ」

「じゃあ、いくらならいいのですか？」

「いいとこ百万かな」

「はは……」

今度は田元がかすかに笑って、人形を仕舞う作業を再開した。

「では二百万まで出そう。それ以上は無理ですな」

「考えておきます」

田元は手の動きを止めない。多岡は額に汗が浮かんだ。（ばかな――）と思う。たかが泥人形みたいなものではないか。朝日村の玩具歴史館にだって、いくら本当の価値を知らないにしても、あんなふうに無造作な陳列をしてあった。

多岡が「譲ってくれないか」と頼んだのに対して、女性の職員は「これはお預かりしている品ですので」と、頑固に断った。しかし、もしあのとき、人形に一センチ角程度の欠けた傷があるのを発見しなければ、その持ち主に交渉して、何としてでも譲ってもらっていたにちがいない。それにしたって、いくら何でも百万はおろか、せいぜい三十万とも言うまい。

「あんたもはるばる来たことだし」と多岡は投げやりな口調で言った。

「どうかね、三百万では？」

「失礼ですが」と田元は憐れむような目を多岡に向けた。

「私のほうとしても、お客さんがこのあいだ見えた際、だいぶんご執心であったもんで、苦労して探して参ったのです。売主は自慢の家宝だから、どうしても手放したくないと言って、何がなんでも欲しけりゃ、一千万だと吹っ掛けたもんで、とにかく借りて来たのですが、なんぼなんでも三百万と一千万じゃ、話になんねえす」

「しかし、一千万はひどすぎるだろう。あんただって、売主が吹っ掛けたと言ったじゃないか」

「おっしゃるとおりです。たしかに高すぎますな。んだけど、先方は売りたくねえもんだから、そう言うのです。たしかに、床の間に飾ってあるのがなくなってしまえば、お客に訊かれた際、何て説明すればいいのか、困ってしまうんべなす。まさか、大地主ともあろう家が、先祖代々の家宝を三百万で売ったとは言えねえすもんね」

「だったら……」

多岡は名案を思いついて、言った。

「どうかね、私のほうの犬乗り童子に三百万をつけて交換するというのは？　こっちのは傷ものだといっても、足元のところがちょっと欠けただけだからね、遠くから見たぶんには、ほとんど分かりはしない」

「なるほど……」

田元は気持ちが動いたらしい。

「どうかね、妙案だろう？」

「そうですな、それならば先方も納得するでしょうな。そしたら、今晩にでもお客さんのご自宅のほうにお届けするようにします」

「いや、早いほうがいい、いまここで取り引きしようじゃないか」

気が変わらないうちに――と、多岡は言いたかった。それに、自宅でゴタゴタするようなことは、あまり望ましくない。

「しかし、交換する犬乗り童子を拝見しませんとなあ」

「それだったら会社に置いてある。いま持って来るから、待っていてくれ」

多岡は大急ぎで、役員室の金庫にしまってある犬乗り童子を取りに行った。わずかのあいだに、骨董屋が消えてしまわないか――と、不安でならなかった。

犬乗り童子の傷は田元が想像していたほどひどくはなかったようだ。「これだば、まんつよろしいでしょうな」と、満足げに頷いて、三百万の小切手に領収証を書いた。

＊

骨董屋が竹間建設のビルを出てくるのを見て、浅見はソアラをスタートさせた。後部シートの中野が身を乗り出して、助手席の窓から「田元さーん、こっちこっち」と怒鳴った。田元老人は救われたように、よたよたとやって来て、這うようにしてドアの中にもぐり込んだ。

「いやあ、しんどいしんどい、生まれてはじめて芝居の主役をやったようなもんだな」

車が走りだすと、田元は大きくため息をついてそう言った。

「ご苦労さまでした」と浅見は笑いながら、老人の労をねぎらった。

「それで、いかがでしたか？　うまいこと人形を交換できましたか？」

「浅見さんに言われたとおり、なんとかできたがす」

田元老人は膝《ひざ》の上の風呂敷包みを、いとおしそうにそっと叩いてから、もらってきた三百万円の小切手を添えて、後ろの中野の手に渡した。多岡の指紋と、おそらく島田の指紋や頭皮の脂ぐらいは付いていそうな犬乗り童子は、いまや警察の手中に収まった。

「しかし、浅見さん、ほんとの話、あんたの言ったことは何もかも当たってたな。まるで芝居の台本でもあったみてえだなす」

田元は感にたえぬ――というように、しきりに首を振った。

「ははは、それはよかったですね。で、結局、いくらで売れたのですか？」

「それも浅見さんが予測したとおり、三百万でした。まったく恐れ入った。あんたには骨董屋の才能がありますなあ。なんなら、わしのあとを継いで、風華堂を経営してもらえねえすべかな」

「ははは、考えておきます」

浅見は笑って、「はい、これはお約束の手数料、五十万です」と、ダッシュボードの中から封筒に入ったものを取り出して、田元に渡した。

「いやあ、こんなに頂戴して申し訳ねえですなや」

田元は封筒を押しいただいた。

「いえ、こちらこそ、ほんとにご協力ありがとうございました」

浅見は心をこめて礼を言った。

「浅見さん、この三百万の小切手はどうするのですか？」

中野部長刑事は、持ちつけないものを手にして、当惑ぎみだ。

「もちろん、いまの五十万は僕が立て替えた分ですから、忘れずに返してもらいますが、あとの残りの二百五十万円は富山県朝日町の若江さんに、犬乗り童子の制作費として渡してください。ずいぶん苦心して何回もやり直してくれたそうです。もっとも、あの人は五十万円でいいと言ってましたから、きっと二百万はご遺族のために弔慰金にするつもりだと思いますよ」

「なるほどねえ、浅見さんのやることは、どこまでもソツがないですなあ。いや、感服しました」

中野は犬乗り童子に敬意を表するように、おどけたお辞儀をした。浅見は正面を向いたまま、バックミラーの中の中野に小さく返礼を送った。

田元の言葉ではないけれど、芝居の幕切れが近づいているときのような、なんとなく侘《わび》しい気配が浅見の胸のうちをかすめた。

4

五月二十八日午後一時——目白警察署の捜査本部には、藪中刑事課長と、捜査主任である警視庁の安藤警部を中心に、二十数人の刑事たちが集まっていた。やや遅れて、新潟中央署の園田刑事課長が梅津警部補以下四名のスタッフを連れて合流した。主だったメンバーを紹介しあったり、席を決めたりで、しばらくざわついたが、やがて静かになり、それからまた、そこかしこで退屈そうな私語が交わされた。

捜査本部はふだんは会議室として使われている、そう広くもない部屋である。そこに総勢、およそ三十人が顔を揃えた。雰囲気からいって、どうやら新潟と東京の合同捜査でも始まりそうだが、じつのところ、一般の捜査員はもちろんのこと、幹部連中でさえ、今回の集まりの目的や名目が何なのか、はっきり摑みかねていた。いや、それぞれの署の刑事課長が署長にお伺いを立てても、よく分かっていないというのである。

「本庁の刑事部長のご指示だ」

これが共通した回答であった。警視庁の刑事部長と新潟県警の刑事部長が、それぞれの事件の所轄警察署に対してそうしろと命じている。要するに、こうやって顔が揃ったところで、種明かしがあるということらしい。

「何が始まるのですかねえ」

警視庁捜査一課の安藤警部も、何も聞かされていないので、不満と不安をごっちゃにして、ボヤキのような声を発した。いわば捜査の指揮官である自分までが、カヤの外に置かれていることが面白くないし、ひょっとすると、捜査の進展が思わしくないことで尻を叩かれるか、あるいは捜査員の誰かが何か失態でもやらかしたのではないか——と疑心暗鬼を生じている。実際、事件発生からすでに一カ月半を経過したというのに、捜査にはさしたるメドがついていないのだ。

二十分ばかり経って、目白警察署長の川西警視正を先頭にした五人が入ってきた。署長の後には鑑識係長の宮田警部補と、中野部長刑事、新潟中央署の松沢刑事、そして最後に浅見光彦――という顔触れだ。

冒頭、川西署長から、あらためて、松沢を含めた新潟中央署の捜査員の紹介があり、つづけて浅見が紹介された。

「浅見さんはフリーのルポライターが本業でありますが、すでにいくつかの事件捜査に協力していただき、一部では名探偵という噂もある方であります」

署長が「名探偵」と言ったあたりでは、刑事たちの中に失笑するような気配もあった。そのせいもあってか、川西署長はひときわ声を張り上げた。

「浅見さんのお兄上は、ご承知のとおり、警察庁の浅見刑事局長でいらっしゃる」

とたんにざわめきが起き、すぐにシーンと緊張した空気が一座を支配した。

「じつは、今般、浅見さんのご尽力によって、ホテル『四季』の犯行現場に落ちていた、凶器と見なされる陶器の破片の、本体のほうが発見されたので、まずそのことから報告していただく」

川西に代わって、宮田鑑識係長が中央の黒板を背にする位置に出た。抱えるようにしていた桐の箱をテーブルの上に置き、中の人形を取り出した。

「この人形は、山形県鶴岡市で江戸時代に作られていた『犬乗り童子』という、当時は大名家や富豪の奥方や令嬢の玩具であったものであります。過日、この人形を浅見さんの働きで入手し、この人形の欠損している部分を犯行現場に残されてあった破片と照合したところ、断面の形状および生成物の化学分析の結果等、すべて一致するものであることが確認され、すなわち当該人形が凶器であると特定されました」

話が終わるか終わらないうちに、参会者の中からどよめきが起きた。

「その人形の出所はどこです？」

安藤警部が待ちきれない——というように言った。その質問を予測していたように、川西署長が「浅見さん、どうぞ」と、中央の位置を指し示した。

浅見は軽く会釈して、黒板の前に立ち、捜査員たちにあらためてお辞儀をした。浅見はそれほど長身ではないが、川西や宮田と並ぶと、それでも耳から上ぐらいは背丈があった。白っぽいブルゾンの襟元から、ブルーのストライプが入ったワイシャツが覗いている。やや面長の鼻梁《びりょう》のすっきりしたハンサムだ。捜査員たちの多くが、好感と同時に、かすかな嫉妬《しっと》にも似た気持ちを抱いた。

「人形は、先日、竹間建設の常務取締役多岡英三郎氏から譲り受けたものです」

浅見は緊張のせいか、いくぶんトーンの高いバリトンで言った。

「竹間建設……」「常務取締役……」

経済音痴でも知っている一部上場の大手建設会社の、しかも重役の名前に、戸惑う声があちこちで起こった。

「ということは、その重役が犯人であると考えていいのですか？」

誰が言ったのか分からないほど、全員の疑問がそこに集中していた。

「それを申し上げる前に、そこに到るまでの過程について、ご説明しなければならないと思いますが、いかがでしょうか？」

浅見は、彼の若々しい顔に似合わず、老成した気配りのある口調で、川西署長の意向を確かめている。見ようによっては慇懃《いんぎん》無礼に感じられないこともない。安藤警部は苛立たしそうに、両方の膝をはげしく貧乏揺すりさせている。

「もちろんそうしていただいたほうがよろしいですね」と、川西はまるで台本どおりのように、即座に頷いた。

「ことに、新潟中央署の事件との関わりあいについてご説明願うためには、事件の発生時からの流れを追ってお話しいただかねばならんでしょう。多少長くなっても、われわれのほうはいっこうに構いませんので、ひとつ、分かり易くお話し願いたい」

「承知しました」

浅見は畏《かしこ》まって頷くと、正面に向き直り、「それではご説明します」と視線を聴衆の上に一巡させた。

＊

何から話せばいいのか、一瞬、浅見は戸惑いを感じた。あまりにも長く、あまりにも広がりのある事件ストーリーであった。その上に、宮崎さとみの死という衝撃的な出来事がつねに彼の心理を圧迫しつづけている。愛知、三重、富山、新潟、山形――と「アサヒ」を求めて走った長い旅路も、妹の死の謎を追って広島県を彷徨《さまよ》ったとき（『後鳥羽伝説殺人事件』参照）とそっくりの、痛恨の想いに満ちた探索行であった。

「前もってお断りしておかなければなりませんが、これからお話しすることの多くは、まだ仮説の域を出ていません。物的証拠はもちろん、事実関係の裏付けも取れていない事柄ばかりだと思っていただいて差し支えありません。その中で、わずかに確固たる物的証拠として事件立証の根拠となり得るものが、ここにあります。犬乗り童子の人形です。この人形が凶器であることを特定できたことによって、仮説のかなりの部分が事実と推定できましたし、こうして事件ストーリー全体をお話しできることにもなったと申し上げてよろしいでしょう」

前置きのあいだに、捜査員たちはメモを取る態勢を作っていた。

「第一の事件は、昨年十二月二十四日――クリスマスイヴに発生しました」

「えっ？……」という声が、十人をはるかに超える口から発せられた。

「ちょっと待ってくれませんか、それはいったい、何のことです？」

捜査員を代表するかたちで、捜査主任の安藤警部が「我慢ならん」と言いたそうに、大声で訊いた。誰もが同じ思いの、まさに寝耳に水であった。

「驚かれるかもしれませんが、これが今回の事件のそもそもの出発点なのです。目白署および新潟中央署の事件と、あまりにもかけ離れているようにお思いでしょうが、ここまで遡《さかのぼ》らないと、事件の全体像を描くことができません」

浅見はむずかる子を宥《なだ》めすかすような口調で言った。安藤は仏頂面のまま、黙った。

「その日の夜、杉並区松庵にある女性専用アパート『ハイツ白百合』の２０１号室で、若い女性が殺害されました。ただし、若いと言いましたが、氏名はもちろん、年齢、住所等にいたるまで何も分かっていません。犯人は当時２０１号室に居住していた高島深雪。殺害の動機はいわゆる三角関係のもつれと考えられます。殺された女性は建設省道路局企画課課長補佐の石沢洋志氏――いわゆるエリート官僚の愛人だった人物で、この夜は石沢氏の新しい恋人になった高島深雪に会い、詰問するために同所を訪れたものと考えられます。

ハイツ白百合は男性は一切オフリミットですが、女性の訪問者はまったくチェックされません。仮にその女性の来訪が管理人あるいは住人の誰かに目撃されていたとしても、ハイツ白百合を出ていないことまでは確認されないでしょう。そして彼女は生きてそこを出ることはなかったのです。高島深雪が彼女をなぜ殺害しなければならなかったか、あるいはその殺害の方法等については推測の域を出ませんが、死体は翌日の午《ひる》ごろ、洋服ダンスの中に納められた状態で、ハイツ白百合から搬出され、運送屋を装った共犯者二名によってどこかに遺棄されました。以上が第一の殺人事件です」

浅見は言葉を切って、「聴衆」の反応を見た。誰も何も言わない。うるさ型の安藤警部も黙ってこっちを見つめている。思いもかけない「第一の殺人」を提示されて、それにつづく二つの殺人事件とどう繋がってゆくのか、ミステリー映画のつづきでも見るような興味を抱いている顔が並んでいた。

「さて、ここで、この事件の三人の主役たちの役柄について、ひととおりクリアにしておきたいと思います。まず主犯格の高島深雪ですが、いまのところ彼女については年齢が三十二、三歳であろうと推定されること以外、ほとんど不明です。地元の杉並区役所に住民登録を行っておりませんし、出身地、職業、その他のデータもまったくありません。ハイツ白百合に住むにあたって、一応、不動産屋と管理人は身上について話を聞いてはいるのですが、実際には裏付けを取っていません。その後調べた結果、隣室やハイツ白百合の住人たちとの交際も一切なく、彼女自身が僕に語った『天涯孤独』というのは、事実だったのではないかとさえ考えられます」

「えっ、浅見さん、その女と会って話したのですか?」

藪中刑事課長が驚いて、訊いた。

「ええ、彼女のほうからデートを申し入れてきたのをチャンスに、会いました。デートといっても、彼女は201号室にそのあと入居した岡田夏美さんに偽名を使って近づき、僕のことを聞き出した上で接触してきたのですから、彼女の目的は僕や警察の捜査がどの程度進展しているのかを探ることにあったようですがね。しかも連絡方法が一方通行でして、こちらからコンタクトを取りたくても、連絡先が分かりません。今後、またデートのチャンスがあるかどうか、正直言って期待薄だと思っています。次に、その高島深雪と愛人関係にある人物——つまり共犯者の一人についてですが」

浅見は自分の口から出しながら、「愛人関係」という言葉がどうにも好きになれない。人を愛するという、人間としてはもっとも人間らしい感情や状況を表現する言葉であるのに、「愛人」から受けるイメージは薄汚れたものでしかないのはなぜだろう。たとえ当事者同士のあいだでは、どんなにひたむきでやる瀬ない愛情が交わされているとしても、世間はそれを冷たく「愛人」で片づけてしまう。当事者の双方かあるいは片方かが既婚者である場合には、もはや彼らのあいだでは愛が芽生える余地がないなどと、人間性を頭から否定し去るようなことを、いったい誰が決めたのだろう——そんなことをシビアに思うと、浅見はますます結婚から遠ざかってしまいそうだ。

「二人の共犯者のうちの一人は、先程言いました、高島深雪と愛人関係にある、建設省道路局企画課課長補佐石沢洋志氏であります。石沢氏は東大法学部卒業、まだ三十七歳の若さで管理職にある、いわゆるエリート官僚です。すでに結婚して、夫人と二人の子息に恵まれている上に、夫人の父親は保守党の河藤代議士という、自他ともに認める、将来を嘱望される人物なのです」

またしてもどよめきが起こった。河藤代議士といえば、次期総裁候補である派閥の有力メンバーの一人だ。これが事実だとすると、政界にも大きな影響を与えることは必至にちがいない。

「浅見さん、ちょっと待ってください」

川西署長が慌てたように声をかけた。いくら秘密を守られるべき警察内での会議とはいえ、さすがに黙って見過ごすわけにいかなかったのだろう。

「そこまで言ってしまっていいものかどうか……つまり、そういったことは、現段階では事実関係が確認されていないのではありませんか？　だとすると……」

「すみませんが」と浅見は署長を制した。

「事実関係とは、どの部分を指しておっしゃっているのですか？」

「ですからその、代議士先生うんぬんといったことがですね……」

「いえ、それは事実です。石沢氏の岳父は河藤代議士であることは確認を取りました。また、それ以前の問題——つまり、石沢氏が共犯者であるかどうかという点が問題だとおっしゃるのなら、それは最初から仮説であるとお断りしてあります。その仮説を言ってはならないとすると、僕の話はこれ以上先へ進みませんが」

「うーん……」

川西は唸った。

「失礼な言い方をさせていただきますが、もし、石沢氏がエリートでもなく、河藤代議士の女婿でもなく、ごく一般的なサラリーマンであったとしても、署長さんはいまと同じようなブレーキをおかけになりますか？」

「分かりました。いや、私も古めかしい既成観念に囚《とら》われた俗人ですからなあ、浅見さんのように清新な気概にあふれた正論にぶつかると、おろおろしてしまうのです。おっしゃるとおり、法の前には何ぴとといえども平等であるべきですからね。どうぞ遠慮なく先をつづけてください」

「ありがとうございます」

浅見は心の底から礼を言った。

「石沢氏は何年か前にある女性——便宜上、この女性の名前をAさんとしておきましょうか、そのAさんと知り合い、愛人関係にありました。しかし、高島深雪の出現によって、石沢氏とAさんとのあいだが急に冷え込み、その三角関係が第一の事件——ハイツ白百合における殺人事件に結びついたものです。事件当夜、Aさんのほうから高島深雪の部屋に押しかけたのか、あるいは高島深雪がAさんを呼びつけたのかは不明ですし、また、犯行が計画的に行われたものか、突発的なものであったのかも、まったく分かりません。ただ、状況から判断して、少なくとも石沢氏には犯行に及ぶ意志はなかったものと推測されます。仮に、石沢氏に犯行計画があったとするなら、もっとも危険性の少ない方法を講じたはずです。たとえば、同じ殺すにしても、どこかの山中で殺害したほうが、死体を遺棄する都合からいってもはるかに簡単なのですからね。むしろ、石沢氏にとっては、まさに予期せぬ驚天動地の出来事だったにちがいありません」

浅見は少し間を取って、刑事たちの意識が石沢洋志が「悲報」を聞いた瞬間の驚愕と同じレベルに達するのを待った。

「石沢氏は第二の共犯者に連絡を取り、善後策を考え、すぐに実行に移しました。この第二の共犯者こそ、竹間建設の常務取締役多岡英三郎氏です。つまり、犯行の翌日、ハイツ白百合に運送屋を装って、新しい洋服ダンスを届け、死体入りの古いタンスを運び出したのが、石沢氏と多岡氏という二人のエリートであったのです。その後、死体がどこに運ばれ、どう始末されたのかは不明ですが、Aさんが消息を絶ってからすでに半年近く経つというのに、いまのところ事件として扱われていないところを見ると、Aさんもまた、高島深雪と同様、天涯孤独の人生を送っていた女性なのかもしれませんし、それだからこそ、石沢氏の不倫の秘密が保たれていたとも考えられます」

これらは、もとより憶測でしかないが、たぶん当たっているのだろう——と浅見は思った。

それにしても、栄達への道をまっしぐらに突き進んでいるエリートは、スキャンダルには細心の注意を払う。したがって危険な「遊び」には手を出さないのがエリートの処世術のはずだが、エリートといえども人の子であることも事実だ。どこかに落とし穴があったか、あるいは自ら望んで穴に落ちたかはともかく、「愛人関係」の底なし沼に溺《おぼ》れたとしても、それをいちがいに責めるわけにはいかない。見方によっては、むしろ、そうした人間らしい弱さが、彼の唯一の救いであったのかもしれないのだ。

5

「さて、第一の殺人はこのようなものであったと推測されますが、ここで二人の共犯者――石沢洋志氏と多岡英三郎氏の関係について触れておきたいと思います。といいましても、二人は本質的には業者と監督官庁のエリート同士の、ごく通俗的で、ありふれた利権をめぐっての結びつきであると考えていいでしょう。ただ、その背後には河藤代議士の隠然たる力が見え隠れしており、それによって二人の結びつきがより強固なものになっていたであろうことを記憶にとどめておいてください。

石沢氏と多岡氏がそういう形で結びついたきっかけが何なのか……いままでのところ、二人が姻戚《いんせき》関係であるとか学閥であるとかいう事実は何も出てきておりません。これもまた憶測でしかありませんが、Aさんの場合にしろ高島深雪の場合にしろ、おそらく、多岡氏が石沢氏に橋渡しをしたものであり、それが二人の関係を緊密にしたもう一つの理由ではないかと考えられます。

仮にAさんと石沢氏の関係が生じた時期を三、四年前に遡るとすると、たぶん、石沢氏が建設省道路局企画課の課長補佐として、道路経済調査室をコントロールする役職についた時期と符合するかもしれません。それはほぼ、山形自動車道とそのアクセス道路や周辺整備の計画が最終段階に入った時期でもあり、ことに山形県朝日村付近を通る高規格道路のルートが決定した時期に重なります」

そのとき、捜査員のあいだから、いまさらのように「アサヒか……」という、驚きを込めた囁《ささや》きが、さざ波のように聞こえてきた。島田清二が列車の中で電話の相手に向かって「アサヒ……」と言っていたことを、中野部長刑事以外はほとんど重要視していなかったのだ。

「朝日村周辺は現在、同地方にとっては未曾有《みぞう》といっていい大規模開発が進行しております。道路関係だけでも、むこう十年は膨大な資金が投下されるそうですから、その利権をめぐってかなり熾烈《しれつ》な争奪戦が行われたであろうことは想像にかたくありません。そして朝日方面における一連の開発事業の中核ともいうべき幹事会社が竹間建設であります。そこに到るまでのあいだに、何か不正があったかどうか、その証拠は現段階ではもちろんありませんが、多岡氏の力が大いに作用したと推測することはできますし、そこにAさんの存在が重要な意味を持っていたことも併せて考えられます。だとすれば、高島深雪が登場したとき、Aさんが石沢氏の裏切りに怒り狂ったとしても不思議はないでしょう。Aさんがハイツ白百合をどうやって突き止めたかは知るよしもありませんが、高島深雪を訪ね、強硬な談判に及んだ様子が目に見えるような気がします。そして悲劇は起こりました」

浅見が言葉を止めたとき、中野がいつのまに用意したのか、グラスの水をスッとテーブルに載せた。「ありがとうございます」と飲んだ生ぬるい水道の水が、浅見には甘露のように旨かった。

「洋服ダンスの下取りという、巧妙な死体運搬方法が、三人のうちの誰のアイデアかは分かりませんが、老獪《ろうかい》な多岡氏の発案であった可能性がもっとも強いと思っています。石沢氏から事件発生の連絡を受けたとき、多岡氏が驚き慌てたのは当然でしょうが、そのピンチをチャンスに転じ、石沢氏を自家薬籠中《じかやくろうちゅう》のものにしてしまう知恵が働いたことは、十分考えられます。

とにかく、多岡氏が石沢氏とともに運送屋に化けてタンスを運び、殺人事件を隠蔽《いんぺい》する共同作業に従事したことで、石沢氏は生涯、多岡氏の言いなりにならざるを得なくなったことは事実でしょう。石沢氏を意のままに動かせることは、とりもなおさず河藤代議士を動かし、さらには保守党への発言力を確保することに繋がります。多岡氏には竹間建設の次期社長の椅子を狙うという大きな野望がありますから、結果として、この悲劇的な奇禍を千載一遇のチャンスとしてとらえたことになりました。

それを証明するように、今年に入って、多岡氏の政界工作は、それまでの公式的なものから、より私的色合いの濃い密接なものへと変質していたと思われます。そのひとつの好例がこの犬乗り童子です」

浅見の話は誰の予測も超えた方向へ、ポンポンと飛躍してゆく。頭の中だけでその状況を描いている捜査員たちは、現実に目に見える物が話題になったことで、救われたように、熱い視線を犬乗り童子に集中した。

「縁のない者の目には、ただの古い置物にしか見えないこの人形ですが、好事家にとってはきわめて価値の高い骨董品なのでしょう。これを所蔵していたのは、富山県黒部市の新倉さんという素封家です。新倉家では先祖代々、家宝のように大切に伝えてきた貴重な品だったのだそうですが、その犬乗り童子を手放すことになりました。新倉家の当主が次の参議院選挙に出馬することになって、保守党の公認を取るため、人形を派閥の領袖に贈呈しようとしたのです。その橋渡しを務めたのが多岡氏であり、多岡氏のためにメッセンジャーを務めたのが、新倉家と交流のあった島田清二氏でした。

島田氏はかねてから山形県朝日村周辺の開発事業に意欲的で、竹間建設関連の事業への参入を図っていました。そのために多岡氏にかなりの工作資金を提供していたし、こういった『労務提供』も行って、関係強化を図っていたと考えられます。ところが、実際には島田氏が期待したように話が進展した形跡はありません。明らかに、多岡氏は島田氏との約束を反故《ほご》にしたものと思われます。

島田氏は富山県朝日町のヒスイ海岸付近で新倉家の秘書の車に迎えられて長野県の大町市にある新倉家の別荘へ向かいました。別荘は、黒部市から黒部立山ルートを越えた反対側の大町市にあって、広大な敷地内には多くの美術品を収めた頑丈な蔵があります。そこで犬乗り童子を受け取った島田氏は、その日は新倉家の別荘に宿泊。翌日、善光寺に立ち寄り信越線で東京へ向かったのです」

浅見の脳裏には母親の顔がポッカリと浮かんだ。二つ前の座席から、うるさい電話に向けて、不快そうに振り返った顔である。

島田清二と浅見の母親と——この世の中でまったく無縁な者同士の、運命の気まぐれとしか言いようのない、ほんの一瞬の出会いである。

もし、その出会いがなければ……そして、雪江が「アサヒ」という言葉を耳にしなければ……。

浅見はあらためて偶然の不思議さを思わないわけにいかなかった。

「東京に着いて、目白のホテル『四季』にチェックインした島田氏は、まもなく多岡氏の訪問を受けます。じつはこのとき、多岡氏はホテル『四季』にいたのです。調べていただけば分かりますが、当日の午後七時ごろからホテル『四季』では建設省関係の大きなパーティがありました。多岡氏はそこに出席するかたわら、島田氏と落ち合って、犬乗り童子を手渡されることになっていたものと考えられます。パーティの参会者は千名を超える人数ですし、事件後、その中から島田氏と接点のある人物を特定することは、事実上不可能だったでしょう。それに、その時点では多岡氏には島田氏を殺害する意図はなかったのです。

ところが、会ってすぐに、島田氏と多岡氏のあいだは険悪な状態になった。これはあくまでも推測ですが、はじめは多岡氏側から、島田氏の遅延を詰《なじ》るような発言があったのでしょう。しかし、島田氏の遅れたのは不可抗力です。それに、島田氏はかねてから、朝日村周辺の開発をめぐる事業参入問題で、多岡氏の約束不履行に業《ごう》をにやしていた。それがきっかけで、多岡氏と島田氏は口論となり、カッとなった島田氏が多岡氏に摑みかかろうとするのを、多岡氏がとっさに犬乗り童子を振り上げ、殴打した――といった状況が想像されます。いずれにしても、最初から多岡氏に殺意はなかったし、まさか、その程度の殴打で死に到るとも思わなかったにちがいありません。しかし島田氏は死にました。狼狽した多岡氏は、それでも犬乗り童子を持ち去ることだけは忘れませんでした。ただし、殴打したときに犬乗り童子の一部が破損したことに気づいたのは、それからしばらく経ってからです。仮に多岡氏がすぐ気づいたとしても、島田氏の部屋のドアは自動ロックされているし、しかも、間もなく吉川さんの通報でホテル側が死体を発見しており、もはや手の施しようがなかったのです」

浅見はしばらく間を置いて、「以上が第二の殺人事件の推論です」と言った。何か質問があれば――と思ったのだが、捜査員たちは浅見の顔を見つめたまま、じっと黙っている。どうやらこのまま第三の殺人の話を待つ姿勢のようだ。

「島田氏が殺された事件を知りながら、新倉家の人々が口をつぐんでいたのは、もちろんスキャンダルが公になることをおそれたからにほかなりません。法的には罪を問われないかもしれませんが、犬乗り童子を党の領袖に贈ったことがバレたりしては、党の公認を得るどころか、立候補する以前に、自ら政治生命を絶つことになりかねないからです。しかし、新倉家は現在はいまお話ししたような事実関係について――つまり、島田氏に犬乗り童子を渡したところまでについては、警察の要請があれば、いつでも事情聴取に応じると言っています。

ただし、島田氏が犬乗り童子を誰の手を介して派閥の領袖に持参することになっていたのかは、まったく知らないそうです。僕が何度も多岡氏の名前を挙げて質問したのですが、知らないの一点張りでした。それが事実かどうかは、警察の手でお調べいただくよりほかはありません」

新倉が、ほんとうに何も知らないとは、浅見には思えなかった。新倉としては、なろうことなら事件に関することはすべて頬被《ほおかぶ》りしてしまいたかったところだろう。しかし、事態がここまで進み、浅見某とかいうルポライターにまで嗅《か》ぎつけられては、もはや知らん顔もできないと判断したにちがいない。

「犬乗り童子を奪った多岡氏は、肝心の人形が破損していては、使い物にならないし、新倉家からの『贈り物』を、派閥の領袖にはまだかまだかと催促され、大いに弱ったことでしょう。代わりの人形がどこかにないかと、八方手をつくして探したにちがいありません。現に、新潟県の朝日村にある、日本玩具歴史館で、これと同じ犬乗り童子が展示してあるのを見つけたときは、何とか売ってもらえないかと、受付の女性にかなりしつこく迫ったそうです。もっとも、その犬乗り童子もやはり傷物であることが分かり、じきに諦めたということのようです。

ところで、その日本玩具歴史館で、多岡氏は思いがけない人物——宮崎さとみさんとバッタリ顔を合わせてしまったのです。

宮崎さんはちょうどその前日、新潟県を訪れ、上杉謙信にまつわる記事の取材をして、その日は村上市近辺の歴史を探訪して、たまたま日本玩具歴史館にやってきたところでした。たがいに相手の顔を見たとき、むしろ驚いたのは宮崎さんの側だったかもしれません。なぜなら、目の前にいる恰幅《かっぷく》のいい老紳士は、去年のクリスマスの日、高島深雪の部屋に洋服ダンスを配達してきた、あの運送屋の一人だったのですから。運送屋の老人が、何人もの部下らしき人たちを引き連れ、堂々と闊歩《かっぽ》しているのは、信じられない光景だったでしょうし、それが多岡氏への疑惑に発展するのは時間の問題だったはずです。

宮崎さんの驚きは、多岡氏にとっては重大な脅威でありました。『あっ、あなたはあのときの……』と言われた次の瞬間、多岡氏には宮崎さんに対する殺意が生まれたことは、むしろ当然というべきでしょう。

多岡氏はすぐさま高島深雪に連絡して、宮崎さん殺害の方策を授けました。高島深雪は急遽、新幹線で新潟にやって来ると、デパートでワインを買い、ホテルオオタニに偽名で投宿、宮崎さんを待ち受けたのです。

そうして、高島深雪は宮崎さんと『偶然』の再会を演じることになります。宮崎さんにしてみれば、高島深雪の出現は多岡氏への疑惑を打ち消すものでありました。幽霊の噂があったように、それまでは、高島深雪の失踪について、宮崎さんは何かの事件に巻き込まれた可能性があるのでは——と考えていたのですからね。

そうして、二人は宮崎さんの部屋で乾杯し、親しげな語らいの合間に高島深雪がワインに毒物を入れ、一瞬の間に宮崎さんのいのちは失われました……」

またしても痛恨の想いが浅見の胸を締めつけた。第三の殺人を語り終えたあとも、しばらくは誰も声を発しないまま、冷え冷えとした時が流れた。

エピローグ

六月三日朝、目白警察署の捜査本部は、逮捕状を用意した上で多岡英三郎に任意で同行を求め、尋問の後、午後一時には逮捕状を執行している。直接の容疑は「島田清二殺害」だが、「宮崎さとみ殺害教唆」および、身元不明女性に関する死体遺棄の疑いも濃厚であった。

多岡は最初、何のことか？――という顔つきであったが、犬乗り童子の本体と破片をつきつけられると、案外もろく、落ちた。

同日中に石沢洋志と高島深雪の両名も逮捕された。高島深雪は大宮市内のマンションに本名で居住していた。深雪は頑強に抵抗し、黙秘をつづけたが、多岡と石沢が容疑事実をほぼ全面的に認めた。

六月四日、多岡が所有する箱根の別荘地内に埋められた、平戸美根子の死体が発掘された。ハイツ白百合の高島深雪の部屋で、深雪の手で殺害され、古い洋服ダンスで運び出された女性である。

取調室で二人の刑事から事情聴取を受け、状況証拠を突きつけられても平然としていた深雪は、刑事に「これから箱根へ行ってもらう。平戸美根子さんの腐乱死体が発見されたそうだ」と言われたとたん、震え上がり、泣き伏した。美根子を殺した部屋で、深雪は何度も美根子の幽霊を見たのだそうだ。あの部屋に幽霊が出るというのは、単なる噂ではなかったことになる。

平戸美根子は二十九歳。高知県の出身で、幼いときに両親を亡くし、知人夫婦に預けられたが、中学のときに家を飛び出し、東京に出た。それ以後ずっと独りで生活し、銀座のかなり名の通ったクラブにいた。その店で、はじめ多岡と知り合い、まもなく石沢に紹介されて、物心両面で石沢と結びつくことになった。

といっても、いわゆるパトロンの関係ではなく、むしろ経済的には美根子の側からの持ち出しであったらしい。美根子は石沢に心底惚《ほ》れ込み、尊敬もし、エリートとして日本の将来を担う人物であることを信じて疑わなかった。

だが、そういう彼女の思い込みは石沢にとっては、ときに重荷に感じられた。そのせいもあって、たまたま知り合った高島深雪との関係が深まるのと反比例して、美根子とのあいだは急速に冷えていった。

美根子はその原因である高島深雪の存在を突き止め、ついに直接、ハイツ白百合に乗り込んで、談判に及んだのである。

「あの女、私が殺さなければ、私を殺していたわよ、きっと」

高島深雪はそう言った。うそぶくような言い方ではなく、本気でそう思っていたようだ。その可能性があったことは石沢も暗に認めている。美根子は性格は一見温順だが、病的に思い込みがはげしく、石沢に取りついた悪魔を排除するようなつもりで、深雪に迫ったと思われる。

高島深雪は、「分かりました」と言い、石沢と手を切ることを誓った上で、仲直りのしるしとして、ワインで乾杯した。美根子は深雪が思いのほかあっさりと身を引いてくれたことに感激して、まったく疑わずに、毒物入りのワインを飲み干した。

深雪が使った毒物は、かつて深雪が付き合っていた思想活動家からもらったもので、その男は、ベイルートで反対派によって狙撃《そげき》され、死んだそうだ。

石沢にとって平戸美根子が困った存在であったように、多岡にとっては島田清二が邪魔な存在そのものであった。

島田はあるパーティの席上、たまたま多岡と知り合い、「これからは東北だ」という多岡の卓説に傾倒した。それ以後、島田は東北地方の開発に自分の人生の最後の夢を託すことになった。いまだ開発の手で汚されていない山形県朝日村周辺の山地に、自分の描いた青写真によるリゾート開発を行いたいと念願したのである。

島田は山形県西部の開発計画の情報を得るために多岡に接近し、多岡は島田に情報をちらつかせながら、工作資金と称して、多額の金品を提供させた。だが、多岡には、もちろん島田に対して開発の秘密情報を流す意図などなかった。また、そういう約束をしたおぼえもない。島田が勝手にそう思い込んでいたのだというのが多岡の認識だ。

四月十一日、ホテル『四季』でひそかに落ち合った際、多岡は島田を詰《なじ》った。島田は黒部市の新倉家から預かってきた犬乗り童子を差し出して、大得意だったが、多岡は対照的に仏頂面で、「きみが遅刻したために、建設省の役人ときわめてまずいことになった」と言った。

「なぜ善光寺なんかに寄り道したのかね。まっすぐ東京に出ていれば、列車の遅延なんかに巻き込まれることはなかったのだ。お蔭でこっちは大損害だ。これまでの付き合いはなかったことにしてくれ」

この理不尽には、商売人の島田もさすがに憤激した。

「分かりました、いいでしょう。しかし、これまでにあんたにだまされて注《つ》ぎ込んだ資金を、全部返していただきたい」

「冗談じゃない、金を返すどころか、損害賠償をしてもらいたいのはこっちのほうだ」

「ふざけるな！……」

島田は多岡の胸倉を摑んだ。

「この泥棒野郎！　あんたと石沢さんの関係など、一切合財を暴露してやる」

反射的に、多岡はテーブルの上の物体を摑んで、島田の頭に振り下ろした。軽く殴ったつもりだったが、島田は「うっ」と呻《うめ》いて、心臓のあたりを押さえながら、多岡の足元に崩れ落ちた。最後に自分を見つめた、島田の不思議そうな目を、多岡はいつまでも忘れられずにいる。

『旅と歴史』七月号が発売された日、ハイツ白百合の宮崎さとみの部屋に、藤田編集長と二人の部下、それに浅見光彦、岡田夏美、目白署の中野部長刑事、新潟中央署の松沢刑事の七人が顔を揃えた。男子禁制のアパートだが、今日ばかりは特別だ。

捜査上の必要から、事件後もずっと原状のまま保たれていたこの部屋も、明日は遺族の手で荷物が引き取られ、模様替えされることになっている。それより先に、岡田夏美はすでにアパートを変わっていた。あの青空と白い雲と、『愛の讃歌』のメロディが流れるトイレがどうなったのか、彼女は知らない。

デスクの上にさとみの遺影が置かれ、その両側にさとみの好きだった真紅のバラが飾られた。

「おれは泣かねえからな」と言っていた藤田が最初にポロポロと涙をこぼし、つられるように、夏美が声を洩らして泣いた。浅見も何度もハンカチで涙を拭った。

部屋はいたるところ本で埋まっていた。それらの本には、かならず数カ所に付箋《ふせん》が挟み込まれ、彼女がすべての本に目を通したことを証明していた。この膨大な知識を吸収した頭脳は、一瞬の間に活動を停止してしまったのだ。

「これがミヤちゃんの最後の原稿だ」

藤田がインクの匂いのする『旅と歴史』を開いて浅見に見せた。

上杉謙信上洛せず——北斗の巨将の野望はなぜ挫折したのか？　宮崎さとみ

内部記者の原稿に署名が入るのは異例のことだ。それに、宮崎さとみが取材なかばで死んだために、原稿のほとんどは藤田が自ら書き足したものである。口の悪い上司の、これがせめてもの餞《はなむけ》のつもりなのかもしれない。その藤田の気持ちを想いやると、浅見はまた、鼻の頭がツンとなった。

自作解説

平成四年一月、東京都文京区関口に新しいホテルがオープンした。〔フォーシーズンズホテル〕がそれである。庭園で有名な椿山荘《ちんざんそう》の一角に建つ。客室の窓からの眺めは絶品で、とりわけ、池越しに望む三重の塔が美しい。詳しいことは知らないが、〔フォーシーズンズ〕というのは、カナダに本拠があり、世界各国の都市などに展開している、リゾート型の高級ホテルチェーンなのだそうだ。むろん、料金もそれなりに、一般的な都市ホテルよりは高い。

この〔フォーシーズンズホテル〕が開業して三日目から一週間、僕はカンヅメ生活に入った。ちょうどその頃、『若狭殺人事件』の執筆が佳境に入って——というより、出版スケジュールぎりぎりのところに追い込まれていた。編集者が尻を叩きに来るのに都合がいいように——と、カッパ・ノベルスの光文社からごく近いという理由で〔フォーシーズンズ〕が選ばれたというわけだ。

開業当初とあって、サービスは完璧ではなかったのかもしれないが、「フォーシーズンズホテル」のイメージはよかった。間取りはそれまで僕が抱いていたホテルに対する常識を覆《くつがえ》すほどに広く、とくに水回り――というのかアメニティスペースというのか、トイレ・バスの空間が贅沢だ。壁も厚く、以前、あるホテルで深夜にワープロを叩いていて、隣室の客に怒鳴られた経験を持つ僕にはありがたかった。これなら作業も捗《はかど》り、原稿枚数もグングン伸びる――はずであった。

ところが三日目にして異変が起こった。

朝、目覚めてみると天井が回っていた。なんだ、何事だ――と起き上がると、部屋全体が回っている。立つどころか、坐ってもいられないほどだ。要するに目が回っているのである。

これには驚いた。不安になった。重病といえば、十歳の夏に、長野県戸隠村に疎開していた頃、急性虫垂炎に罹《かか》って、手術設備もない山村だったために、もうちょっとで死ぬところだった――というのがあるだけで、あとは風邪か胃炎かアレルギー症状が出るくらい。病院が嫌いで、ここ八年間というもの、健康診断にも行かないほどの僕だ。目覚めたらいきなり目が回ったことなど、むろん、ただの一度もない。

(これはただごとではない――)と思った。脳梗塞《こうそく》か脳溢血《いっけつ》か、とにかく脳の病気に相違ない。ついにわが悪運もここに尽きるのか――などと、さまざまな思いがグルグル回る空中を駆け巡った。

間の悪いことは重なるもので、編集者に連絡を取ろうにも、この日は日曜日。自宅の電話番号を調べようと、軽井沢に電話したがカミさんは留守。あまりおおげさになるのがいやで、ホテルには内緒にしておくつもりだったが、万策尽きてフロントに連絡した。あいにく日曜とあって、どこの医者も病院も往診はできないらしい。ただ一人、近くのマンションに住む〔鈴木先生〕という大学病院の先生が来てくれることになった。

その頃になって、徳間書店の松岡妙子女史と連絡が取れ、すぐに駆けつけてくれるという。ついで、この次の作品『風葬の城』の担当編集者である講談社の鈴木宣幸氏から、たまたま電話があった。「こう目が回っちゃ、長いことはないかもしれない」などと、冗談半分、真面目半分に言うと、「ああ、それは風邪ですよ」とあっさり片付けられた。

「ことしの風邪は三半規管にくるのだそうです」

このひと言で安心した。まもなく来てくれた鈴木医師の診断も「風邪」で、注射を一本打って、それでたちまち眩暈《めまい》が消えた。じつに紳士的な先生で、つまらない患者のために休日の寛《くつろ》ぎを阻害されたにもかかわらず、親切丁寧でありがたかった。『朝日殺人事件』といったような次第だが、このときの体験が、それから五カ月経って、もろに『朝日殺人事件』に活かされることになった。いうまでもなく、『朝日殺人事件』の最初の事件現場である〔ホテル四季〕は〔フォーシーズンズホテル〕のパロディだし、検視に当たった医師の名前も鈴木医師の名をそのまま使った。713号室はたぶん実在しない部屋番号だと思うが、以来三年間、同ホテルには近づかないことにしていた。つい最近、『札幌殺人事件』の追い込みでカンヅメに入ったとき、ちょうど三年ぶりに、こわごわ〔フォーシーズンズ〕に泊まったが、温かく迎えてくれた。

『朝日殺人事件』の編集担当・高中佳代子氏は、実業之日本社の旅の本「ブルーガイドブックス」から文芸編集部に異動したばかりだったので、僕のように「旅もの」を書いている人間にとっては大いに重宝した。

相当、勘のいい読者でも、これだけは気がつかなかったと思うのだが、平成四年の上期に出した『若狭殺人事件（福井県）』『風葬の城（福島県）』『朝日殺人事件（新潟・山形・富山県）』の三作と、この時期に「週刊読売」に連載した『透明な遺書（福島・富山県）』の取材先は、福島、山形、新潟、富山、福井――と東北～北陸に連なっている。じつはこのときの取材は四社分を一気にこなした七泊八日の強行軍であった。それぞれの地点でそれぞれの作品を担当する編集者がバトンタッチしながら、僕のソアラで走り回った。最後に京都で「カッパ」の多和田輝雄・中代道夫氏を降ろして、軽井沢までは独りになったが、楽しくも疲れる旅ではあった。

いまだから話せる——あるいはここだけの話として読んでいただきたいのだが、『朝日殺人事件』を書くきっかけは、じつにばかばかしいものだ。高中氏と彼女の上司である土山勝廣氏と三人で、次回作のテーマを考えていて、たまたま朝日新聞の広告欄を眺めながら、「ここに『朝日殺人事件』という広告が出たら、新聞社は驚くだろうな」と言ったのが、「それ、面白いね」となった。また、その少し前、富山県朝日町に住むファンの女性から「わが町・朝日を書いてください」という手紙が届いていたことも、犯行動機の一つになっている。取材旅行のさいには、もちろん富山県朝日町も訪れ、黒部の宇奈月温泉に泊まった。宇奈月にはその後も行ったが、ここはよかった。

『朝日殺人事件』では「旅と歴史」の編集者・宮崎さとみが活躍(?)している。「旅と歴史」はもちろん架空の雑誌だが、「歴史と旅」という雑誌があって、それをモデルに使わせてもらっているといっていい。あまり一般的ではないのかもしれないが、編集方針のしっかりした、いい雑誌である。どの作品かは忘れたが、初期の作品に「旅と歴史」の副編集長として「春日」という人物が登場している。僕の記憶違いでなければ、たしか、この「春日」は「歴史と旅」に実在した編集者の名前を使ったものだ。一作だけで、主役の座を「地上げ屋」こと「藤田編集長」に取って代わられたが、いまでも賀状のやりとりなど、お付き合いがある。

僕の書くものに「旅情ミステリー」の名を冠されてから久しいけれど、このところ、あまり「旅情」を標榜《ひょうぼう》できるほどの作品はなくなってきた。その中にあって、『朝日殺人事件』は「旅もの」の面目躍如たるものがあるかもしれない。「アマゾン館」のことなど、少しこだわりすぎかな――と反省し、ノベルス以降は削除しようかとも思ったのだが、あえてそのまま残した。やはり、そのときどきに感じた印象を大切にしていきたいという気持ちである。

著者

解説

郷《ごう》原《はら》宏《ひろし》
（文芸評論家）

私のように小説を読むことを職業にしている者にとって、たいていの作品はいつでも少し（ときには大いに）退屈である。何を読んでも、これはいつかどこかで読んだことがあるという既読感のようなものが付きまとう上に、最近はどういうわけか昼寝の枕にしたくなるような分厚い本が多いからだ。どんなに面白そうな本であっても、これから何日間かこの大作と付き合わなくてはならないのかと思うと、読み始める前から疲れてしまう。

そこへいくと、内田康夫氏の小説は安心である。既読感をまったく感じさせないと言えば褒めすぎになるけれど、どの作品にも読者を楽しませつづけるための細心の工夫と趣向が凝らされているので、かなり長い作品でも最後まで一気に読み通すことができる。こういう作家ばかりなら、文芸評論家という仕事は、趣味と実益を兼ねた理想的な職業ということになるだろう。

内田氏のストーリーテラーぶりは、デビュー作『死者の木霊《こだま》』（一九八〇）のころから際立っていた。私はこの作品を「ちょっと面白い新人がいるから読んでみませんか」という知り合いの編集者のすすめで読み始めたのだが、開巻たちまち奇怪な事件の渦中に引き込まれてしまい、気が付いたときにはぼんやりと本の奥付を眺めていた。

かつては純正な探偵小説を意味した「本格」は、そのころにはすでに単なる美称接頭語と化していて、「本格ハードボイルド」「本格警察小説」などという奇妙な使われ方をしていたが、この無名作家のデビュー作は間違いなく由緒正しい本格物、本格建築の推理小説で、しかもその文体は、どんな純文学作品にもまして清新なイメージ喚起力を具《そな》えていた。

私はそのころ、江戸川乱歩賞、横溝正史賞など、いくつかの文学賞の予選委員をしていた関係で、毎年いやというほど新人の作品を読みつづけていたが、まったく無名の新人のデビュー作を読んで、そんなふうに我を忘れてしまったことは一度もなかった。「この作家は絶対に売れるようになるから、今のうちにツバをつけておいたほうがいいですよ」という、いささか品のない助言を、その編集者にしたことを憶えている。彼はやがて内田氏専任の編集者として、数々のベストセラーを世に送り出すことになる。

ところが驚いたことに、この恐るべき新人作家は、この本格建築の長編推理小説を、一枚の設計図（プロット）もなしにいきなり書き出したらしい。エッセイ集『存在証明』（一九九八）所収の「大勝負」に、次のような一節がある。

《取材旅行は楽しかったが、執筆はてこずった。ひとに物を教わるのが苦手な僕も、このときばかりは、さすがに、小説作法の本を読んだり、著述業をしている知人にノウハウを尋ねたりしたものである。その結果、小説を書くにはまず「プロット」なるものを作るべきだということが分かった。つまり「あらすじ」を構成しなければならないというのである》

《とにかくいろいろやってはみた。やってはみたが、どれもうまくいった記憶がない。僕は面倒臭くなって、ついに、そういった前作業はいっさい抜きにして、原稿用紙に万年筆で文章を書き始めることにした》

《するとどうだろう。面白いようにペンが走る。書いているうちに、何もなかった物語の先がどんどん見えてくる。大まかな筋だては考えていたのかもしれないが、登場人物や事件の細部など、まったく予定も予知もしていなかったことも、書きながら、自然に出来上がってゆくものであることが分かった。時には思いもよらぬ展開をして、僕自身、ぜんぜん知らなかった犯人が出てきたり、思いもかけぬトリックが飛び

出したり、謎を追い求める主人公の頭に、神がかりのような閃きが生まれたりすることが一再ならずあった》

　内田式推理小説作法の秘密を語って、これは実にスリリングな文章である。現代詩の世界には「一行目は神様が書き、二行目からは詩人が書く」という言い回しがあるが、この新人作家の万年筆のなかには、ものすごく気前のいい神様が住んでいたらしい。この神様の名前は、たぶん「文才」である。同じ文章の後段には《その「技法」は、現在も僕の創作作業にそのまま生きている。僕は相変わらずプロットを作らないし、ワープロを叩くと、ブラウン管の向こうに物語の展開が見えてくる》という一節があり、さらに「僕のキーワード」という別のエッセイには《極端に言えば、ストーリーの展開は指運に任せて、どこへ行くのか分からない》という恐ろしい告白も出てくる。

　念のために断っておけば、こうしたぶっつけ本番、「指運」まかせの小説作法は、決して内田氏の専売特許というわけではない。私が謦咳《けいがい》に接した範囲内でも、故仁木《にき》悦子《えつこ》氏は「自分であらかじめ結末のわかっているような推理小説は書きたくないの」と言っていたし、都筑道夫《つづきみちお》氏は「最初の一枚が書ければ、もう九分九厘出来上がったようなものです」と言った。また清水一行《しみずいっこう》氏は「私が書くんじゃない。手首が勝手に小説を書き、私はそれを見ているだけなんです」と語った。それぞれ言い方は違うが、これらの証言はいずれも「指運」まかせの小説作法宣言とみていいだろう。なかでも清水氏の「手首」は、限りなく内田氏の「指運」に近いように感じられる。
ここでもう一度、誤解のないように断っておけば、この「指運」や「手首」は決して作者不在の没主体性や無責任さを意味するわけではない。またシュールレアリスムの詩人が麻薬を使って行なったという意識下の言語実験「自動記述法」の小説版といったものでもない。私見によれば、それは私たちが通常、ひらめき、カン、インスピレーションなどと呼びならわしている感覚に近いものだと思われる。内田氏自身は前記「僕のキーワード」のなかで、次のように説明している。
《生まれてこの方、仕込んできた体験と、作品を書くために新たに取材・収集したデータが化学反応を起こし、まったく異質の疑似体験となって指先からほとばしり出る――と言ったら、かっこ良すぎるだろうか。ただ、「ひらめき」は出会いと好奇心の産物であるとだけは断言できそうだ》
この説明は確かにちょっと「かっこ良すぎる」きらいはあるものの、比喩としてはとてもわかりやすい。ひらめきだのインスピレーションだのと言えば、なにか天上から降ってくるような印象があるけれど、その因《もと》になるものは必ず作家の内側にあったはずで、内田氏はそれを蓄積された体験とデータだと言う。

ただし、それだけではまだ小説にはならない。それが小説になるためには、体験とデータが「化学反応」を起こし、まったく異質の「疑似体験」となって指先からほとばしり出るようにならなければならない。そこで触媒の役割を果たすのは、おそらくはシャープな感受性と言語感覚だろう。内田氏は作家としての出発が比較的遅かったこともあって、実社会での経験が豊富で、取材のうまさにも定評がある。しかし、作家としての最大の武器は、なんと言ってもこの触媒の性能のよさだろう。触媒がいいからこそ、体験とデータはたちまち化学反応を引き起こし、次々に新しいストーリーを生み出していくのである。

内田氏の作品はすべて、こうした化学反応の産物である。反応の因《もと》になる体験とデータは、社会的な事件から歴史、伝説、観光情報に至るまで多種多彩だが、語り口のうまさとストーリーの自然な流露感《りゅうろかん》だけは常に一定している。だから、私たちはいつどこでそれを読んでも退屈しないし、期待を裏切られることがないのである。本書も無論、例外ではない。

さて、この『朝日殺人事件』は、平成四年（一九九二）七月に実業之日本社から書き下ろし刊行された。内田氏の第一作『死者の木霊』から数えて七十八冊目の著書であり、また浅見光彦のデビュー作『後鳥羽伝説殺人事件』（一九八二）から数えて五十五作目の浅見光彦シリーズである。

自作解説でも触れられているように、平成四年は内田氏にとって大変忙しい年だった。『若狭殺人事件』（二月）、『風葬の城』（三月）、『朝日殺人事件』（七月）、『透明な遺書』（十一月）、『坊っちゃん殺人事件』（十一月）、『「須磨明石」殺人事件』（十一月）と六冊の長編が発表され、ほかにエッセイ集『浅見光彦のミステリー紀行I』（九月）と短編集『死線上のアリア』（十二月）が刊行されている。

内田氏は前半の四作品をまとめて取材するために、愛車ソアラを駆って七泊八日にわたる北陸・東北旅行を敢行したそうだが、その取材の成果が最もよくあらわれているのは、おそらく『朝日殺人事件』だろう。なにしろ、この作品では、浅見が「アサヒ」というキーワードを追って、愛知、三重、富山、新潟、山形とめまぐるしく転戦する上に、同じ「朝日」の地名を持つ五つの町村の地勢や風景の描写が、単なる背景説明以上の意味を持っているからだ。とくに浅見が新潟県朝日村から朝日スーパー林道を越えて山形県朝日村に入っていく辺《あた》りの風景描写は、内田氏の数多い叙景表現のなかでも一、二を争う名文と言っていいだろう。

この小説のもう一つの読みどころは「旅のミステリー」としての面白さである。浅見光彦シリーズは、いつのころからか「旅情ミステリー」と呼ばれるようになったが、九〇年代以後はどちらかと言えば社会性が前面に出て、「旅情」味は薄れる傾向にあった。ところが、この作品では『旅と歴史』の女性編集者が取材旅行先で殺されるという事情もあって、名実ともに具わった「旅情ミステリー」になっている。たとえば第一章の冒頭、信越線の車内で、雪江未亡人が事件の第一の被害者となる不動産会社経営者の迷惑電話に顔をしかめる場面に、このシリーズ本来の「旅情」を感じ取ったのは、おそらく私だけではないはずである。

とはいえ、無論、このシリーズのもう一つの持ち味である社会性が後退してしまったわけではない。山形県朝日村の「アマゾン自然館」を訪れた浅見が、地域性をまったく無視したコンセプトに首をかしげる場面などには、安易な村おこし運動に対する痛烈な批判が感じられるし、そもそも選挙がらみの利権が引き起こしたこの事件の構図自体が、日本政治の現状に対する作者の怒りの表現なのだと言って言えなくもない。その意味では、これをすぐれて社会派的な問題提起《メッセージ》小説だと言っても、おそらくどこからもクレームはつかないだろう。

面白くて、しかもタメになるミステリー。こういう作家と同じ時代に生まれ合わせた読者の幸運を感謝せずにはいられない。

●本書は一九九六年九月、角川文庫として刊行され、二〇〇一年八月に光文社文庫で刊行されたものです。なお、本書はフィクションであり、実在のいかなる団体・個人等ともいっさい関係ありません。

|著者|内田康夫　1934年東京都生まれ。ＣＭ製作会社の経営をへて、『死者の木霊《こだま》』でデビュー。名探偵・浅見光彦、信濃のコロンボ・竹村岩男ら大人気キャラクターを生み、ベストセラー作家に。作詩・水彩画・書など多才ぶりを発揮。1983年から住んでいる軽井沢には「浅見光彦倶楽部」もあり、ファンクラブ会員２万人を超える盛況ぶりである。2007年３月に、宿泊施設「浅見光彦の家」がオープンした。

朝日殺人事件《あさひさつじんじけん》
内田康夫《うちだやすお》

講談社文庫
定価はカバーに
表示してあります

2008年８月12日第１刷発行

発行者――野間佐和子
発行所――株式会社　講談社
東京都文京区音羽2-12-21　〒112-8001
電話　出版部（03）5395-3510
　　　販売部（03）5395-5817
　　　業務部（03）5395-3615
Printed in Japan

デザイン―菊地信義
本文データ制作―講談社プリプレス管理部
印刷―――株式会社廣済堂
製本―――有限会社中澤製本所

落丁本・乱丁本は購入書店名を明記のうえ、小社業務部あてにお送りください。送料は小社負担にてお取替えします。なお、この本の内容についてのお問い合わせは文庫出版部あてにお願いいたします。

ISBN978-4-06-276123-9

講談社文庫刊行の辞

二十一世紀の到来を目睫に望みながら、われわれはいま、人類史上かつて例を見ない巨大な転換期をむかえようとしている。

世界も、日本も、激動の予兆に対する期待とおののきを内に蔵して、未知の時代に歩み入ろうとしている。このときにあたり、創業の人野間清治の「ナショナル・エデュケイター」への志を現代に甦らせようと意図して、われわれはここに古今の文芸作品はいうまでもなく、ひろく人文・社会・自然の諸科学から東西の名著を網羅する、新しい綜合文庫の発刊を決意した。

激動の転換期はまた断絶の時代である。われわれは戦後二十五年間の出版文化のありかたへの深い反省をこめて、この断絶の時代にあえて人間的な持続を求めようとする。いたずらに浮薄な商業主義のあだ花を追い求めることなく、長期にわたって良書に生命をあたえようとつとめるところにしか、今後の出版文化の真の繁栄はあり得ないと信じるからである。

同時にわれわれはこの綜合文庫の刊行を通じて、人文・社会・自然の諸科学が、結局人間の学にほかならないことを立証しようと願っている。かつて知識とは、「汝自身を知る」ことにつきていた。現代社会の瑣末な情報の氾濫のなかから、力強い知識の源泉を掘り起し、技術文明のただなかに、生きた人間の姿を復活させること。それこそわれわれの切なる希求である。

われわれは権威に盲従せず、俗流に媚びることなく、渾然一体となって日本の「草の根」をかたちづくる若く新しい世代の人々に、心をこめてこの新しい綜合文庫をおくり届けたい。それは知識の泉であるとともに感受性のふるさとであり、もっとも有機的に組織され、社会に開かれた万人のための大学をめざしている。大方の支援と協力を衷心より切望してやまない。

一九七一年七月

野間省一

講談社文庫　目録

稲葉　稔　月夜の始末〈武者とゆく(四)〉
井村仁美　アナリストの淫らな生活〈ベンチマーク〉
池内ひろ美　リストラ離婚〈妻が・夫を・捨てたわけ〉
いしいしんじ　プラネタリウムのふたご
伊藤たかみ　アンダー・マイ・サム
池永　陽　指を切る女
井川香四郎　冬の蝶〈梟与力吟味帳〉
井川香四郎　日照り草〈梟与力吟味帳〉
井川香四郎　忍《すい》冬《かずら》〈梟与力吟味帳〉
井川香四郎　花《はな》詞《ことば》〈梟与力吟味帳〉
井川香四郎　雪の花火〈梟与力吟味帳〉
伊坂幸太郎　チルドレン
岩井三四二　逆ろうて候
岩井三四二　戦国連歌師
絲山秋子　逃亡くそたわけ
絲山秋子　袋小路の男
内田康夫　死者の木霊《こだま》
内田康夫　シーラカンス殺人事件
内田康夫　パソコン探偵の名推理
内田康夫　「横山大観」殺人事件
内田康夫　漂泊の楽人
内田康夫　江田島殺人事件
内田康夫　琵琶湖周航殺人歌
内田康夫　夏泊殺人岬
内田康夫　平城山《ならやま》を越えた女
内田康夫　「信濃の国」殺人事件
内田康夫　鐘
内田康夫　風葬の城
内田康夫　透明な遺書
内田康夫　鞆《とも》の浦《うら》殺人事件
内田康夫　箱庭
内田康夫　終幕《フィナーレ》のない殺人
内田康夫　御堂筋殺人事件
内田康夫　記憶の中の殺人
内田康夫　北国街道殺人事件
内田康夫　蜃気楼
内田康夫　「紅藍《くれない》の女《ひと》」殺人事件
内田康夫　「紫《むらさき》の女《ひと》」殺人事件
内田康夫　藍色回廊殺人事件
内田康夫　明日香の皇子
内田康夫　伊香保殺人事件
内田康夫　不知火《しらぬい》海《かい》
内田康夫　華の下にて
内田康夫　博多殺人事件
内田康夫　中央構造帯(上)(下)
内田康夫　黄金の石橋
内田康夫　金沢殺人事件
歌野晶午　ＲＯＭＭＹ〈越境者の夢〉
歌野晶午　正月十一日、鏡殺し
歌野晶午　死体を買う男
歌野晶午　放浪探偵と七つの殺人
歌野晶午　安達ヶ原の鬼密室
歌野晶午　新装版 長い家の殺人
内館牧子　リトルボーイ・リトルガール
内館牧子　切ないＯＬに捧ぐ
内館牧子　あなたが好きだった
内館牧子　ハートが砕けた！

2008年6月15日現在